민중인권실천신학자

김찬국

김찬국 평전 I

민중인권실천신학자 김찬국

2019년 9월 10일 인쇄
2019년 9월 18일 발행

지은이 | 천사무엘
펴낸이 | 김영호
펴낸곳 | 도서출판 동연
등  록 | 제1-1383호(1992년 6월 12일)
주  소 | 서울시 마포구 월드컵로 163-3
전  화 | (02) 335-2630
팩  스 | (02) 335-2640
이메일 | yh4321@gmail.com
블로그 | https://blog.naver.com/dong-yeon-press

ISBN 978-89-6447-526-3  04800
ISBN 978-89-6447-529-4  04800(세트)

# 민중인권실천신학자
# 김찬국

**천사무엘** 지음

소원(笑園) 김찬국(金燦國) 교수(1927~2009)

## 김찬국 교수 연보

| | |
|---|---|
| 1927. 4. 23. | 경북 영주 배고개 마을에서 김완식(부)과 장현이(모)의 장남으로 출생 |
| 1934. 3. | 영주서부보통학교 입학 |
| 1940. 2. | 예천보통학교 졸업 |
| 1940. 3. | 대구계성중학교 입학 |
| 1945. 3. | 서울중앙중학교(5년제) 졸업 |
| 1945. 4. 8.～8. 15. | 영주서부보통학교 촉탁교사 |
| 1945. 11. 21. | 연희전문학교 전문부 신과 입학 |
| 1946. 8. | 연희대학교 신학과 진학 |
| 1950. 5. 10. | 연희대학교 신학과 졸업(신학사, 제1회) |
| 1950. 6. 1. | 연희대학교 대학원 신학과 입학 |
| 1950. 12.～1952 | 육군에서 군복무 |
| 1952. 4. 26. | 부산에서 성윤순과 결혼 |
| 1952. 4.～1953 | 부산 피난 시절 배재중학교 교사 |
| 1952. 9. | 연희대학교 대학원 복학 |
| 1953～1954 | 연희대학교 신과대학 전임조교 |
| 1954. 3. | 연희대학교 대학원 신학과 졸업(신학석사, 제1회) |
| 1954～1956 | 연희대학교 전임강사 |
| 1954～1955 | 미국 뉴욕 유니온신학대학원 졸업(S.T.M./신학석사) |
| 1956. 3.～1962. 2. | 연세대학교 조교수, 신학과장 |
| 1956～1975 | 연희대학교 신과대학 신학과 교수 |
| 1957～1963 | 경기도 과천 하리감리교회 전도사(한남지방) |
| 1959 | 감리교 목사안수를 위한 준회원 가입 |
| 1961. 3. 11. | 감리교 중부연회에서 목사 안수 |
| 1961～1968 | 대한YMCA연맹 대학생부 위원 및 위원장(1964～1966) |

1961~1965 　　　 연세대 신과대학 동창회 부회장

1965~1967 　　　 연세대 신과대학 동창회 회장

1961, 62, 65, 67 　 이화여자대학교 기독교학과 강사

1962~1964 　　　 대한기독교서회 편집위원

1962. 5.~1964. 3. 　 연세대학교 학생처장

1962~1975 　　　 연세대학교 부교수, 교수

1963~1965 　　　 영등포감리교회 임시 설교 목사

1964~1966 　　　 대한YMCA연맹 실행위원

1964~1966 　　　 감리교신학대학 강사

1964~1967 　　　 기독교사상 편집위원

1965~1967 　　　 연세대학교 한국어학당 학감

1968. 9.~1970. 8. 　 연세대학교 대학원 박사과정 수료

1970. 9.~1971. 6. 　 영국 세인트앤드류대학교 연구교수

1971 　　　　　 이스라엘 예루살렘 히브리유니온대학 여름학기 성서
　　　　　　　 고고학 과정 이수

1972. 9~12. 　　 한국신학대학 강사

1973~1975 　　　 연세대학교 신과대학 학장

1974. 5. 7. 　　 긴급조치법 1, 4호 위반혐의로 구속

~1975. 2. 17. 　 군사재판에서 징역 5년 자격정지 5년 형을 선고 받은 뒤
　　　　　　　 복역 중 형집행정지로 석방됨

1975. 3. 　　　 연세대학교 교수직 복직

1975. 4. 8. 　　 정부 강요로 교수직 박탈(1차 해직)

1976~1990 　　　 한국구약학회 회장(제5대: 1976~1978, 제6대: 1978~
　　　　　　　 1985, 제7대: 1985~1990)

1976~1981 　　　 한국기독교교회협의회(KNCC) 에큐메니칼 위원

1976~1992 　　　 한국기독교사회문제연구원 이사

1977. 3~1984. 8 　 해직기간 동안 성미가엘신학교(현 성공회대학교), 감
　　　　　　　 리교서울신학교(현 협성대학교), 동부신학교, 기독교

|  | 장로회 선교교육원 강사 |
| --- | --- |
| 1977~1978 | 평화시장대책위원회 위원장 |
| 1978~1980. 2. | 노량진감리교회(현 목양교회) 임시 설교 목사 |
| 1978~1979 | 인천 동일방직긴급대책위원회 부위원장 |
| 1978~1980 | 한국기독교교회협의회(KNCC) 신학연구위원 |
| 1978~1992. 4. | 한국기독교교회협의회(KNCC) 인권위원 및 부위원장 (1989, 1992) |
| 1979 | 양심수월동대책위원회 위원장 |
| 1980. 2 | 연세대학교 대학원 신과대학 졸업(신학박사) |
| 1980. 2. 29 | 국방부로부터 사면장과 복권장 받음 |
| 1980~1981 | 한국기독학생회총연맹 이사 |
| 1980. 3. 7 | 연세대학교 교수직 복직 |
| 1980. 7. 29 | 정부 강요로 사표 제출, 다시 해직(2차 해직) |
| 1982. .1~1983. 5. | 미국장로교회 총회본부 초청 선교사로 도미, 미국 교회 방문, 유니온신학교 연구원 등으로 활동 |
| 1982. 12 | 뉴욕에서 열린 미국 성서학회 참석 |
| 1983. 9.~1985. | 대치동 목양감리교회 설교 목사 |
| 1984. 9~1992. 8 | 연세대학교 신과대학 교수직 복직 |
| 1987. 6 | 제3회 성지 세미나 참석(이스라엘) |
| 1987. 9~1988. 9 | 연세대학교 연합신학대학원 원장 |
| 1988. 8~1992. | 연세대학교 교학부총장 |
| 1988. 11.~1991. 11. | KBS 이사 |
| 1988~1989 | 권인숙노동인권회관 이사장 |
| 1989~1993 | 해직교사 서울위원회 공동대표 |
| 1990~1992. 2. | 한국기독자교수협의회 회장 |
| 1990~1993 | 한국신학연구소 이사 |
| 1991. 2. | 제7회 세계교회협의회(WCC) 대회 참석(호주 캔버라) |
| 1992. 4.~1993. 8. | 한국기독교교회협의회(KNCC) 인권위원장 |

| | |
|---|---|
| 1992. 7. | 제16회 세계감리교회대회 신학교육분과 참석(싱가폴) |
| 1992. 8. | 연세대학교 정년퇴임, 명예교수 |
| 1992. 9. 19. | MBC 정상화와 공정방송 실현을 위한 범국민대책회의 상임위원장 |
| 1992. 11. 5. | 주한미군병사의 윤금이씨 살해사건 공동대책위원회 공동대표 |
| 1993. 8. | 민주유공자장학재단 이사장 |
| 1993. 8. 30. | 상지대학교 제2대 총장 |
| 1997. 3.~1998. 8. | 상지대학교 제3대 총장 |
| 1997. 4. 1. | 제주 4.3 제50주년기념사업추진범국민위원회 공동대표 |
| 1997. 5. | 미국 로아노케(Roanoke)대학 명예박사(상지대학교 자매대학) |
| 1997 | 감리교 목사 은퇴 |
| 1998. 5. 28. | 전국교직원노동조합 주관 제7회 참교육상 수상 |
| 2005. 5. | '2000년의 자랑스러운 동문상' 수상(미국 유니온신학대학교) |
| 2009. 8. 19. | 지병으로 10년 동안 투병생활하다 82세로 별세 |

# 머 리 말

　2년 전쯤 성공회대학교 구약학 교수로 있는 대학 친구 김은규 신부가 오랜만에 전화를 했다. 반가운 인사를 나누고 서로의 안부를 물은 뒤, "한 가지 부탁이 있는데 꼭 들어주어야 해"라고 했다. 심상치 않은 부탁인 것 같아 "내가 할 수 있다면 꼭 해야지"라고 대답했다. 그는 가족들과 상의하여 결정했다고 하면서 아버지의 평전을 써줄 것을 부탁했다. 2019년 아버지의 10주기 때 출판하기 위해서였다. 왜 내가 써야 하는지도 설명했다. 아버지는 구약학 교수이셨기 때문에 구약학자가 구약학의 관점에서 학문적인 평가를 엄격하게 해달라는 것이다. 친구의 얘기를 들은 나는 망설임 없이 그렇게 하자고 대답했다.

　친구와 나는 그의 아버지 김찬국 교수님께서 해직교수 시절 연세대 신학과에 들어와 함께 신학 공부를 했다. 암울한 군사독재정권 시절 아버지로 인해 받은 상처도 많고 힘들었을 터인데 별다른 내색을 하지 않고 학교에 다녔다. 당시도 형사들이 가족들을 감시하고 있는 상황이었지만 밝은 표정으로 친구들을 만났다. 내가 대학원에 다닐 때 친구는 복학하여 학부에 다니고 있었는데 김찬국 교수님의 수업을 한 번도 듣지 못하고 학부와 대학원을 졸업하는 것이 아쉽다는 생각에 친구에게 아버지의 수업을 듣고 싶다고 했다. 친구는 아버지께 말씀을 드려 구약학 전공 대학원생들에게 강의하는 〈제2이사야 히브리어 원전〉을 듣게 해주었다. 강의는 매주 학교 운동장 너머에 있는 연희동 김찬국 교수님 댁에서 있었는데, 열정을 다해 히브리어 원전

강독을 가르쳐주셨다. 수업이 끝나고 친구 어머님께서 정성을 다해 마련해주신 다과를 먹으면서 교수님과 자연스럽게 대화를 나누는 시간은 또 다른 즐거움이었다. 여름방학이 지나고 2학기가 되자 김찬국 교수님은 복직되셨고, 나의 석사학위논문 부심을 맡으셨다.

사실 구약학자의 평전을 쓴 것은 이번이 처음은 아니다. 21세기가 막 시작할 때 장공 김재준 목사님의 평전 『김재준: 근본주의와 독재에 맞선 예언자적 양심』을 쓴 적이 있다. 그때도 구약학자로서 김재준 목사님을 조명해 달라는 부탁을 받았는데 여러 차례 거절한 끝에 집필을 어렵게 결정했었다. 한국교회사와 민주화운동사에서 꼭 기억되어야 하고 지금도 많은 분의 존경을 받고 계시는 분의 삶을 정리하고 평가하는 일은 커다란 부담이었기 때문에 글을 쓰는 것이 쉽지 않았다. 그때 장공과 함께 민주화운동을 하셨던 김찬국 교수님의 평전을 언젠가는 꼭 써야 한다는 생각에 장공 평전의 머리말에 "김찬국 목사님께 이 책을 바친다"는 헌사를 넣었다. 친구의 부탁을 받고 별다른 망설임 없이 수락한 것은 이런 마음의 숙제 때문이었던 것 같다.

소원(笑園) 김찬국 교수님은 교수, 목회자, 전도자, 민주화운동가, 인권운동가, 대학 총장 등 다양한 삶을 사셨다. 인맥도 넓으셔서 목회자, 교수, 교사, 정치인, 경제인, 문화예술가, 법조인, 언론인, 노동자, 시민운동가, 민주화운동가 및 그들의 가족, 평신도 등 다양하다. 따라서 소원의 변화무쌍한 삶을 어느 하나로 규정하기는 어렵다. 그럼에도 불구하고 소원의 삶은 구약학자로서의 소명을 벗어나지 않았다. 구약성서의 예언자들을 연구한 그는 예언자들이 외친 하나님의 정의와 사랑을 설교를 통해 선포했고 강의를 통해 가르쳤으며, 교회와 사회에서 실천하려고 애썼다. 그가 독재정권에 항거한 것도, 노동자들과 재소자들의 소리에 귀를 기울인 것도, 불의한 사회 현실에 저항한 것도, 목회 현장에서 평신도들의 삶에 참여한 것도, 민중의 아픔에 동참한 것도 모두 예언자들의 가르침을 연구하고 따르려는 소명이 내재해 있었기 때문이었다. 그는 사회정의와 민족의 평화 및 통일, 인권, 민주화 등 미지의 길을 동지들과 함께 개척해 나가면서도 미소를 잃지 않았다. 그 미소는 희망이 있고, 하나님의 뜻이 반드시 이루어질 것이라는 믿음이 있었기 때문에 가능했으리라. 그것은 마치 예언자들이 독재와 불의라는 엄혹한 현실에서도 해학과 재치로 여유를 잃지 않으면서 구원의 하나님을 선포한 것과 같으리라. 이런 의미에서 그는 20세기 민중의 인권과 민주주의를 세우기 위해 하나님께서 보내신 미소의 예언자였다.

올해 2019년 8월 19일은 김찬국 교수님의 10주기가 되는 날이다. 10년 전인 2009년은 김찬국 교수님과 함께 민주화운동을 하셨던, 김수환 추기경, 노무현 전 대통령, 김대중 전 대통령 등께서 차례로 세상을 떠나신 해이기도 하다. 이분들의 희생이 없었다면 오늘 우리가 누리는 민주주의는 없었을 것이다.

이 책을 쓰는데 필요한 자료를 모아 주신 연세대 도시공학과 김홍규 교수님께 감사를 드린다. 부친의 책과 원고, 학교 성적표, 집안의 문서, 캐나다 등에 흩어져 있는 가족들의 편지 등을 복사하고 스캔하여 보내주시고, 생존해 계신 어른들과의 인터뷰 녹취록도 보내주셨다. 자료가 방대하여 책의 분량을 더 늘릴 수 있었지만, 시간적인 제약으로 인해 일단 이 정도에서 책을 펴내기로 했다. 홍규 형님과 은규의 노고가 없었다면 이 책을 완성하기 어려웠을 것이다. 책 출판을 맡아준 도서출판 동연의 김영호 사장에게도 감사의 마음을 전한다. 대학

동기인 김 사장은 학창 시절 민주화운동의 에너지를 출판 사업을 통해 평생 묵묵히 발산하고 있다. 아무쪼록 이 책이 김찬국 교수님을 존경하고 사랑하는 사람들에게 20세기 기억을 되살리는 자극제 역할을 할 뿐만 아니라 20세기 한국 역사를 경험하지 못한 다음 세대에게 한 사람의 헌신이 사회에서 얼마나 중요한지를 깨닫게 해주는 길잡이 역할을 해주기 바란다.

2019년 8월 소원 김찬국 교수님의 10주기를 맞이하여

대전 오정골 한남대학교 캠퍼스에서

천사무엘

차 례

# 고향과 집안

## 고향 영주 배고개

소원(笑園) 김찬국(金燦國)은 일제강점기인 1927년 4월 23일 경상
북도 영주에서 태어났다. 당시 한반도는 일본제국주의가 강제로 점령
하여 식민통치를 하던 민족의 수난기였다. 일제는 1910년 8월 22일
친일파를 앞세워 강제로 한일합병조약을 맺고 대한제국을 멸망시킨
뒤 헌병과 경찰력을 앞세워 폭력적인 군사 통치를 자행했다. 이에 우
리 민족은 1919년 봄 일제에 맞서 대규모 독립만세운동인 3.1운동을
일으켰다. 이후 식민통치를 책임졌던 조선총독부는 겉으로는 문화정
치를 표방하여 한국어 신문을 발행하게 하고, 한국인을 등용하는 등
유화적인 모습을 보였다. 그렇지만 실제로는 민족분열정책과 우민화
정책, 식민농업정책, 식민사관의 정립 등을 통해 식민통치를 더욱 강
화했다. 이런 상황 속에서 우리 민족의 저항운동은 거세어졌는데,
1919년 4월 13일 중국 상해에 임시정부가 수립된 것을 필두로 청산
리전투(1920년), 조선어학회 설립(1921년), 6.10만세사건(1926년), 신
간회 설립(1927년), 광주학생항일운동(1929년), 이봉창 의거와 윤봉길

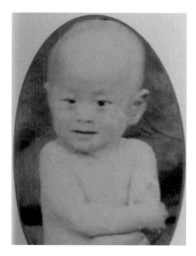

김찬국의 돌 사진(1927년 4월 23일 생)

의거(1932년), 신사참배거부운동 등이 이어졌다. 김찬국이 태어난 때는 이와 같이 일제강점기의 암울한 시대였다.

김찬국이 태어난 영주는 경상북도 북부지역에 있는데 태백산맥에서 남서쪽으로 뻗은 소백산맥 자락의 해발 200미터에 위치한 분지이다. 영주 읍내에는 소백산과 죽령계곡 등에서 발원한 물을 낙동강으로 이어주는 서천이 흐른다. 영주 지역은 산세가 좋고 물이 맑아 신라 시대부터 절이 많이 지어졌는데, 의상대사가 세운 부석사, 성혈사, 흑석사 등은 오늘날에도 남아있다. 또한 학문을 중시하는 전통도 뿌리가 깊어, 고려 공민왕 때(1368년)에 세워진 영주향교, 우리나라 최초의 사립교육기관인 소수서원(1543년) 등이 있다.

김찬국이 태어난 마을은 영주시 가흥 2동 영주로 53번길에 있는 배고개다. 영주의 서천(西川)을 가로지르는 영주교를 건너 서쪽으로 500미터쯤 가면 오른쪽으로 내려다보이는 마을인데, 야트막한 야산을 등지고 동쪽을 바라보고 있다. 지금은 주변에 아파트단지가 들어서고 마을 오른편에 큰 도로가 나서 영주의 신도시 지역이 되었지만, 개발되기 이전에는 들판이 넓고 물이 풍부하여 농사를 지으며 살기 좋은 곳이었다.

전해오는 이야기에 의하면, 이곳의 이름이 배고개인 이유는 조선

시대 단종 때에 수양대군이 일으킨 계유정난(1453년)과 연관이 있다. 계유정난은 수양대군이 어린 단종의 왕위를 찬탈하기 위해서 충신들을 살해하거나 귀양을 보낸 비극적인 사건이다. 이때 황보인, 김종서 등 100여 명이 넘는 사람들이 죽고 그들의 가문이 몰락했다. 지안악군사(知安岳郡事)였던 황의헌과 그의 아들 황석동도 반대파인 안평대군의 일파로 몰려 살해되었고, 그의 동생 황지헌은 영주로 강제 이주당했다.

10여 년 후 황지헌은 귀양에서 풀려났으나 한양으로 가지 않고 배고개에서 살았다. 그는 자신이 태어난 서울 동대문 근처 이현동(梨峴洞/배고개)을 그리워하면서 마을 이름을 배고개, 즉 이현동(梨峴洞)이라 불렀다. 지명의 특징을 나타내는 배나무도 없고 고개도 없지만 이 지역의 이름이 배고개가 된 것이다. 단종의 슬픈 역사와 수양대군의 왕위찬탈, 황지헌의 지조와 절개 이야기는 오늘날에도 배고개 마을에 전해지고 있다.[1] 김찬국은 어려서부터 이러한 이야기를 들으며 자랐는데, 선비들이 지키고자 했던 정의와 공의는 그의 삶에도 반영되었다.

## 청도 김씨

김찬국은 경주 김씨(金氏)의 분파인 청도(清道) 김씨로 신라 마지막 임금인 경순왕의 후손들로 구성된 자신의 가문에 대한 자부심이 있었다.[2] 특히 그는 관직을 지내면서 나라를 위해 공헌한 청도 김씨 선조들을 자랑스럽게 여겼다. 그중에는 고려시대 몽고군의 침입 때 출전하여 공적을 세운 김지대(金之岱)와 조적의 난을 평정한 그의 아

들 김선장(金善莊), 조선의 개국공신으로 세종 때에 형조판서와 호조
판서를 지낸 김점(金漸)과 그의 현손으로 을사사화(1545년) 때 유배되
었다가 복권된 뒤 사간원 대사간을 지낸 김난상(金鸞祥), 대동여지도
로 유명한 김정호(金正浩) 등이 있다.

김찬국은 김난상의 15세손이다. 사간원 정언이었던 김난상은 명
종(1545~1567)의 즉위년에 문정왕후의 수렴청정 아래서 권세를 누리
던 윤원형의 뜻에 반대하다 파직되었고, 영주로 내려와 은거하였다.
영주 단산면 병산리에는 그의 장인이었던 금원정(琴元貞)의 별장이
있었는데, 그는 이곳에 머물면서 퇴계 이황과 학문적인 교류를 하였
다.3 퇴계와는 젊은 시절 사마시(司馬試)라는 과거 시험에 함께 합격
하고(1528년) 함께 기거하며 공부한 적이 있었는데, 이후 절친한 사이
가 되었다.

병산리에 은거 중일 때인 명종 2년(1546년), 김난상은 문정왕후의
국정농단을 비난한 양재역벽서사건으로 남해에 18년간 유배되었고,
이후 단양으로 이배(移配)되었다. 명종이 죽고 선조가 등극한 뒤 그는
유배에서 풀려나 관직에 등용되었다. 이러한 유배와 관직 등으로 김
난상은 영주에서 여생을 보내려고 하였지만 뜻을 이루지 못했다.

김난상의 손자 김효선(金孝先, 1568~1642)은 아버지 김호변(金虎變,
1544~1581)과 함께 병산에 있는 진외가(부친의 외가)를 방문하곤 했다.
이것이 계기가 되어 그는 1586년 결혼하여 살림을 날 때 한양에서 영
주로 이주하였다. 김효선은 배고개의 산 너머 마을인 한절마에 거처
를 정하여 살았는데, 그의 후손 일부가 1800년경부터 배고개에 거주
했다.4

청도 김씨 중 영주와 인연을 처음 맺은 김난상의 강직한 삶의 이야

기는 그의 후손들에게 이어져 오면서 김찬국에게도 큰 영향을 주었다. 또한, 김난상과 그의 후손들의 이야기는 김찬국의 집안이 유교의 전통에 깊이 뿌리를 내리고 있었고, 학문을 중요하게 여겼다는 것을 보여준다. 이는 앞으로 언급할 그의 할아버지의 삶에서도 확인된다.


## 전승이 삶이 되어

김찬국의 고향과 집안에 얽힌 이야기들은 그가 구약성서 학자가 되어 고대 이스라엘의 역사와 예언자들에 특별한 관심을 기울인 근원적인 이유가 무엇인지를 짐작하게 한다. 어려서부터 듣고 배웠던 고향 마을과 가문의 이야기들 그리고 식민시대의 암울한 상황은 그의 사고 형성에 영향을 주었을 것이다. 이는 그가 구약성서의 역사 이야기에 특별한 흥미와 관심을 갖게 했을 것이라 여겨진다.

구약성서에 나오는 이집트 왕 바로의 노예 착취와 억압, 이에 항거하면서 자유와 해방을 갈구했던 이스라엘 백성의 출애굽사건, 북이스라엘의 쿠데타로 인한 왕위찬탈 이야기, 불의한 권력에 맞서 정의를 외쳤던 예언자들, 바빌론 포로의 암울한 현실 속에서도 희망을 잃지 않았던 제2이사야 등은 김찬국이 구약성서를 평생 연구할만한 가치 있는 책으로 여기기에 충분했을 것이다. 또한, 어린시절부터 그에게 익숙했던 이러한 이야기들은 그가 왜 독재정권과 타협하지 않고 학자의 길을 지키려 했는지 그리고 민중을 사랑하는 목회 현장을 중요시했는지 그 이유를 추측하게 한다. 고향 마을에 전해지던 황지헌과 김난상 등 유학들의 삶과 이들의 선비적 삶을 존중했던 마을 공동체의

분위기는 자신이 이러한 상황에 처했을 때 어떻게 살아야 하는지를
생각하게 하고 지시했을 것이다. 고향 마을과 집안에 얽힌 전승들이
주는 메시지들은 김찬국의 삶의 일부로 반영되어 갔던 것이다.

# 집안의 어른들

## 생모에 대한 기억

김찬국은 아버지 김완식(1898~1970)과 어머니 장현이의 장남으로 태어났다. 김완식과 장현이는 기독교인이었지만 혼인할 때 부친들의 결정에 따라 결혼했다. 당시 유교적인 풍습은 결혼의 결정을 가장이 했기 때문이다. 이들의 결혼은 경북지역 양반가에서 예수 믿는 집안끼리 한 첫 번째 혼사였을 것으로 추정된다. 장현이는 양반가였던 인동 장씨 집안의 규수였다. 그의 부친인 장두규(張斗奎, 1878-1943)는 한학에 조예가 깊고 성격이 아주 온화한 문인이었는데, 1902년 판윤(判尹) 장화식(張華植)의 추천으로 혜민원 주사(主事)에 임용되어 근무하다가 어려워진 시대를 목격하고 귀향하여 군루(郡樓)를 이건하고 농교(農校)를 설립하는 등 사회활동을 활발히 하였다. 그의 모친은 진성이씨로 2남 1녀를 낳았는데, 막내인 장현이가 어렸을 때 죽었다.

장현이도 일찍 세상을 떠났다. 그는 첫째인 딸 옥조와 둘째인 아들 찬국을 낳은 뒤 셋째를 낳다가 산후 출혈의 과다로 죽은 것이다.[1] 김찬국은 당시 4살이었기 때문에 생모에 대한 기억은 어머니 등에 업혀

교회에 나갔던 것과 어머니의 장례행렬만이 어렴풋이 남아있었다. 장성한 후 그는 생모에 대한 막연한 그리움이 있어서, 맏아들인 어린 창규에게 이렇게 말했다.[2]

> (나중에 커서) 의사가 되면 할머니가 산후 출혈로 돌아가셨으니 반드시 아기를 잘 낳게 해주는 산부인과 의사가 되라.

후에 창규는 산부인과 의사가 되었는데, 그의 고백처럼 아버지 김찬국의 말이 은연중에 영향을 주었던 것 같다. 어머니를 일찍 여윈 김찬국은 외가 친척들로부터 받은 사랑도 오랫동안 기억했다. 외가 어른들은 요절(夭折)한 딸을 생각하면서 남겨진 어린 자녀들을 안타깝게 여겼던 것이다.

## 아버지와 할아버지의 개종

김찬국의 아버지 김완식은 18세 때 영주서부보통학교를 졸업했다. 그는 다른 학생들보다 비교적 늦은 나이에 보통학교를 다녔다. 당시 보통학교는 4년제였고 8세부터 12세까지의 아이들이 입학했는데 일시적으로 14세까지 허용되기도 했다. 이것은 김완식이 입학 제한 연령에 거의 다다를 나이에 보통학교에 들어갔고, 동급생들 중 가장 나이가 많은 편에 속했다는 것을 의미한다.

김완식이 늦은 나이에 보통학교에 입학한 것은 당시의 자녀교육에 대한 사고 때문이었다. 당시 사람들은 일반적으로 자녀들을 어려서부

윤진중(윤치병 목사 장남)과 김달자(조부 김호영 장로의 막내딸)의 결혼식 기념 가족사진. 앞에서 둘째줄 가운데 신랑 우측으로 김호영, 김호걸, 김찬국(아기), 김완식

터 서당이나 서원에 보내 한학을 공부하게 했고, 신교육에 개방적이었던 일부만이 보통학교에 보냈다.3 김완식도 이러한 풍토에 따라 어려서부터 한학을 공부한 뒤 보통학교에 입학하여 신교육을 받았다.

　　당시 한국인들은 자녀들을 보통학교에 보내는데 적극적이지 않았다. 김완식이 보통학교를 졸업한 후인 1920년에도 한국 아동들의 보통학교 취학률은 3.7%에 불과했다.4 자신을 양반으로 여기는 사람들도 자녀들을 보통학교에 보내는 경우가 많지 않았다. 그들은 유교의 전통에 따라 자녀교육의 중요성과 필요성을 잘 알고 있었지만, 보통학교에 보낼 만큼 신교육에 적극적이지 않았다. 1910년 통계에 의하면, 영주는 인구의 약 30% 정도인 6,236가구가 양반이었고, 이 비율은 봉화(28.45%), 경주(13.66%), 안동(4.58%) 등보다 높았는데, 양반들의 비율이나 숫자가 경상북도에서 가장 많았다.5 그렇지만 다른 지역에 비해 자녀들을 보통학교에 보내는 비율은 상대적으로 낮았다.

김완식이 보통학교를 졸업할 때쯤인 1917년에 영주보통학교는 93명 모집에 81명이 지원하여 미달이었는데, 이 중 양반 자녀들은 50% 정도인 41명에 불과했다.6 이들이 왜 자녀를 보통학교에 보내는 데 소극적이었는지 그 이유는 분명치 않다. 아마도 일본어 교육이나 보통학교 운영 주체인 일제에 대한 반감, 학비 부담 등 다양한 이유가 있을 수 있지만, 지역의 보수적인 분위기도 무시할 수 없이 작용했을 것이다. 이런 상황에서 김완식이 보통학교에 다녔다는 것은 집안의 분위기가 신교육에 대해 비교적 개방적이고 진보적이었다는 것을 암시한다.

김완식은 본래 김호걸(金浩杰, 1880-1945)의 장남이었다. 그러나 김호걸의 형인 중봉 김호영(1877~1955)이 집안의 장남으로 자식이 없자 그를 입양했다.7 그의 입양은 김호영이 가출한 사이에 집안 어른들에 의해 이루어졌는데 그 사연은 이러하다.

김호영은 집안 어른들의 의사에 따라 선성 김씨의 여성과 결혼했다. 어린 나이에 타의에 의한 결혼이어서 부부간의 애정은 거의 없었고 불행하게도 대를 이을 자녀도 생기지 않았다. 유교 사회에서 가문을 이을 아들이 생기지 않는다는 것은 부부 사이를 멀어지게 하는 요인이었다. 더군다나 가까운 친척이 파산하였는데, 비록 보증은 서지 않았지만 친척이 그 빚을 대신 갚아야 하는 관례에 따라 엄청난 경제적 손실을 보았다. 이로 인해 그는 마음이 몹시 상하여 집을 나가버렸다. 김호영은 만주, 함경도 등지로 가서 살았지만 집에는 연락을 하지 않았다. 집을 나간 남편의 소식이 없자 집안 어른들은 종가집에 대를 이을 아들이 없음을 염려하여 김호영의 동생이자 집안의 차남인 김호걸의 장남 김완식을 양자로 보내기로 했다. 장남이 아들이 없을 경우 동생의 아들을 입양하여 대를 잇게 하는 것은 유교 사회의 풍습 중 하나였다. 당시 김완식은 일곱 살 정도였다.

김호영은 가출 13년 만에 소식도 없이 집으로 돌아왔다. 그러나 그는 혼자가 아니었다. 새 아내와 4남 2녀를 데리고 왔다. 대식구와 갑자기 나타난 그가 가족들에게는 충격이었다. 새 아내도 집안 사정을 잘 모르고 김호영을 따라 왔기 때문에 아내와 양아들이 있다는 것을 알고 충격을 받았다.

김호영은 유교 전통에 따라 완식을 장남으로 인정할 수밖에 없었다. 또한, 유교 문화에서 자녀를 낳지 못한 아내는 소박의 대상이었기 때문에 김호영이 새 아내를 얻고 자녀를 낳았다는 것도 집안에서 받아들여질 수밖에 없었다. 그러나 갑자기 6남매와 함께 나타난 가장과 두 아내 그리고 양자로 구성된 가족이 한 지붕 밑에서 산다는 것은 쉽지 않았다. 언제나 긴장감이 있었다. 김호영의 성격이 불같아서 호랑이란 별명을 가지고 있을 정도였고, 자녀들에게 매우 엄하였기 때문에 그 긴장감은 더 컸다.

김호영은 전통적인 유교사상에 깊이 뿌리를 내리고 있었다. 그는 6세부터 26세까지 한학을 공부하여 영주지역에서 한학(漢學)에 가장 능통한 사람 중 한 사람으로 인정받는 유학자(儒學者)였다. 당시는 유교적 신분제가 없어졌지만 일제강점기의 통계에서 알 수 있듯이 이런 사람들은 양반계층으로 여겨졌다. 그는 불교에도 관심이 많아 26세에 금강산 수리봉 선암에서 8개월간 머물며 기도하면서 인생의 의미에 대해서 고민하기도 했다.

김호영이 김숙희 목사에게 고백한 내용에 따르면, 너무 이른 결혼으로 인하여 첫 아내를 너무 힘들게 하였고, 타지로 방황하고 돌아온 이후에도 제대로 아내를 대우하지 못한 죄책감이 너무 크다고 고백하였다. 예수를 믿게 된 이유는 젊은 시절의 인생 낭비와 경제적 파탄 때문에 자살까지도 생각했던 고통과 고민이 어느 정도 작용했을 것으로 추정된다.8 그는 아마도 과거 자신의 실수와 방황, 그로 인한 마음의 상처를 털어버리고 싶었을 것이다. 또한, 아직 철이 들지 않은 12살 때에 결혼하여 맞이한 첫 부인을 학대한 죄책감도 마음에서 씻어버리고 싶었을 것이다. 그러기 때문에 그는 훗날 "천하에 나 같은 죄인이 없다"고 장성한 손자인 김찬국에게 말하면서, "예수 믿고 우리 집안이 새 집이 되었다"고 회상하곤 했다.

김호영은 예수를 믿기 전 신비로운 경험을 했다.9 어느 날 술에 취해 갈지자걸음으로 교회 앞을 지나가는데, "죄인 오라 하실 때에 날 부르소서!" 하는 찬송가 소리가 들렸다. 그는 자신도 모르게 예배당 안으로 들어갔는데, 부흥회 중이었다. 그는 찬송가 소리에 큰 감동을 받고 눈물, 콧물 흘리며 엎드려 기도했다. 한참 후에 누군가 그의 등을 두드릴 때 얼굴을 들어보니 그 교회 목사님이었다.

"여기 교회에 웬일이십니까?"

"사실, 나도 모르게 여기 와 있습니다. 나 같은 죄인도 예수 믿으면 되겠습니까?"

"아이고 무슨 말씀을 하십니까? 당연하지요."

예수를 믿기로 결심했던 그는 부흥회를 인도하고 있던 강사 목사
님도 만났다. 김호영은 그에게 이렇게 물었다.

"나는 예수를 만나보고 믿으면 좋겠습니다. 어떻게 하면 예수를 만날
수 있습니까?"

"예수님을 만나려면 기도를 하세요. 기도를 하시면 예수님을 만날 수
있습니다."

"며칠을 기도해야 만날 수 있습니까?"

"한 달만 해보세요. 그러면 예수님을 만날 수 있습니다."

"틀림없습니까?"

"예, 틀림없습니다."

김호영은 부흥회 강사 목사님의 말씀을 듣고 기도를 하기 위해 딸
이 살고 있는 대구로 갔다. 그는 새벽마다 대구 달성공원 북악(北岳)
에 올라가 40일간 작정기도를 했다. 40일이 가까이 되어도 아무런 소식
이 없었다. 그의 마음에는 생각이 복잡하게 떠올랐다.

'내가 속지는 않았는가? 예수님은 왜 내 기도를 안 들어주시는가…'

마지막 날 새벽에도 산에 올라 방석을 깔고 기도를 하다가 달성공원 계단을 내려오는데, "호영아!" 하는 소리를 들었다. 그는 자기를 부르는 소리에 뒤를 돌아보았지만, 아무도 없었다. 다시 몇 계단을 내려오는데 또, "호영아!" 하는 소리가 들렸다. 그는 자신이 너무 긴장해서 이런 소리가 들리는가 싶어서 한 바퀴를 빙글 돌면서 부르는 사람을 찾았다. 잠시 후 또, "호영아!" 하는 소리를 들었다. 그는 세 번째 자신을 부르는 소리를 듣고 그 자리에서 꼬꾸라졌다. 그것은 마치 사도 바울이 다메섹 도상에서 주님의 음성을 듣고 그 자리에서 꼬꾸라진 것과 같았다. 그는 거기에서 이런 생각이 들었는데, 주님이 주신 말씀으로 인식했다.

"네가 찾는 예수가 네 마음속에 있다."

"하나님 감사합니다."

그는 눈이 펄펄 내리는 길에서 꼬꾸라져서 몇 시간을 기도했다. 지나다니는 사람들도 있었지만 의식하지 못했다. 그는 자신의 체험을 한시로 남겼다.

千年如日日千年 (천년이 하루 같고 하루가 천년 같으니)
萬事人生順愛天 (만사의 사람의 일을 하나님이 주시는 대로 받으라)

이 한시는 그동안 살아온 자신의 삶을 반성하면서 '이제부터는 모든 일에 있어서 하나님의 뜻에 순종하면서 살겠다'는 다짐이었다.

김호영이 예수를 믿는 데에는 개인적인 체험이 중요한 역할을 하였다. 또한, 1919년 3.1운동 당시 안동지역에서는 기독교인들과 유림들이 연합하여 만세운동에 참여했고, 이후 유림들이 기독교로 개종하는 경우가 많아졌다. 일제의 강점으로 인해 민족의 자주성이 상실되었던 상황에서 기독교는 민족의 독립과 개화를 제시하는 종교로 여겨졌기 때문에 진보적인 유림 양반들이 기독교에 마음을 열었던 것이다. 이러한 분위기는 안동에서 학교를 다녔던 김완식을 통하여 김호영에게 전해졌다.

김완식은 영주에서 보통학교를 졸업한 뒤 중학교 과정에 진학할 때 안동지역 최초의 근대식 중등교육기관이었던 협동학교에 진학했다.[10] 그는 이 학교에서 가르치던 선교사의 가르침에 감화를 받아 1917년 4월 예수를 믿게 되었다. 이후 부친인 김호영은 이를 알고 큰 충격을 받았다. 유학자로서 김호영은 장남인 김완식이 예수를 믿는다는 것을 받아들일 수 없었던 것이다. 그렇지만 그는 3일간 식음을 전폐하고 방에 혼자 있다가 나와서, "집안 후계자 맏아들이 교회에 다니니 나도 교회에 다니겠다"라고 선언했다. 이러한 일이 언제 일어났는지는 불분명하지만, 김완식이 예수를 믿게 되자 그 영향으로 김호영도 기독교에 대한 인식이 긍정적으로 바뀌었고, 그의 개종에 영향을 주었다는 것은 분명하다.

예수를 믿게 된 김호영은 상투를 자르고 조상을 추모하는 유교식 제사를 기독교식의 추모예배로 바꾸었다. 그는 가족들과 매일 가정예배를 드리면서 꿋꿋하게 기독교 신앙을 유지해 나갔다.[11] 그는 "너희는 먼저 그의 나라와 그의 의를 구하라. 그리하면 이 모든 것을 너희에게 더하시리라"(마 6:33)는 말씀을 가훈으로 정하고 가족들에게 되풀이하여 강조했다. 그는 일제강점기의 민족적 위기 상황에서 가정예배를 기독교 서당처럼 여겨 가정과 신앙에 대한 교육뿐만 아니라 겨레 사랑과 독립정신도 강조했다. 그는 청도 김씨 집안에서 믿음의 조상 아브라함과 같은 존재로 자리매김하고 있었다.

김호영은 기도를 열심히 하면서 자신의 신앙을 수양했다. 그는 50세가 되던 해인 1927년 7월 태백산 중봉에 가서 120일간 기도했고, 10월에는 금강산 표훈사 부근 은적굴에 가서 280일간 기도했다. 젊은 시절 유교 경전 공부와 불교적인 기도를 했던 그는 개종하고 난 뒤 기독교 신앙과 영성 형성에도 열심이었던 것이다. 그는 기독교 신앙으로 인해 전 인격의 변화와 구원을 경험한 대표적인 사람 중 하나였다.

김호영은 전도하는데도 열심이었다. 그는 문중의 친척들에게 예수를 믿도록 권유했고, 자신의 아버지 김정진(金鼎鎭)에게도 죽기 전 예수를 믿도록 인도하여 영접하게 하게 했다. 영주 선산의 묘비에 김정진 성도라고 기록을 남겨 부모를 전도하였음을 친인척들에게 알렸다. 또한, 그는 1930년 9월 영주군 문수면 조제리 먹실마을에 교회와 학교를 세우고 복음사역을 시작했다. 먹실 마을은 내성천이 흐르는 두메산골로 산들이 둘러싸여 있어서 문명이 단절된 곳이었다. 그는 먹실교회의 개척 책임자로 1931년 3월 15일 영주중앙교회에서 정식 파송을 받아 혼신을 다해 설교와 성경공부를 인도했다.[12] 그는 먹실교회의 영수(領袖)이자 영주중앙교회 첫 파송선교사로서 복음사역에 충실했던 것이다. 그는 1936년 12월에는 영주중앙교회 장로로 임직했다.[13] 또한, 1948년에는 영주시 창진동 창진 마을에 기도처를 마련하여 사역을 했고 이를 토대로 1951년 12월 9일 창진교회는 창립예배를 드릴 수 있었다.

조부 김호영이 영수로 파송되어 개척한 멱실교회 초창기 사진

## 외할아버지 이중무

김호영은 김찬국의 삶에도 지대한 영향을 끼쳤다. 무엇보다도, 김호영은 네 살 된 어린 손자 김찬국이 어머니를 잃자 그를 길러줄 새어머니를 맞이하는데 결정적인 역할을 했다. 김호영은 김찬국의 새어머니가 될 이호규(李鎬圭, 1912~1992)의 아버지 이중무(李中斌, 1881~1957)와 절친한 사이였는데, 이 둘은 사돈이 되기로 약정했기 때문이다.

이중무는 진성 이씨로 퇴계 이황(1501~1570)의 후손이었지만 일찍이 예수를 믿었다. 그가 기독교로 개종하게 된 것은 3.1운동과 직접적인 연관이 있다. 유림이었던 그는 1919년 3월 안동의 예안면에서 일어난 3.1운동에 적극 가담했다. 이 만세운동은 예안면장인 신상면과

조부 김호영 장로가 개척한 창진교회의 1953년 추수감사절 기념사진

만촌교회 교인인 신응한 등이 주동이 되어 일으킨 것으로 교인들과 유림 등 1,500여 명이 태극기를 흔들면서 조선독립만세를 외친 대규모 시위였다. 이로 인해 50여 명이 구속되어 실형을 선고받았는데, 이중무도 이때 투옥되어 대구감옥에서 1년간 옥살이를 했다. 그는 수감 중에 전도를 받아 예수를 믿게 되었는데, 함께 구속되었던 고향 마을의 이원영, 이운호, 이맹호 등도 이때 기독교인이 되었다. 안동에서 3.1운동에 적극 가담했다. 옥살이를 하고 있던 영양 포산교회 이상동 장로가 감옥에서 전도를 했던 것이다.[14]

이중무는 출옥 후 그는 고향에 돌아와 집에서 10여 킬로미터 정도의 거리에 있는 만촌교회에 다녔다.[15] 퇴계의 후손이자 유림이었던 그가 예수를 믿는다는 것이 알려지자 진성 이씨 문중은 그를 심하게 박해했는데, 이에 대한 일화가 가족들 사이에 다음과 같이 전해져 온다.

이중무가 기독교로 개종했
다는 것이 알려지자 진성 이씨
문중은 문중 재판을 열고 이중
무에게 교회에 나가지 말 것을
강요했다. 이중무는 문중의 강
압에도 불구하고 계속해서 교회
에 나갔다. 그러자 문중 어른들
은 그를 불러내어 땅을 파고 거
기에 그를 집어넣고는 목만 남
을 때까지 흙으로 덮은 후 이렇
게 위협했다.

김찬국을 네 살 때부터 길러준 모친 이호규의
부친 이중무. 3.1운동으로 옥살이했던 독립운
동가

"네가 예수를 믿는다고 계속 주
장할 경우 완전히 묻어버리고 족보에서 이름을 빼겠다."

죽음의 위협 앞에서 이중무는 이렇게 말했다.

"저를 여기에 묻거나 족보에서 제 이름을 빼어도 저는 하나님의 생명
책에 이름이 기록되니 끝까지 예수를 믿겠습니다."

순교를 각오한 이중무의 신앙고백이었다. 문중 어른들도 난감했
다. 그들은 차마 이중무를 죽일 수가 없어서 구덩이에서 끄집어내고
동네에서 추방했다. 이때 그가 간 곳이 영주군 장수면 성곡리였는데,
그곳은 영주 최초의 교회인 내매교회 교인들이 교회를 개척하고 있었
다. 그는 이 성곡교회 개척에 참여했다.[16]

생모 장현이　　　　　　장현이의 가족 사진(중앙에 외조부 장두규)

　이후 이중무는 이원영, 이맹호, 이운호 등 문중의 기독교인들과 함께 고향 마을에 섬촌교회를 개척했다.[17] 이 교회의 설립은 쉽지 않았다. 섬촌 마을은 안동지역 유림의 본산이자 퇴계 이황의 정신을 기리고 가르치는 도산서원이 500여 미터 거리에 있었는데, 유림들은 이 서원이 빤히 바라다보이는 곳에 교회를 세울 수 없다고 심하게 반대했다. 그러던 중 이중무는 1921년 자신의 집에 기도처를 마련했고 친구들과 함께 열심히 전도하고 1922년 6월 예배당을 건축하여 섬촌교회를 세웠다. 그러나 얼마 후 유림들이 섬촌교회를 이전하라고 요구하면서 교회의 기물을 파손하는 일이 벌어졌다. 이후 교회는 지역 유림들과 1년 여 동안 재판을 하여 손해배상을 받았고, 교회를 박해하던 유림들의 자제들을 교육하는 터전이 되었다.

　이중무가 언제부터 김호영과 친분을 쌓았는지는 알 수 없다. 이중무는 1929년에 영주 성곡교회 영수로 와 있었고, 김호영은 1931년 영주 먹실교회 영수로 있었으며, 이들이 안동에서 열리는 연차대회에 매년 교회 대표로 참석했다는 것을 고려한다면 1930년경부터 친분을 쌓은 것으로 추정된다. 영수로 교회를 개척하던 두 사람이 절친하게 된 또 다른 이유는 양반 유림 가문 출신이라는 것이다. 한학에 능통하였고, 문중의 박해 가운데서도 예수를 믿게 된 양반이었다는 공통점을 지닌 그들은 자연스럽게 서로 마음을 터놓고 대화하면서 친분을 나눌 수 있었을 것이다.

김호영은 자신의 며느리요 김찬국의 어머니였던 장현이가 젊은 나이에 죽자 이중무와 상의하여 사돈을 맺기로 했다. 400여 년 전 친구였던 김난상과 이황의 후손이 유교에서 기독교로 개종하고 서로 친구가 되어 사돈을 맺기로 한 것이다. 진성 이씨와 청도 김씨 집안의 기독교적인 결합이었다.

## 신여성 새어머니

이중무의 딸인 이호규는 당시 안동군 도산면 고향에서 서울로 유학하여 연지동에 있는 정신여학교에 다니고 있었다.[18] 이 학교는 여의사이자 미국 북장로교 의료선교사였던 애니 엘러스(Annie J. Ellers)가 1887년 6월 정동의 제중원 사택에서 시작했는데, 3.1운동(1919년)과 6.10만세운동(1926년) 등 항일운동에 적극 참여하여 일제의 탄압을 받기도 했다. 이런 정신여학교에 이호규가 유학한 것은 그의 아버지 이중무가 남녀평등사상을 가지고 있었고, 자녀의 기독교교육과 신앙 훈련 그리고 민족의 독립운동에 매우 적극적이었기 때문에 가능했다.

이호규는 정신여학교 4학년인 스무 살 때 성곡교회 영수였던 아버지로부터 다녀가라는 연락을 받았다. 성곡에 온 이호규는 아버지로부터 당혹스런 말을 들었다. 열네 살이나 많고 아이가 둘이나 딸린 홀아

부친 김완식과 모친 이호규의 결혼기념 가족사진. 좌측 상단 첫 번째 이중무, 세 번째 김호영, 네 번째 장두규

비 김완식과 결혼을 하라는 것이다. 경성에 유학하여 선교사가 세운 학교에서 교육을 받던 신여성 이호규로서는 받아들이기 어려운 말이 었다. 그렇지만 당시 유교적이고 가부장적인 사회에서 결혼의 결정은 아버지가 하는 것이었기 때문에 이호규는 아버지의 제안에 따를 수밖에 없었다. 이때 이호규의 친모인 권상락(안동 권씨)은 세상을 떠났고, 이중무는 둘째 부인인 홍귀절(남양 홍씨)과 재혼하여 살고 있었다.[19]

이호규는 1932년 3월 9일 김완식과 결혼했다. 결혼식은 이호규의 제안에 따라 영주에서는 처음으로 서양식 결혼예식으로 행해졌다. 홀 아비인 김완식이 나이 어린 신부를 맞이한 것을 두고 주변 사람들은 호박이 넝쿨 채 굴러들어온 격이라고 웃으면서 축하해주었다. 이호규 는 남편을 따라 영주중앙교회에 다녔는데, 당시 담임목사는 아버지의 절친한 친구이자 고향의 문중 어른인 이원영이었다.[20] 이원영은 이중

무와 함께 3.1운동에 참여하여 옥살이를 했고, 감옥에서 전도를 받아 예수를 믿었으며, 섬촌교회 설립에 참여했었다. 이후 그는 1930년 평양신학교를 졸업하고 이곳 영주에 와서 목회를 하고 있었다. 그러나 이원영은 몇 달 뒤인 1932년 12월 영주중앙교회를 사임하고 목회지를 안동으로 옮겼다.[21]

이호규는 아버지의 영향으로 전통적인 유교식 예의범절을 갖추었을 뿐만 아니라 기독교 신앙이 깊었으며 개화적인 사고를 지닌 신여성이었다. 그는 비록 정신여학교를 중도에 그만두고 결혼하였지만, 가정에 충실하였고, 어린 김찬국을 사랑과 기도로 키웠다. 남편과의 부부관계도 좋아 둘은 대화를 많이 하였다.


## 할아버지의 서원기도

결혼한 지 얼마 되지 않은 어느 날 이호규는 남편 김완식과 함께 시아버지인 김호영(54세)에게 불려갔다. 김호영은 손자인 어린 김찬국을 무릎에 앉힌 후 아들 부부에게 이렇게 말했다.

"예수 믿고 우리 집안은 모두 새 사람으로 태어났으니 감사한 마음으로 27세손인 찬국이를 목사 시키자. 믿음의 첫 열매를 하나님께 드리는 것이 어떻겠느냐?"

가문과 가정에서 절대적인 권위를 가지고 있었던 김호영의 제안에 김찬국의 부모는 순종하면서 그를 하나님께 바치기로 했다. 이어서 세 사람은 김찬국의 머리에 손을 얹고 기도하면서 하나님께 드려 목사가 되게 할 것을 서원했다. 또한, 김호영은 온 집안의 친척들에게 "매일 정오에 사이렌이 울리면 찬국이가 목사가 되게 해달라고 기도하라"고 하면서 "교회에 나가지 않는 사람은 마음속으로 기도하라"고 명령했다. 이에 따라 친척들은 낮 12시에 사이렌 소리가 나면 논이나 밭에서도 일손을 멈추고 김찬국을 위해서 기도했다. 당시 일제는 시간을 알리기 위해서 정오에 사이렌을 울렸는데 이는 곧 김찬국을 위한 기도 시간이었던 것이다. 김찬국은 철이 들면서 이러한 집안 분위기와 할아버지의 극진한 사랑을 알고 몸가짐 하나라도 조심하기 위해서 노력했다.

1932년, 김찬국은 여섯 살 때 할아버지 김호영의 결정으로 영주읍 내에서 30여 리나 떨어진 산골 마을로 아버지를 따라 이사해야 했다.22 김호영은 먹실교회를 개척하고 1년 정도 사역한 뒤 후임 전도사에게 물려준 뒤 나올 생각이었다. 그러나 그런 심산계곡에 있는 교회로 가서 사역하려는 사람은 없었다. 후임자를 찾는 중 그는 먹실에서 영주로 오다가 "너희 집에 좋은 사람이 있지 않느냐?"는 생각이 들었다. 그는 마음속 깊이 들려오는 이 소리를 하나님의 계시라고 여겼다. 집에 돌아온 김호영은 장남인 김완식에게 먹실교회로 가서 돌보라고 했다. 당시 김완식은 33세로 영주중앙교회 집사이면서 영주제일교회가 운영하는 영주기독소년면려회학교의 교사였다.

김완식은 아버지의 명령을 받고 기도하면서 고민하기 시작했다. 그곳에 가면 교사직을 그만두어야 해서 생활 보장도 되지 않고, 병원 시설도 없으며, 달구지가 다니는 길조차 없는 산간벽촌이었기 때문에 쉽게 결정할 수 없었다. 그는 두 달간 기도하면서 고민한 뒤 가기로

조부 김호영이 세운 영문서숙의 학생들과 함께. 우측 상단 첫 번째 이호규, 두 번째 김완식

결정했다. 아버지의 명령에 순종하여 가족과 함께 먹실로 이사했던 것이다(1932년).

김완식은 먹실교회를 중심으로 복음사역을 하면서 농촌계몽운동과 신학문교육도 하였다. 당시 먹실 마을 사람들은 우물이 없어 강물을 마시고 있었다. 이것은 매우 비위생적이었기 때문에 김완식은 큰 우물을 파서 성경에 나오는 "야곱의 우물"이라 이름 짓고 마을 사람들이 공동으로 사용하게 했다. 또한, 그는 교회 건물에 영문서숙(榮文書塾)이라는 사립학교를 세워 10~23세의 청년 남녀들을 모아 교육을 했다. 여기에서 김완식의 아내 이호규와 후일 영주에서 2대 국회의원을 지낸 동생 김정식도 교사로서 가르쳤다. 그는 3년 동안 이곳에서 헌신했는데 신앙의 힘이 아니고서는 감당하기 어려운 일이었다.[23]

# 일제 말기 학창 시절

## 보통학교와 중학교

김찬국은 먹실에서 2년을 지낸 뒤 아버지와 떨어져 영주읍내로 나와서 1934년 영주서부보통학교에 입학했다. 먹실은 산골이었기 때문에 다닐만한 보통학교가 없어서 읍내로 나온 것이다. 그의 아버지는 먹실교회에서 3년을 사역한 뒤 동생인 정식에게 모든 사역을 맡기고 예천에 있는 제약회사인 '예천담약'의 경리책임자로 직장을 얻어 이사했다. 아이들의 교육 때문에 더이상 산골에서 지낼 수가 없었기 때문이다. 이때 김찬국은 보통학교 2학년이었는데 아버지를 따라 예천으로 가서 예천보통학교에 전학했다. 그 사이에 이호규는 1936년 2월에 김찬성, 1939년 10월에 김찬중, 1942년 9월에 김화일을 낳았다.

1940년 2월 예천보통학교를 졸업한 김찬국은 그해 3월 대구 계성중학교에 진학했다. 이 학교는 미국 북장로교 선교사였던 안의와(James A. Adams, 1867~1929) 목사가 1897년 대구 최초의 교회인 남문안교회(현재 대구제일교회) 사택에서 1906년부터 시작한 미션스쿨(mission school)이었다. 김찬국이 이 학교에 다니는 동안 그의 아버지

는 대구동산병원에서 경리를 맡아 일했다. 김찬국은 계성중학교를 1
년 반밖에 다니지 못했다. 그의 아버지가 서울 배화여중학교의 서무
주임으로 가게 되었기 때문이다. 배화여자중학교 교장이자 서울복음
교회 장로였던 이덕봉은 아마도 복음교회 운동을 통해서 알게 된 김
완식이 경리에 탁월한 재능이 있는 것을 알고 그를 채용했던 것 같다.

서울로 이사한 김찬국은 서울중앙중학교로 전학했다. 이 학교는
1908년 기호흥학회(畿湖興學會)가 세운 기호학교(畿湖學校)와 같은
해 흥사단이 세운 융희학교(隆熙學校)가 1910년 합병하여 시작한 사
립중앙학교(私立中央學校)의 역사를 잇는 민족사학으로, 3.1운동과
6.10만세 운동 등 독립운동에 교사와 학생들이 적극 참여한 전통을
가지고 있었다. 그는 서울중앙중학교 시절을 이렇게 회상했다.

> 3.1운동의 발상지인 중앙학교가 소위 사상 학교로서 일제의 감시를
> 받는 가운데서도 우리는 훌륭한 선생님들이 품고 있는 고귀한 민족혼
> 을 이어받을 수 있었다. 당시 교장으로 현상윤(해방 후 고려대 초대총
> 장) 선생님을 비롯하여 변영태, 김상기, 백봉제, 조윤제, 김계숙, 심형
> 구, 유경상, 전장기, 이인수 등 여러 선생님들로부터 인격적 감화를
> 받을 수 있었던 것을 영광으로 생각한다.[1]

김찬국은 4학년 여름방학 때 동급생들과 함께 금강산을 종주했
다.[2] 당시 일제는 방학 때 학생들에게 군사훈련을 시키라고 지시했는
데, 독립운동가요 서울중앙중학교의 교장이었던 현상윤은 군사훈련
명목으로 민족의 명산인 금강산을 등반하게 한 것이다. 여기에는 학
생들이 조국의 산하를 사랑하게 하려는 그의 마음이 담겨 있었다. 수

학여행이나 마찬가지인 금강산 등반을 위해 학생들은 서울에서 전철을 타고 철원을 지나 금강산 서쪽에 있는 평강군 표훈사에 도착했다. 명목상 군사훈련이기 때문에 여기에서부터 학생들은 제복을 입고 어깨에 총을 멘 뒤 금강산에 올라 정상인 비로봉에 도착했다. 거기에서 하룻밤을 지내고 다음날 구룡폭포를 지나 동해안 온정리에 도착했다. 보통 나흘 정도 걸리는 산행이었지만 이틀 만에 마치는 강행군이었다.

　서울중앙중학교의 교사들은 선각자들의 정신을 이어받아 학생들에게 민족혼을 심어주었다. 그러나 학교교육은 제2차 세계대전에 앞장섰던 일제의 간섭으로 인해 제대로 시행되지 못했다. 일제는 수업시간에 전쟁 준비를 위한 군사교육을 실시하도록 강요했고, 전쟁을 수행하는데 부족한 노동력을 보충하기 위해서 학생들을 동원했기 때문이다.

## 비당 윤치병 목사와 복음교회

　암울한 일제강점기 말에 중학교를 다니던 김찬국은 아버지 김완식을 따라 서울복음교회에 다녔다. 서울복음교회는 최태용(1897~1950) 목사가 조선인에 의한 민족 교회를 표방하면서 1935년에 세워 목회하고 있던 교회로 기독교조선복음교회 교단에 속해 있었다. 장로교회의 장로였던 김완식이 교단이 다른 복음교회에 나간 직접적인 이유는 배화여중 이덕봉 교장의 인도 때문이었지만, 그가 영주에 있을 때 이미 복음교회의 여러분들과 친교를 맺고 있었다. 이덕봉과의 관계도 아마 이런 친교를 통해서 가능했을 것이다. 여기에는 영주제일교회의 담임

목사였고 영주중앙교회 창립목
사였던 윤치병(1890~1979)의 영
향도 무시할 수 없다. 윤치병은
당시 장로교단을 떠나 기독교조
선복음교회 교단의 목사로 목회
를 하고 있었다. 여기에서 김완
식과 윤치병의 관계를 추정하기
위해 윤치병의 삶을 간략히 살펴
보자.3

김찬국의 중앙중학교 졸업사진

전북 익산군 황화면(현재 충남
논산군 연무읍)의 부유한 집안에
서 태어난 윤치병은 본명이 윤주병(尹柱炳)이었지만, 국권을 일제에
빼앗기자 치욕(恥辱)이라 여겨 자신의 이름을 윤치병(尹恥炳)으로 바
꿀 정도로 민족의식이 강했다. 그는 민족사학인 기호학교(김찬국의 모
교인 서울중앙중학교의 전신)에서 공부할 때 예수를 믿은 후 일본 고베
신학교에서 신학을 공부했고, 귀국하여 고창 오산학교에서 학생들을
가르치다 다시 일본에 유학하면서 영어를 공부했다. 귀국 후 서울에
머무르는 중 그는 1927년에 강석진 목사의 후임으로 영주제일교회에
청빙을 받았다. 전라도 태생으로 일본에서 신학을 공부한 윤치병이
연고가 전혀 없는 영주로 오게 된 것은 아마도 그와 친분이 깊고 경안
노회와 밀접했던 주기철 목사의 소개 때문이었던 것 같다.4 경안노회
는 강신충을 보내려고 했지만 그가 고사하는 바람에 영주제일교회 당
회에 선택권을 주었는데, 당회는 일본 유학을 한 윤치병을 담임목회
자로 선택한 것이다.5

윤치병은 목회하는 중에 교인의 이혼과 재혼의 허용 문제로 인해 일부 교인들과 갈등을 겪었다. 이로 인해 내분이 일어나 1929년 7월 경안노회는 양측을 모두 치리했는데, 윤치병은 목사직 정직처분을 받았고, 그를 지지하던 교인들은 이에 반발하여 영주중앙교회를 설립했다. 당시 유교 문화에서는 허용되었던 이혼과 재혼을 노회가 장로교회의 규칙을 엄격히 적용하여 목사와 교인들을 치리함으로 일어난 교회분열이었다. 여기에는 교회법을 보수적이고 엄격하게 적용하려는 선교사들의 입김도 작용했다. 당시 경안노회의 목회자들은 선교사들이 운영하는 성경학교 출신들이 대부분으로 선교사들의 절대적인 영향 아래에 있었는데, 윤치병은 이러한 노회의 결정을 받아들일 수 없었다.6

윤치병은 자신을 따르는 교인들과 영주중앙교회를 세웠는데, 영주제일교회 집사였던 김완식도 교회 설립의 주요 멤버로 참여했다. 영주중앙교회가 나중에 김재준 목사 등이 중심이 되어 설립한 진보적인 장로교단인 한국기독교장로회(약칭 기장)에 소속된 것을 감안한다면 윤치병을 따랐던 교인들은 진보적이고 탈선교사적인 사고를 지니고 있었다고 볼 수 있다. 이것은 김완식이 영주에 있을 때 이미 복음교회적인 성향을 가지고 있었다는 것을 의미한다.

윤치병은 영주에서 목회를 계속하려 했지만 경안노회는 그의 목사직을 계속 정지시키면서 설교만 할 수 있게 했다. 하는 수 없이 그는 1930년 영주를 떠나 전북 김제 봉월리교회로 옮겨 목회했다. 그러나 이번에는 목사직 이명 문제로 전북노회와 갈등을 빚었다.7 미국 남장로교 선교사들의 영향 아래 있었던 전북노회는 경안노회에서 문제가 된 윤치병을 받아주지 않았던 것이다. 이런 와중에서 그는 1935년 최태용, 백남용 등과 기독교조선복음교회의 설립에 참여했고, 이 교단의 초대 감독인 최태용에게 목사안수를 했으며, 이듬해 열린 총회에도 참석했다. 노회가 이를 문제 삼자 윤치병은 1936년 장로교단을 탈퇴하고 봉월리복음교회를 설립하여 목회하고 있었다.[8]

윤치병의 복음교회 참여는 갑작스러운 것이 아니었다. 그는 1925년부터 일본에서 귀국한 최태용과 교류하면서 그의 민족교회 운동에 적극 찬동하였고, 1930년부터 최태용을 지지하는 사람들이 해마다 모이는 집회에서 성경공부를 인도했다. 또한, 그는 학식이 높은 일본 유학파 목사로 신학적으로는 진보적이었고, 서구 선교사들의 영향이 강한 제도화된 교회에 대해서는 반감을 가지고 있었으며, 조선인들이 중심이 된 독립적이고 민족적인 교회를 지향하고 있었다. 그가 영주제일교회에서 목회할 때에 이미 이러한 사고를 가지고 있었다.

김완식은 윤치병의 이러한 행적과 성향을 알고 있었고, 신앙과 사고에 있어서 그의 영향을 받았는데, 그 이유는 다음과 같다. 첫째, 김완식은 경안노회가 영주제일교회의 내분 문제를 치리할 때 담임목사인 윤치병을 지지했고, 함께 지지했던 교인들과 영주중앙교회 설립에 적극 참여했다. 더군다나 김완식은 막내 여동생 김달자와 윤치병의 장남의 중매를 서서 결혼하게 했다.[9] 즉 개인적인 친분과 집안의 관계가 깊었다는 것이다. 둘째, 그는 유림의 보수적인 분위기가 어느 지역보다 강했던 영주에서 윤치병처럼 상대적으로 높은 학력을 소유했고 개방적이고 진보적인 지식인이었다. 즉, 김완식은 윤치병의 진보적 사고와 신앙을 함께 나눌 수 있었다. 셋째, 그는 영주제일교회의 내분 치리와 영주중앙교회 분립의 승인 지연에 노회의 선교사들과 보수적인 목회자들 및 장로들의 영향력이 깊이 관여했다는 것을 알고 있어

경성복음교회(좌측 하단 세 번째 김완식 장로, 다섯 번째 지동식 목사)

서 장로교회의 권위적이고 경직된 체제에 대한 반감을 가지고 있었
다. 따라서 그가 서울복음교회에 나간 데에는 윤치병의 영향이 많이
미치고 있었다는 것을 부인하기 어렵다.

김완식의 서울복음교회 출석은 목사가 되려는 김찬국의 진로에 결정적인 영향을 주었다. 그는 서울복음교회에 다니면서 무엇보다도 목사가 되겠다는 꿈을 잃지 않았다. 최태용 담임목사와 지동식 전도사는 이를 알고 격려해 주었다. 목사가 되려는 사람에게 목사가 격려해주고 용기를 북돋우어 준다는 것은 자신감을 갖게 하는 것이었다. 특히 당시 중학생이었던 그는 이 교회 중등부에서 지동식 전도사의 지도를 받았는데, 지동식은 최태용 목사의 열렬한 지지자요 제자로 그의 권고를 받아 일본 동경신학대학에서 신학을 공부한 엘리트 신학도였다. 그런 지동식은 김찬국에게 앞으로 어떻게 신학을 공부해야 할지를 알려주는 롤모델이었다. 실제로 지동식은 김찬국의 평생 스승이 되는데, 연세대학교에서 이 둘은 스승과 제자로 만나게 된다.

## 고향에서 맞이한 해방

김찬국은 중학교를 졸업할 때 불행하게도 신학교에 진학할 수 없었다. 일제는 강제로 신학교를 폐쇄하였고, 상급학교에 진학한다는 것은 사실상 학도병을 자원한 것이나 다름이 없었기 때문이다. 학도병으로 징집되는 것은 죽음의 전쟁터로 끌려가는 것이었다. 이를 피하는 길은 의학도가 되는 것이었는데 이를 위해 졸업을 앞둔 대부분의 학생들은 세브란스 의학전문학교에 입학하기 위해 시험을 쳤다. 김찬국도 이 시험에 응시했으나 낙방했다.

1945년 3월 김찬국은 서울중앙중학교를 졸업했지만 갈 곳이 없었다. 이듬해에는 일본 군대에 입대해야 했다. 그는 선택의 여지가 없었기 때문에 고향으로 내려가 그해 4월 8일 영주서부보통학교 촉탁교사

가 되어 가르치면서 집안의 농사일을 도왔다. 19세 보통학교 교사로
서 그는 모든 꿈과 소망과 의욕을 포기하고 일제 군국주의 교육방식
을 따를 수밖에 없었다. 암울하고 고통스러운 시간이 흐르고 있을 때,
감격의 날이 왔다. 1945년 8월 15일 일본제국의 천황이 제2차 세계
대전의 패배를 인정하고 항복을 선언한 것이다.

　김찬국은 보통학교 교무실에서 12시 정각에 라디오를 통해 항복
소식을 들었다. 그 소리를 함께 듣던 일본인 교장의 얼굴이 창백해지
는 것도 보았다. 당시 모든 한국 청년들이 그러했던 것처럼, 김찬국도
죽었다가 다시 살아난 감격을 맛보았고, 활기찬 기쁨과 희망에 찬 혈
기가 폭발하는 것 같은 충동도 느꼈다. 그는 몹시 흥분되고 들뜬 기분
으로 한 달 동안 지내면서 아이들에게 한글을 가르쳤고, 교회 주일학
교에서는 한국 노래와 역사를 가르치다가 서울로 올라왔다.

# 연희대학에서 신학 공부

## 왜 연희대학인가?

신학 공부를 어느 신학교에서 시작할 것인가? 이 문제는 신학을 처음 공부하는 사람에게 매우 중요하다. 신학의 사조(思潮)가 매우 다양한데, 신학교는 그 중 어느 하나를 강조해서 가르치기 때문이다. 예를 들면, 근본주의 신학을 강조하는 신학교는 성서의 내용을 문자 그대로 역사적 사실로 받아들여야 한다고 주장한다. 그리하여 창세기 1장의 창조기사에 근거해서 우주는 약 5천 년 전에 7일 동안 창조되었다고 가르친다. 그러나 신정통주의 신학에 기반을 둔 신학교는 성서의 내용을 문자 그대로 역사적 사실로 받아들일 수 없고, 거기에 나와 있는 신학적이고 상징적인 의미를 파악해야 한다고 주장한다. 따라서 창세기 1장은 역사 기록이 아니라 계시의 말씀으로 하나님은 창조주요, 우주와 인간은 피조물이라는 메시지를 나타낸다고 가르친다. 이와 같은 극단적이고 복잡한 성서해석과 신학을 초보 신학도가 분별하기는 어렵다. 따라서 신학을 처음에 어디에서 공부했느냐에 따라, 신학 사조에 대한 선호도가 달라질 수 있고 신학적 사고도 다르게 형성

될 수 있다.

목사가 되기를 원했던 김찬국은 교단에서 운영하는 신학교가 아니라 일반 대학에서 신학 공부를 시작했다. 그는 1945년 11월 21일 연희전문학교(현재 연세대학교) 전문부 신과(神科)에 입학했다.[1] 손자 김찬국을 목사로 바치겠다는 할아버지 김호영의 서원기도와 가족 친지들의 김찬국을 위한 기도가 현실에서 이루어질 수 있는 시발점이 되는 순간이었다. 그가 연희전문학교에서 신학을 공부하게 된 것은 그의 아버지와 할아버지의 권유 때문이었다.[2] 그들이 왜 연희전문학교에 가라고 권유를 했는지에 대한 기록을 찾을 수 없지만, 몇 가지 이유가 가능하다.

첫째로, 아버지 김완식의 신앙적 성향을 들 수 있다. 서울복음교회에 다녔던 그는 비교적 개방적이고 진보적인 사고를 가지고 있었고, 반교파주의적이고 반선교사적인 경향이 있었으며, 민족주의적인 교회관을 가지고 있었다.

둘째로, 서울복음교회 교역자들이 그들의 결정에 영향을 주었을 것이다. 이 교회 초대 담임목사였던 최태용은 1918년 연희전문학교 신과에 입학하여 신학을 공부했고, 도중에 이 학교의 요청으로 농과로 가서 가르쳤다.[3] 또한, 그는 일본에 유학할 때 초교파 신학교에서 공부했다. 그의 후임이었던 지동식 역시 초교파 신학교인 일본 동경신학교에 유학했고, 신정통주의 신학을 공부한 진보적인 목회자였다.[4] 이들은 초교파적인 신학교육을 더 선호했던 것이다.

셋째로, 당시 한국 장로교회 신학교들의 상황이다. 해방 직후 장로교 신학교는 장로회신학교와 조선신학교(현재 한신대학교)가 있었는데, 전자는 근본주의 신학사상을 가진 교수진들이 주류를 이루었다.

반면에 김재준이 이끄는 조선신학교는 진보적인 신학인 신정통주의 신학을 가르쳤지만 아직 신학교로서의 체계를 갖추지 못하였다. 따라서 장로교회에 다녔던 김완식은 아들을 장로교 신학교에 보내기가 어려웠다. 서울복음교회가 속해 있던 교단은 아직 신학교가 없었다. 이러한 이유 때문에 김완식은 아들 김찬국에게 연희전문학교에서 신학을 공부하라고 권고했을 것으로 여겨진다.


## 학부 5년 동안

김찬국은 왕복 3시간이나 걸리는 먼 길을 걸어서 연희전문학교에 다녔다. 그의 집이 필운동에 있었기 때문에 광화문, 아현동, 이화여대를 거쳐 신촌에 있는 학교까지 꼬박 1시간 반을 걸어야 했다.5 그렇지만 연희전문학교 교장이었던 백낙준, 한글 학자였던 최현배와 김윤경, 역사학자였던 정인보, 수학자였던 장기원, 철학자였던 정석해, 초대 신과대학장이었던 장석영 등 훌륭한 스승들을 수업이나 채플 등에서 만나 가르침을 받는다는 것은 큰 기쁨이요 자부심을 느낄 수 있는 일이었다. 해방의 감격과 기쁨은 있었지만 아직 제대로 갖추어지지 않은 혼돈과 불안의 나라에 살고 있는 젊은이들에게 이들의 가르침은 소중한 삶의 자산이 되었다.

김찬국은 연희전문학교 시절 한결 김윤경 교수가 가르치는 "국어" 과목을 수강하면서 큰 감명을 받았다. 김윤경은 수업시간에 "한글을 제대로 쓸 줄 모르거나 우리말 표준말을 할 줄 모르는 사람들은 민족 반역자이다"라고 하면서 한글 문법, 한글맞춤법통일안 등을 가르쳤는데, 이 말은 김찬국의 뇌리에 오랫동안 자리를 잡았다. 그리하여 그는 한글 철자법, 띄어쓰기 법, 원고 작성법 등에 관심을 갖게 되었고, 훗날 교수가 되어서도 학생들에게 이를 강조하여 보고서 작성에 반영하도록 했다.6

1946년 8월 연희전문학교가 종합대학인 연희대학교가 되었을 때 전문부 학생들은 대학으로 진학했다. 전문부 신과의 경우 50명의 학생들 중 김찬국을 포함하여 세 명만 연희대학 신학과에 진학하고 나머지는 전과를 했다.7 새로 시작한 연희대학교 신학과 1학년 학생들은 이들을 포함하여 총 12명이었는데, 고영춘, 김주병, 문상희, 황진주 등이었다. 당시 연희대학교 신학과에 진학하려는 학생들은 매우 적었다. 교파 신학을 우선시했던 한국교회의 분위기에서 목사가 되려는 사람들은 거의 다 교단 신학교에 진학했기 때문이다. 연희에서 신학을 공부하는 학생들 중에도 신학교다운 분위기가 아니라고 불만을 품고 교단 신학교로 옮기는 경우도 있었다. 신학과 출신의 선배와 목사가 없다는 것과 종합대학에서 신학을 공부하는 학생들이 소수라는 것은 학생들에게 외로움과 미래에 대한 불안감을 주었다. 그럼에도 불구하고 연희에서의 신학 공부는 김찬국에게 남다른 의미가 있었다.

무엇보다도, 신학도가 대학의 교양교육을 훌륭한 학자들에게 직접 받는다는 것은 연희대학이기 때문에 가능했다. 교단 신학교의 경우, 비전공자들이나 강사들이 가르치는 경우가 대부분이었고, 아예 가르치지 않는 경우도 있었다. 김찬국은 연희에서 기초 교양과목을 문과대와 상경대 교수들에게 직접 배웠다. 그는 당시를 이렇게 회상했다.

연세(당시 연희)의 강단과 교단에는 민족 수난의 절망기 속에서도 굴하지 않고 민족혼과 신앙과 학문을 지켜온 스승들의 얼굴이 등장했다. 그분들의 전문적인 지식의 전달보다도 그분들의 얼굴만 보아도, 말만 들어도 단절되었던 한국의 문화적, 정신적, 기독교적 전통이 이어지고, 전수되었고, 가슴에 새겨져 들어갔던 것이다. … 대학 교양교육을 이런 민족의 은인들로부터 받게 된 것이 민족과 기독교를 연결시켜 나가는 데에 정신적인 지주가 되었고, 신학적 사고 형성의 폭을 넓히는 데 큰 도움이 된 영양제와 활력소가 된 것은 말할 나위도 없다.8

당시 연희대학 신학과는 감리교, 장로교, 복음교회 등 초교파적으로 구성된 교수진들이 신(新)정통주의에 기반을 둔 신학을 가르쳤다. 보수적이고 근본주의적 성향을 가진 사람들은 이러한 연희전문학교의 신학을 "자유주의 신학" 내지는 "신신학"이라고 치부하면서 거부감을 가지고 있었다. 그러나 당시 유럽과 미국 등 세계 신학의 조류는 독일의 칼 바르트(Karl Barth)를 중심으로 한 신정통주의 신학사상이 주류를 이루었고, 근본주의 신학은 이미 낡은 신학이 되어 있었다. 사실 "자유주의 신학"이나 "신신학"이란 용어는 잘못 사용되고 있었다. 신학의 역사에서 "자유주의 신학"이란 19세기 독일의 신학자 슐라이어마허(Friedrich D. E. Schleiermacher, 1768~1834)가 중심이 되어 발전시킨 학문인데, 신정통주의 신학은 자유주의 신학을 철저히 비판하면서 거부했다. 따라서 연희전문학교 신학과는 세계 신학의 조류에 부응하는 신학교육을 하고 있었다.

김찬국은 4년 동안 학부 신학과에 다니면서 다양한 교수들의 수업을 들을 수 있었다. 교회사를 전공했던 백낙준 총장의 에큐메니컬 신학과 기독교철학, 조직신학을 가르쳤던 한영교 교수(장로교)의 보수적인 신학 이론, 실천신학을 가르쳤던 이환신 교수(감리교)의 목회실천적이고 사회윤리적인 신학, 해방 직후 신학부장 겸 교목이었던 장석영 교수(감리교)의 기독교윤리, 서울복음교회 담임목사로 신약학과 조직신학을 가르쳤던 지동식 교수(복음교회)의 화합일치의 신학과 바르트 신학에 근거한 신약성서주석, 고전어를 가르쳤던 고병려 교수(무교파)의 희랍어와 히브리어, 교단이 불분명했던 박상래 교수의 교회사, 교회음악을 가르쳤던 박태준 교수의 찬송가학 등의 강의를 들었다. 또한, 시간강사로 가르쳤던 김재준 목사의 구약개론, 김양선 목사의 한국교회사, 신사훈 박사의 종교철학 등과 캐나다연합교회 선교부의 선교사였던 프레이저(E. J. Fraser)와 스컷트(W. Scott)의 강의도 들었다.

김찬국은 신학과의 과목뿐만 아니라 철학과와 영문과의 과목도 선택하여 수강했다. 그는 영문과 교수인 원일한(Horace G. Underwood) 박사의 영어작문을 선택했다가 과제물에 대해서 F학점을 받은 일도 있었다. 그의 영작문 숙제를 친구가 그대로 베껴서 제출했기 때문에 둘 사람 모두 낙제점수를 받은 것이다. 다행히 학기말에는 학점이 나왔지만, 이 일을 통해서 김찬국은 과제물을 남에게 보여주거나 베끼지 말아야 한다는 교훈을 얻었다. 또한, 그는 영문과 심인곤 교수의 밀톤의 실낙원 강의를 수강하게 되었고, 실력이 뛰어나고, 존경하는 교수님으로부터 배웠다는 자긍심이 있었다.

김찬국은 영문과의 음성학 과목도 선택하여 수강했다. 이 과목 덕분에 롱펠로우(Longfellow)의 〈인생찬가〉(Psalm of Life)라는 시를 완전한 표준발음으로 영시낭독의 운율에 맞게 외울 수 있었다. 이로 인해

서 훗날 그가 일반 학생들에게 기독교개론을 가르치거나 전공과목을
가르칠 때 학생들에게 시편 23편과 인생찬가를 영어로 외우게 했다.
또한, 그가 영문과에서 배운 문학의 이론과 분석 방법 등은 훗날 구약
성서를 연구하는데 필요한 학문적 자산이 되었다.


## 평생의 반려자

김찬국은 대학에 다닐 때 평생 반려자가 될 성윤순을 만나 사귀었
다. 창녕 성씨였던 성윤순은 충남 공주가 고향으로 이화여대 교육학
과에 다니면서 염리동교회에 출석하고 있었다. 학교는 다르지만 같은
학년이었던 그들이 처음 만났던 곳은 연희대학 강당이었다.9 어느 날
김찬국이 도서관에서 공부하고 있을 때 아래층 강당에서 피아노 치는
소리가 들렸다. 그는 이 소리에 이끌려 강당으로 내려가 피아노 치는
여학생에게 다가가 인사했다. 당시 성윤순은 이화여대 학생이었지만,
연희대학 교수로 이화여대에 출강했던 성백선 선생의 배려로 연대에
서 피아노 연습을 할 수 있었다. 인사를 하면서 자세히 보니 낯익은
얼굴이었다. 성윤순이 연대 뒷길을 통해 이화여대로 등교했기 때문에
자주 마주치던 얼굴이었다. 그들은 자연스럽게 친근한 사이가 되었고
자주 만나 데이트를 했다. 김찬국의 친구로 영문과에 재학 중이었던
김동길은 이 두 사람의 연애시절을 이렇게 회상했다.10

그는 연애를 해도 철저하게 하고, 남이 뭐래도 후퇴하는 일이 없이
전진에 전진을 거듭하여 마침내 그 고지를 점령하고야 마는 타입이

성윤순의 이화여대 졸업 사진　　　　결혼 사진

다. 그가 대학의 상급반이던 때 이웃 이화여대 교육과에 다니는 아가
씨, 머리를 길게 따서 뒤로 늘어뜨린 예쁜 처녀 성윤순을 사귀게 되었
다. 그들의 밀회 아닌 밀회 장소가 신학관 어느 방이어서 짓궂은 우리
눈에 가끔 뜨이지 않을 수 없었다. 내가 '방해공작'을 여간 많이 하지
않았건만 그 두 사람은 깊이 사랑하더니 마침내 부산 피난시절에 결
혼하여….

## 왜 구약학 전공인가?

김찬국은 1950년 5월 10일 연희대학 신학과를 졸업했다. 그의 학
부 졸업증서 번호는 "00003"인데, 연세대학교 전체 졸업생 명부에 세
번째로 기재되어 있음을 의미한다. 그는 연희대학이 대학으로 인가를

연세대 신학과 졸업식 때 가족사진　　학사모를 쓰고

받은 뒤 1회로 졸업했고, 성이 "김"씨이기 때문에 가나다 순서에 의해
서 명부의 앞쪽에 기재되었던 것이다. 그는 그해 6월 1일 대학원 신학
과 석사과정에 진학하여 구약학을 공부를 시작했다. 그는 대학원에서
자신이 구약학을 전공하게 된 동기가 세 가지였다고 회고했다.11

　　첫째로, 그는 구약성서의 원어인 히브리어 문법을 수강했다. 그는
2학년 2학기부터 3학년 2학기까지 세 학기 동안 성서 히브리어를 수
강하면서 문법 공부를 끝냈기 때문에 구약성서를 전공할 수 있는 언
어적인 기초가 있었다. 둘째로 당시 연희대학에는 구약학을 가르치는
교수가 없었는데, 그는 구약학을 공부하여 장차 교수 요원으로 모교
에서 가르치기를 원했다. 셋째로, 그는 신학사 졸업논문을 구약에 대
해서 썼는데, 제목이 "구약의 메시아사상"이었다. 당시 구약교수도 없
고, 구약 전문서적도 별로 없는 상황에서 심도 있는 논문을 쓴다는 것
은 불가능했다. 그럼에도 불구하고 그는 논문을 쓰고 졸업논문 발표
회에서 발표까지 하였다.

김찬국이 구약학을 전공하는 데는 졸업 동기생들의 권유도 작용했다. 연희대학 신학과를 1회로 졸업한다는 자부심을 가지고 있었던 7명의 졸업생들은 장래 한국교회와 신학에 기여하기 위하여 각자 한 가지씩 전공을 정하여 공부하자고 의기투합했다. 그들은 김찬국에게 구약학을 공부하라고 권했는데, 그는 훗날 당시를 이렇게 회상했다.

문상희는 신약학, 김주병은 청년운동, 박몽환은 조직신학, 황진주는 기독교방송, 고영춘은 기독교문학을 각기 해보기로 방향을 설정했었다. 이런 요청이 한국에서 해방 후 대학교에서 공부하는 우리들에게 필연적인 요청이며, 하나님께서 주신 명령같이 생각되었다.12

그는 학부에서 구약학 관련 과목으로 구약개론과 구약신학, 히브리어를 수강했고 구약에 관한 졸업논문도 썼지만, 스스로 생각해볼 때에 구약학에 대해서 아는 바가 거의 없었다. 그럼에도 불구하고 그는 동기들의 권유와 사명감으로 인해 구약학의 길을 가기로 했던 것이다.

## 군복무와 결혼

석사과정에 입학한 지 얼마 되지 않은 1950년 6월 25일 한국전쟁이 일어났다. 이로 인해 그의 대학원 공부는 중단되었다. 전쟁의 상황에서 많은 사람들은 서울을 떠나 남쪽으로 피난을 떠났지만, 그는 피난을 가지 못하고 서울에 남아 있었다.

김찬국은 전쟁 중에 서울이 불바다로 변하는 모습을 보면서 청량리에 있는 친척집으로 피신했다.[13] 그때 인민군들은 "여러분, 공민증을 줄 테니 모두 나오시오" 하면서 젊은이들을 불러 모았지만, 그는 숨어 있었다. 그러다가 발각되어 의용군으로 끌려갈 처지에 놓였다. 생사의 갈림길에 선 절박한 순간에 그는 하나님께 기도했다.

"하나님, 당신을 부정하는 공산당의 앞잡이가 될 수는 없습니다. 설령 죽는 한이 있더라도 대열에서 탈출할 테니 보호해 주소서."

기도를 마치고 날이 어두워졌을 때 그는 인민군들의 감시가 소홀한 틈을 타 도망쳤다. 목숨을 건 필사의 탈출이었다. 그는 곧장 인왕산 밑에 있는 필운동의 아버지 집으로 갔다. 아버지는 집 근처에 전셋집을 얻어 김찬국이 지하실에서 숨어 지내게 했다.[14] 대학 때 사귀던 성윤순 등 친구들이 찾아왔지만, 식구들은 그의 거처를 알려주지 않았다. 그러다 1950년 9월 28일 한국군과 유엔군이 연합하여 서울을 수복할 때야 비로소 안심할 수 있었다.

자유의 몸이 된 김찬국은 1950년 12월 4일, 24세 때 군 입대 소집 영장을 받았다. 비원에서 신체검사를 받고 곧장 포병부대에 입대했다. 입대하기 전날 김찬국은 성

한국전쟁 중 포병 입대

윤순을 만나 이렇게 말했다.[15]

"아주 좋은 곳에 취직하게 되었소."

"그곳이 어딘데요. 이 전쟁의 와중에 좋은 곳이 있겠어요?"

그는 입대한다는 사실을 감추고 "내일이면 알게 될 것"이라고만 말했다.

김찬국은 진해에 있는 부대로 가서 훈련을 받았다. 1개월쯤 훈련받고 있을 때 한 지휘관이 그를 정훈과로 데리고 갔다. 그는 그곳에서 〈포소리〉라는 군 신문의 기자로 일했다.

포병학교 시절 주일예배에 빠짐없이 참석했다. 군인교회에는 진해 시내 목사님들이 와서 예배를 인도했다. 하루는 성윤순이 목사님 한 분과 동행해서 찾아왔다. 깜짝 놀란 그는 도대체 어찌된 일이냐고 물었다. 성윤순의 대답에는 그리운 마음이 담겨져 있었다.

"당신을 만나고 싶어 왔지요. 진해 지역에 구제품을 나누어주어야 한다고 상부에 건의해 겨우 허락을 받았어요."

당시 성윤순은 전쟁 중에 "세계구제기구"의 일원으로 열심히 봉사하고 있었는데, 김찬국을 만나고 싶어서 이렇게 건의했던 것이다. 군 입대 중 성윤순의 면회를 받은 김찬국은 마음속으로 그녀와 결혼을 약속했다.

2년간의 군 복무를 마친 김찬국은 부산 피난지로 가서 살았다. 대

구와 부산에 흩어져 살던 가족들도 부산의 한 집에서 모여 살게 되었
다. 이때 그는 부산에서 임시 개교한 배재중학교의 교사로 영어와 성
경을 가르쳤다. 그는 동생인 김찬중을 배재중학교에 입학시켜 다니게
했다. 그리하여 영어와 성경 과목 시간에는 형과 동생이 교사와 학생
으로 만나서 수업을 했다. 김찬중은 당시를 이렇게 회상했다.16

> 그곳에서 영어와 성경을 형님으로부터 1년간 배웠다. 그때 배운 성경
> 은 형님의 전공인 구약 중에서 모세5경 부분이었는데, 창세기, 출애
> 굽기의 이야기들이 어찌나 재미있었던지 시험에 거의 100점을 받은
> 것으로 기억된다.

김찬국은 1952년 4월 26일 대학 때부터 사귀던 성윤순과 부산에

가족과 함께(1965년 2월)

서 결혼했다. 대학 2학년 때 만나서 사귀어 왔던 두 사람이 이제 결혼한 것이다. 결혼식 주례는 연희대학 신학과 교수이자 그가 다니던 서울복음교회 담임목사였던 지동식 목사가 했다.

## 대학원 공부

1952년 9월 김찬국은 부산 피난지에서 임시 개교했던 연희대학 대학원에 복학하여 학업을 계속했다. 김찬국과 함께 공부했던 문상희는 당시를 이렇게 회상했다.[17]

> 연희대학교의 부산 임시교사는 바다에서 건져낸 군용텐트를 친 천막학교였다. 비 오는 날의 수업은 우산을 받쳐 들어야 했다. 그러나 아무도 불평하지 아니했다. 김윤경 박사가 총장서리로, 한영교 박사가 대학원장으로 각각 중책을 지고 있었다.

당시 연희대학에는 구약교수가 없었다. 학교에서는 그에게 조교로 근무하면서 신학과 학부 1학년 학생들에게 구약개론 과목을 가르치게 했다. 또한, 이듬해인 1953년 봄 학기부터는 전임조교로 채용하여 강의도 하고, 대학원 공부도 할 수 있게 했다.

대학원에서 공부할 때 김찬국은 미국 프린스턴신학교에서 신약학을 공부하고 귀국한 전경연 박사와 한영교 교수 그리고 지동식 교수에게 배웠다. 구약학을 전공한 교수가 없었기 때문에 이들로부터 수업을 들은 것이다. 당시 한국 신학계에는 구약학 전문교수가 없었다.

연희대학교 1회 대학원 졸업생(1954년). 김찬국, 문상희, 이상호, 안세희, 이기을 등 12명을 교수로 임명했다

한국신학대학의 김재준 목사가 미국 유학 중 석사과정까지 구약을 공부했지만, 당시에 주로 조직신학을 가르쳤다. 구약학 교수가 없다는 것은 김찬국으로 하여금 더욱 사명감을 갖게 했다. 그는 구약학을 하나님께서 자신에게 맡긴 분야라고 생각하면서 전쟁 중 자료 부족의 열악한 상황 가운데서도 열심히 공부했다.

　1953년 부산 피난지의 연희대학원 시절에 김찬국은 지금도 연세대 신과대학에서 발간하는 학술지 「신학논단」을 창간하는데 결정적인 기여를 했다. 이에 대해서 당시 신학과 3학년 학생이었던 한태근 목사는 이렇게 회상했다.[18]

　3학년 2학기에 내가 신학회 회장으로 선출되었는데 그때 우리에게 히브리어를 강의하셨던 김찬국 교수님께서 나를 불러 '신학논단'이란

학회지를 창간해 보는 것이 어떻겠느냐고 하시기에, 곧 임원들과 의논한 후에 여러 교수님께 원고를 청탁하고 작업을 시작했었다. 그런데 바로 그때, 내게 징병영장이 발부된 것이 보류되지 않아 입대하게되었고 남은 임원들이 애쓴 보람으로 53년 7월에 프린트로 된 책이지만 「신학논단」 창간호가 탄생되었다.

김찬국 교수님의 창의적이고 예언자적인 아이디어가 없었던들 그 전쟁의 와중에 연세신학의 자랑이요, 열매라 할 수 있는 신학논단은 태어나지도 못했으리라 생각하며 김찬국 교수님께 감사하는 마음으로여기 「신학논단」 창간의 경위를 밝히는 바이다.

당시 「신학논단」은 연세대학교 최초의 학술지로 교수와 학생들의 논문을 실었는데, 김찬국은 창간호에 "칼빈의 신관"이라는 논문을 게재했다. 그는 칼빈의 『기독교강요』 제1권에 나오는 하나님에 관한 내용을 1940년 출판된 대킨(A. Dakin)의 『깔뱅주의』(Calvinism)라는 책을 참고하여 살펴보았다.[19] 그는 구약학 전공이었지만 조직신학 분야의 과목도 수강했기 때문에 이 논문을 썼다.

1953년 휴전 협정이 맺어지고 난 뒤 정부가 서울로 오게 됨에 따라 연희대학교도 서울 본교로 돌아왔다. 대학원 석사과정을 졸업하기위해서 김찬국은 전경연 박사의 지도를 받으면서 "구약에 나타난 계약의 하나님의 구속적 의를 논함"이라는 제목의 논문을 썼다. 이 논문은 종교개혁자들이 주장했던 "하나님의 의"에 대한 이해를 구약성서에서 찾고자 했던 것으로 하나님의 의의 개념, 본질 그리고 계약, 심판, 속죄, 구원과의 관계를 다루었다. 즉, 그는 서론에서 하나님의 의가 종교개혁자 루터를 통해서 재발견된 것을 지적하면서 이에 대한 구약성서의 이해를 연구하겠다고 논문의 목적을 제시했다. 그리고 1-2장에서 그는 하나님의 의의 개념과 본질에 대한 사전적인 정의를 다룬 다음에, 나머지 3-6장에서 하나님의 의가 하나님의 계약이나 심판, 속죄, 구원과 어떤 관계에 있는지를 설명했다. 그는 결론에서 구약에 나타난 하나님의 의를 다음과 같이 요약했다.

> 관계개념으로서 출발한 하나님의 의, 하나님의 의지 요구로서의 의,
> 진실한 계약관계에 놓은 사회공동체의 질서로서의 의, 심판하면서
> 속죄하고 구원하는 의, 이러한 의의 개념이 구약을 일관하고 구약의
> 종교와 윤리를 형성하고 있는 근본요소가 되어왔었다.

그는 구약성서의 중심은 계약이라고 주장한 구약학자 아이히로트 (W. Eichrodt)를 인용하면서 하나님의 계약이 있기에 범죄한 인간에게 하나님의 구원과 은총도 가능하다고 주장했다.

> 그래서 계약신 야-외가 계약백성 이스라엘을 보호해서 선민으로 택정
> 하였기 때문에 야-외의 의가 이스라엘 역사에서 현실화될 수 있었으며
> 그 계약적인 의가 심판적이면서도 속죄적인 의로 발전할 수 있었던 것
> 이며 따라서 이스라엘은 비록 범죄하였지만 구원의 희망을 가질 수 있
> 었다. 그러므로 그러한 역리적인 하나님의 의가 실현될 수 있었던 것은
> 오직 계약관계에 의한 하나님의 은총의 결과라 할 수 있다.

그는 구약에 나타난 하나님의 의가 그리스도의 구속을 믿는 기독교 신앙에서도 그대로 나타나 있다고 제시하면서 구약 계약의 성취가

신약 그리스도에게서 완성되었다고 주장했다.

> 이런 의미에 있어서 구약이 보여준 계약적 구속적 하나님의 의도 비
> 로소 그 영역과 그 의의가 정당한 위치에 놓이며 앞에 오실 그리스도
> 를 준비하는데 위대한 정신적 유산이 되었다고 할 수 있다.

김찬국은 석사학위 논문에 "현대성서해석의 방향과 구약신학의 임무"라는 부록을 첨부했다. 이 부록의 앞부분에서 그랜트(R. M. Grant)의 책『교회에 있어서의 성서』(The Bible in the Church)를 참고하여 20세기 초반 신정통주의에서 주장하는 하나님의 말씀으로서의 성서에 대한 이해가 필요하다는 제안했다. 즉 구약성서에 대한 역사비평적인 이해를 넘어서 신학적인 이해를 해야 한다는 것이다. 또한, 뒷부분에서는 아이히로트(D. W. Eichrodt)의 책 "구약신학 1권" 제1장에 나오는 "구약신학의 과제와 방법"을 참고하여 구약신학의 두 가지 임무를 제시했다. 즉 구약종교와 이방 종교의 관계성 그리고 구약과 신약의 연관성이다.

이상과 같은 김찬국의 석사학위 논문은 200자 원고지 149쪽의 분량으로 1954년 2월 15일 제출되었다. 논문심사는 지도교수인 전경연 박사와 남산감리교회 목사였던 변홍규 박사, 한신대의 김재준 목사가 했는데 무사히 통과했다. 연희대학교의 첫 번째 구약학 석사학위논문이었다.

김찬국의 석사학위 논문의 참고문헌은 총 18개에 불과했다. 이 중 13개는 구미학자들의 책이나 사전 등인데, 조직신학자인 브루너(E. Brunner)와 바르트(K. Barth), 구약학자인 부데(K. Budde), 데이빗슨(A.

B. Davidson), 아이히로트(D. W. Eichrodt) 등의 저서와 헤스팅(J. Hastings)
이나 키텔(G. Kittel)이 편찬한 사전이다. 나머지 5개는 일본어 문헌인
데, 아사노 준이치(淺野順一)와 세키네 마사오(寬根正雄)의 구약 분야
책들 그리고 동경신학대학에서 1950년에 펴낸 「신학」 잡지 2호이다.

이 참고문헌에 석사학위 논문 주제와 직접 연관된 구약 본문의 주
석서나 논문 및 저서 등이 없다는 것은 오늘날 이해하기 어렵다. 그리
고 18개의 참고문헌으로 성서학 분야 석사학위 논문을 쓴다는 것도
오늘날의 시각에서 쉽게 받아들일 수 없다. 또한, 구약학 논문이기 때
문에 연구 주제에 대해 성서 본문의 주석과 해석을 중심으로 접근해
야 하지만 조직신학적인 틀의 방식으로 서술하고 결론을 내린다는 문
제도 있다.

그럼에도 불구하고, 논문을 썼던 1954년 당시 한국전쟁으로 폐허
가 된 직후의 대학 현실을 고려할 때, 외국의 저술을 참고하여 구미
신학계의 연구 경향을 따라 석사학위 논문을 썼다는 것은 높이 평가
할 만하다. 특히 근본주의적인 성서해석이 주류를 이루고 있고 그러
한 자료들이 이미 저서나 논문집 등으로 출판된 한국의 상황을 고려
할 때, 이러한 논문을 쓴다는 것은 일반 대학인 연희대학이었기 때문
에 가능할 수 있었다.

김찬국은 1954년 3월 20일 11명의 석사과정 졸업생들과 함께 연
희대학 대학원을 졸업했다. 이 중 신학과 졸업생은 신약학을 전공한
문상희와 이상호를 포함하여 3명이었다. 임시 강당에서 열린 초라한
졸업식에서 그는 졸업생 대표로 강연을 하였는데, 여기에 참석한 그
의 아버지와 할아버지는 감격의 눈물을 흘렸다. 할아버지 김호영의
눈물은 특별했다. 그는 손자를 목사로 하나님께 바치기로 서원했고,

대학과 대학원을 다닐 수 있게 경제적인 도움을 주었기 때문이다.

12명의 연희대학원 제1회 졸업생 전원은 백낙준 총장과 김윤경 대학원장의 특별 배려로 모교의 전임강사로 채용되었다. 해방 이후 열악하게 유지되었던 대학교육 환경마저 한국전쟁으로 폐허가 되었기 때문에 이를 재건하기 위해서 긴급하게 교수진이 필요했던 것이다. 이들은 모교에서 후배들을 가르칠 수 있었다.

# 미국 유학 시절

## 유학 준비

김찬국은 대학원을 졸업하면서 미국 유학을 가고 싶었다. 그는 하나님께 간절히 기도했다.

"하나님, 미국 유학의 길을 열어주소서. 좀 더 체계적인 공부를 하고 싶습니다."

한국전쟁의 폐허 속에서 미국에 유학 간다는 것은 현실적으로 불가능했다. 미국에 유학할만한 가정적 여건도 부족했고, 미국행 여비와 유학 경비도 없었다. 그러나 그는 마태복음 7:7-8의 말씀을 생활 신조로 삼으면서 이러한 꿈이 결코 허황되지 않다고 믿었다.

구하라 그리하면 너희에게 주실 것이요 찾으라 그리하면 찾을 것이요 문을 두드리라 그리하면 너희에게 열릴 것이니 구하는 이마다 얻을 것이요 찾는 이는 찾을 것이요 두드리는 이에게는 열릴 것이니라.

유니온신학교로 떠나기 전 가족과 함께(1954년 8월)

좌절과 한숨이 팽배했던 피난지 부산에서 그는 미국 뉴욕에 있는 유니온신학교(Union Theological Seminary)에 입학원서를 보냈다. 백낙준 총장과 한영교 학장의 추천서도 함께 보냈다. 유니온신학교가 한국에서 최초로 신학석사 과정을 마친 사람에게 입학을 허가해 줄 것인지 알 수 없어서 초조하게 결과를 기다렸다. 몇 달 후 답장이 왔다.

당신의 입학을 허락합니다. 장학금 1500달러는 학교에서 이미 확보해 놓았습니다.

감격적인 편지였다. 입학 허가와 장학금은 한국전쟁의 폐허 속에서 한국의 젊은이에게 교육의 기회를 주고자 하는 유니온신학교의 배려라고 여겨졌다.

학비는 전액 장학금으로 해결되었지만 유학 경비가 문제였다. 수소
문 끝에 마침 한국기독교교회협의회(NCCK)에 미국교회협의회(NCC-
USA)에서 장학생 추천 의뢰가 와 있다는 소식을 들었다. 그는 총무였
던 유호준 목사님을 만나서 부탁했다. 그러자 협동총무인 싸우어 목
사가 영어시험을 치라고 했다. 지원자가 김찬국 한 사람이었기 때문
에 그는 별다른 어려움이 없이 추천을 받을 수 있었다. 1954년 8월 31
일, 28세에 그는 미국으로 가기 위해 여의도 공항에서 비행기를 탔다.

미국 뉴욕에 있는 유니온신학교는 1836년 미국 장로교 목사들에
의해 설립되었다. 그러나 1893년 이 학교 교수회는 미국 장로교단과
의 관계를 끊고, 초교파 신학교로 독립을 선언했다. 이러한 결정은 장
로교 목사였던 브릭스(Charles A. Briggs)의 성서신학 교수 취임 연설이
결정적인 영향을 끼쳤다. 독일에 유학했던 브릭스는 1891년에 행했
던 취임 연설에서 축자영감설과 성서무오설 등 근본주의적 성서관의
문제점들을 지적했다. 당시 미국장로교회는 프린스턴신학교 등지에
서 가르치던 근본주의 신학이 주류를 이루고 있어서 이를 받아들이지
않았다. 심지어 미국 장로교 총회는 1893년 그를 이단으로 정죄하면
서 출교시켰다. 유니온신학교 교수들은 이를 받아들일 수 없어서 곧
바로 장로교단과의 절교를 선언했던 것이다.

유니온신학교의 결정은 시대에 앞선 것이었다. 20세기 초 보수진
영과 진보진영으로 나뉘어 대결하던 미국장로교회 총회가 1929년 총
회에서 근본주의자들을 제명하고 진보주의적인 입장을 취했기 때문
이다. 미국장로교회가 유니온신학교와 같은 신학적 입장으로 변했지
만, 유니온신학교는 계속해서 초교파 신학교로 남아 미국의 진보신학을
이끌었다. 본회퍼(Dietrich Bonhoeffer), 라인홀드 니버(Reinhold Niebuhr),

폴 틸리히(Paul Tillich) 등은 미국의 신정통주의신학을 이끌었던 대표
적인 교수진들이었다.


### 유니온신학교에서

미국에 도착한 김찬국은 유니온신학교에서 3년 정도 공부할 계획
이었다. 그는 먼저 3년제인 신학사(B.D.) 과정(오늘날의 교역학 석사인
M.Div. 과정) 3학년에서 1년을 공부하고 싶었다. 신학사 과정은 대학을
졸업하고 진학하는 신학 전문 교육 프로그램이기 때문에 한국에서의
신학 공부를 생각하면 3학년 과정을 공부하는 것이 옳다고 생각했다.
이 과정을 마친 뒤 그는 신학석사(S.T.M.) 과정에 진학하여 2년간 공부

미국 유니온신학교 재학 중(1954년 11월 6일. 상단 좌측 두 번째 김찬국)

하고 싶었다. 여기서는 자신의 전공인 구약학을 심도 있게 공부할 수 있기 때문이다.

그러나 유니온신학교에 도착했을 때 그는 계획대로 3년간 공부할 수 없다는 것을 알았다. 미국 NCC가 장학금 지급 조건인 1년만 공부를 하고 한국으로 돌아가라고 했기 때문이다. 그가 귀국을 하지 않을 경우 다음에 한국 학생을 초청하지 않겠다고 했다. 하는 수 없이 그는 1년만 공부하고 귀국하겠다는 약속을 했다. 그렇지만 그의 눈앞은 캄캄했다.

영어로 필기나 논문을 쓰는 훈련이 안되었는데 1년 동안 무엇을 어떻게 공부할 수 있단 말인가? 설상가상으로 그는 기숙사에 짐을 풀어놓은 지 나흘 만에 새 옷 한 벌과 수표 두 장, 카메라 등을 모두 도둑 맞았다.

"신학교 7층 기숙사에서 도둑을 맞다니!"

참으로 황당하고 난감한 일이었다. 더욱이 도둑맞은 장소가 신학교 기숙사였기 학교에서도 이 사건은 화제였다. 그는 미국에 유학 온 것을 후회하기도 했다.

"내가 왜 여기까지 왔단 말인가? 조국에서 편안하게 학생들이나 가르칠 것을…."

고통의 상황에서 그는 하나님께 매달려 기도할 수밖에 없었다. 기도를 마치고 그는 용기를 내어 대학원장인 리처드슨 교수를 찾아갔

미국 유니온신학교 기숙사 방에서

다. 연희대학 신학석사 증명서를 제출하면서 그는 대담하게 말했다.

"이미 한국에서 신학 석사과정을 마쳤으니 이를 인정해 주십시오."

한국에서 신학 공부한 것을 인정하여 석사과정으로 입학시켜 달
라는 요구였다. 한국의 신학교육 수준이 유니온의 수준과 같단 말인
가? 미국에서 대학 4년을 포함하여 7년을 공부하고 입학하는 신학석
사 과정 입학을 대학교육 환경이 열악한 한국에서 6년만 공부한 사람
에게 허락해 달라는 것이 가능한 일인가? 리처드슨 교수는 한국에서
석사과정을 마치고 유니온에 입학한 사람이 없음을 확인했다. 당시
유니온에는 한국신학대학을 졸업한 강원룡과 이화여대 교수였던 현
영학이 공부하고 있었지만 한국에서 대학원 과정을 마치고 온 것은
아니었다. 그는 생각 끝에 이렇게 말했다.

"우선 실험적으로 후보자 자격을 주겠다."

고마운 결정이었다. 연희대학 학부와 대학원에서 공부한 것을 미국 신학대학원의 신학사 과정 즉 오늘날의 교역학 석사(M.Div.) 과정까지 인정해주겠다는 의미였다. 이 결정은 이후 연희대학을 졸업한 다른 사람에게도 적용되었다. 김찬국과 연희대학과 대학원을 함께 졸업한 문상희도 이듬해인 1955년 9월 학기에 이 과정에 입학하여 신약학을 공부할 수 있었다.

김찬국은 신학석사(S.T.M.) 과정으로 입학을 허락받았지만 큰 중압감이 밀려왔다. 이 과정은 원래 2개 학기인 9개월 만에 마쳐야 하는 학위과정이었기 때문이다. 영어가 원활하지 않은 상황에서 2학기 동안 석사과정에서 20학점의 수업과 졸업논문을 끝내야 한다는 것은 결코 쉬운 일이 아니었다. 그렇지만 그저 매달려 열심히 하는 수밖에 없었다.

김찬국은 구약학을 전공하였기 때문에 이 분야의 수업을 주로 들었다. 구약학 교수인 마일렌버그(James Muilenburg, 1896~1974) 박사와 테리언(Samuel Terrien, 1911~2002) 박사 등이 개설한 〈구약신학〉, 〈12소예언서〉, 〈팔레스틴 고고학〉, 〈예레미야 주석〉, 〈외경 위경 문학사〉, 〈사해사본 연구〉, 〈제2이사야 주석〉, 〈히브리어 강독〉 등의 과목을 수강했다. 이들은 세계적인 구약학자로 잘 알려져 있었다.

마일렌버그 교수는 구약성서 연구에 수사학적 비평(rhetorical criti-cism)을 처음 적용한 미국 성서학자로 영어성경 RSV 번역에 참여했으며, 1953~1954년에는 미국동양학연구소(American Schools of Oriental Research) 소장(Residential Director)으로 예루살렘에 1년간 머물면서 사해사본을 연구하기도 했다. 그는 유니온에 돌아와서 1954년 〈팔레스틴 고고학〉과 〈사해사본 연구〉 과목을 처음 개설했는데, 이때 김찬국은 그의 수업을 들었다. 그가 개설한 〈팔레스틴 고고학〉은 성서고고학 과목이었는데, 후자의 범위가 모호하기 때문에 이 문제를 인식한 학자들은 후자보다는 전자의 명칭을 선호했다. 또한, 사해사본은 1947년 발견된 이후 매우 활발하게 연구되고 있었고 성서학 연구의 획기적인 변화를 주었는데, 이에 대한 과목을 통해서 세계 성서학계의 연구 동향을 알 수 있었다. 김찬국은 마일렌버그의 〈예레미야 주석〉과 〈제2이사야 주석〉 과목도 수강했는데, 후자의 강의 내용은 주석서인 『인터프리터스 바이블』(*The Interpreter's Bible*, Vol. 5)로 출판되어 나왔다.

프랑스 출신의 구약학자인 테리언 교수는 지혜문학과 시편을 연구하면서 계약 개념이 구약신학에서 과도하게 강조되었다고 비판하고, 그 대안으로 하나님의 현현(presence) 개념을 구약신학의 중심으로 제시했다. 구약의 역사적인 내용에만 등장하는 계약 개념이 지혜문학에는 나오지 않기 때문에, 이를 아우르는 구약신학의 개념으로 하나님의 현현과 부재의 신학을 내세운 것이다. 또한, 그는 구약과 신약을 통합하는 성서신학(biblical theology)을 주장했고, 성서신학은 여성을 남성과 동등한 존재로서 뿐만 아니라 창조의 왕관(crown of creation)으로 여긴다고 주장했다. 김찬국은 테리언의 구약신학 과목을 들으면서 전혀 새로운 시각을 배울 수 있었다.

김찬국은 전공인 구약학 과목뿐만 아니라 타 분야의 과목도 수강했다. 그는 라인홀드 니버 교수의 기독교윤리 과목을 수강하면서 『기독교윤리 해석』(*An Interpretation of Christian Ethics*)이란 책도 접할 수 있었다. 그는 이 강의를 통해 용서하는 사랑으로서의 그리스도의 사랑이 기독교 윤리의 왕관이라는 말에 감명을 받았다. 또한, 이 과목을 통해서 그는 유니온신학교의 교수였던 벤네트(John Bennett)의 『사회구원』(Social Salvation: A Religious Approach to the Problems of Social Change)이란 책을 접하고, 기독교 복음을 선교하는 교회가 사회악을 제거하는데 어떤 기능을 담당해야 하는가에 대해서 관심을 갖게 되었다. 당시 철학적 신학으로 유명한 틸리히의 강의는 정식으로 수강하지는 못하고 도강(盜講)을 했다. 이를 통해 그의 책 『존재에로의 용기』, 『흔들리는 터전』, 『새로운 존재』 등을 읽고 많은 것을 배웠으며, 설교할 때 이를 참조했다.

영어 수업을 듣고 과제를 제출한다는 것은 결코 쉬운 일이 아니었다. 같은 과목을 수강하고 있던 네이비 목사가 교정을 도와주었고, 밤을 새워가며 공부하는 날도 셀 수 없이 많았다. 김찬국은 "이사야 40-55장에 나타난 의(체데크)의 유래"라는 제목의 졸업논문을 마일렌버그 교수의 지도하에 썼다. 바빌론 포로기에 활동한 제2이사야는 구약 예언자 사상의 전개 과정에서 중요한 인물이었기 때문에 그의 사상 중 "의"의 개념의 전승을 찾아보는데 의미가 있었다. 학부 졸업논문을 쓰면서 구약에 나타난 하나님의 의 개념을 공부했던 것도 도움이 되었다. 마일렌버그 교수의 지도하에 9개월 만에 석사논문을 마쳤다.

김찬국은 1954년 5월 24일 뉴욕 리버사이드교회(Riverside Church)에서 열린 졸업식에서 신학석사(S.T.M.) 학위를 받았다. 이 졸업식에서 틸리히 교수가 "병자를 고치라"는 설교했는데, 이는 그의 유니온신학교 고별 설교였다. 이후 그는 하버드대학교 신학부로 옮겼다. 이때 현영학도 같은 학위를 받았다. 그는 이화여대 교수로 있다가 유학을 왔었는데, 아내인 성윤순의 선생이기도 했다. 이런 인연으로 현영학은 김찬국이 뉴욕 유학할 때 늘 격려하면서 용기를 북돋아 주었다.

힘든 뉴욕 생활을 할 때 한인교회는 유일한 안식처였으며, 한국인들의 친교 장소였다. 당시 그는 윤응팔 목사가 시무하던 한인감리교회에 출석했다. 이 교회는 뉴욕에서 가장 오래된 교회였고, 감리교회로는 유일했다. 그는 교회의 봉사자가 없는 것을 알고 교회 주보 인쇄를 담당하면서 목회를 도왔다. 또한, 이 교회를 중심으로 뉴욕지구 한인유학생회가 있었는데, 유니온에 가자마자 신임회장이었던 이동원이 기숙사로 찾아와서 종교부장을 해달라고 부탁해서 이를 수락하여 돕기도 했다. 김찬국이 감리교회에 나간 것은 부산에 피난 갔을 때부터였다. 그때 대학 동기생들 중 고영춘, 김주병이 권유해서 감리교회로 옮겼다. 어려서 장로교회에서 신앙생활을 시작했던 그가 복음교회를 거쳐 감리교회에 자리를 잡은 것이다.

뉴욕에서 유학할 때 가장 기쁜 소식은 한국에서 아내가 보낸 편지에 쓰여 있었다.

"아들을 낳았어요. 12월 29일이 태어난 날입니다…."

1954년 12월 29일 장남인 창규가 태어났다는 것을 알려온 것이다. 첫 아이 성혜가 딸이어서 아들을 기다렸는데 그 소원이 이루어진 것이다. 당시 한국 사회에서 가장은 아들이 있어야 한다는 의식을 가지고 있었다. 김찬국도 그런 중압감이 있었지만 창규의 출생으로 이에서 벗어날 수 있었다. 기숙사에 살면서 같이 공부하던 헛스론이란 친구 부부가 이를 축하하는 파티를 열어주었다. 참 고마웠다.

## 귀국 길에서

유니온신학교의 졸업식 날은 참으로 기쁜 날이자 긴장에서 해방된 날이었다. 이제 귀국하여 가족들도 만날 수 있었다. 그러나 그는 나중에 이 날이 아주 슬픈 날이라는 것을 알았다. 손자의 유니온신학교 졸업을 그 누구보다도 기뻐하셨을 할아버지 중봉 김호영 장로가 79세의 나이로 하나님의 부름을 받았기 때문이다. 김호영 장로는 중봉 유훈 4계를 후손들에게 남겼다.

1. 생명도 나의 소유가 아니다. 하나님의 뜻대로 존경하자.
2. 육신도 나의 소유가 아니다. 하나님의 뜻대로 보호하자.
3. 자녀도 나의 소유가 아니다. 하나님의 뜻대로 교육하자.
4. 재산도 나의 소유가 아니다. 하나님의 뜻대로 취급하자.

중봉 김호영 장로의 생일인 매년 1월 4일에 가족 예배를 드린다(1964년 1월 4일, 좌측 2열 김찬국 목사, 김완식 장로, 이호규, 김정식, 김영식 장로)

독실한 신앙인이자 사회운동가였던 김호영 장로의 죽음은 영주지역의 큰 슬픔이었다. 영주지역의 큰 어른으로 시민들의 존경을 받았기 때문이다. 그는 대한청년회, 대한독립촉성국민회 등 사회운동에 간여했지만, 직접 나서지 않고 뒤에서 지지하고 지원했다. 자신의 이름이나 주변 인물을 내세우지 않고, 젊은 사람들을 인격적으로 대해주면서 그들의 사회활동을 겸손하게 지원한 것이다. 영주 지역사회에서는 문제가 있을 때마다 김호영 장로에게 의견을 물어 매사를 결정했다. 그가 아니라고 하면 그들은 일 추진을 멈추었고, 그가 옳다고 하면 일을 성사시켰다. 그런 존경받는 분의 장례식이었기에 영주시민들은 사회장으로 지냈다. 추모를 위해 시내의 길 양편에는 광목이 쳐졌고 온 시내가 장례식 분위기였다. 영주의 큰 별을 마지막으로 보내는 길에 시민 전체가 문상했다고 할 정도로 많은 시민들이 슬퍼하며 애도했다.

유니온신학교를 졸업한 김찬국은 귀국길에 오르기 전 약 한 달 동안 미국 여러 곳을 둘러볼 기회를 얻었다. 그는 미국감리교 본부가 마련해준 여름청년대회 몇 곳에 참석하여 목회자들이 청년들과 소통하는 모습을 보고 배웠다. 목회자들은 여름 한 주간 동안 자기 교회 청년들과 함께 지방별 청년연합대회에 참석하여 함께 놀고 대화하고 어울리면서 청년들의 생각과 발언에 귀를 기울였다. 60세가 넘은 목사들이 중학생들과 함께 캠프생활을 하며 동심으로 돌아가 즐기는 모습은 유교적인 권위주의 사회에서 살았던 김찬국에게는 신선한 충격이었다. 미주리주의 흑인 지역 마을회관에서 열린 에큐메니컬 워크 캠프에도 약 한 달 정도 참여하였다. 여기에서는 미국, 인도, 서독 등에서 온 학생들과 함께 노동을 하면서 지역사회 봉사활동을 했다.

미국 유니온신학교 졸업식

한국으로 돌아올 때는 배로 태평양을 건넜다. 25일간의 태평양 항해를 할 때 이상근 목사와 차윤근 박사가 함께 했다. 세 사람은 배에서 함께 대화를 나누면서 무료할 뻔했던 여행을 즐겁게 만들었다. 뉴욕 신학교 석사과정을 졸업하고 귀국하던 이상근은 대구신정교회(현 대구서문교회) 출신이었는데, 이 교회는 김찬국의 할아버지인 김호영이 다니던 교회였다. 그는 대구제일교회에서 34년간 목회하면서 성서주석을 완간하기도 했다. 세브란스 의전출신으로 존스홉킨스대학교 공중보건대학원 졸업했던 차윤근은 독실한 기독교 신자로 국립 소록도병원장, 국립의료원장, 어린이재단 회장 등을 역임하면서 한센인과 중증장애 아동 등 어려운 사람들을 위해 평생을 헌신했으며, 한센인의 아버지란 별명을 얻기도 했다.

김찬국은 8월 말 부산을 거쳐 서울역에 도착했다. 서울역에는 신과대학 지동식 학장을 비롯한 동료 교수들과 학생들이 나와서 "김찬국 선생 만세"를 부르면서 환영했다. 연희대 백낙준 총장은 김찬국의 귀국을 기뻐하면서 "1년 만에 기적적으로 석사학위를 받은 인물"이라고 칭찬을 아끼지 않았다.

# 연세대 교수 시절

## 신학과 교수로서

1955년 가을학기에 김찬국은 학교로 복귀하여 학생들을 가르쳤다. 대학원을 함께 졸업하고 신학과 전임강사로 채용되었던 문상희 교수는 미국 뉴욕 유니온신학대학원(Union Theological Seminary)으로, 이상호 교수는 미국 드루대학교(Drew University)로 유학을 떠났다. 1956년부터 1962년 2월까지 그는 신학과 과장으로 학과의 살림을 도맡아 했다. 학교행정 때문에 연구 활동을 하는데 시간을 할애하기 어려워서 아쉬웠지만, 당시 상황으로서는 피할 수 없었다.

특히, 1956년 1월에 지동식 교수가 신과대학장직을 사임하고 후임으로 김하태 박사가 동년 6월 1일 취임할 때까지 김찬국은 백낙준 총장으로부터 임시 연락 사무 책임자로 위촉을 받고 교무위원회에 참석해야 했다. 교무위원회에는 스승인 최현배(부총장), 김윤경(대학원장), 정석해(문과대학장), 장기원(이공대학장) 선생 등이 계셨다. 이 분들은 학교의 문제에 대해서 장시간 토론을 벌이면서 논의했는데, 사회를 맡은 백낙준 총장은 토론의 결론을 다음날로 연기하면서까지 공동합의 원칙을 지키고자 했다. 1957년 1월에 연희대학교와 세브란스 의과대학이 통합을 하여 연세대학교가 되었기 때문에, 연희대 교무위 원인 이들의 논의는 매우 중요했고 무엇보다도 합의가 잘 되어야 했다. 김찬국은 이를 보면서 행정가의 자세가 어떠해야 하는지를 배웠다.

신학과 1회 졸업생이자 교수로서 김찬국은 연세대학교 신학과의 사명은 다른 교단 신학교의 그것과 분명히 다르다고 생각했다. 그는 그 사명을 이렇게 서술했다.

> 종합대학교 안에 있는 신과대학은 학생 수도 적고, 교수 수도 적고, 해서 늘 수에 있어서 약세에 몰리곤 하였지만 연세 기독교 대학의 교 육이념의 실천을 위하고 한국 전체의 교회연합 정신을 기르는 신학적 사명과 한국적 전통과 문화 속에서 한국기독교를 토착화시키는 신학 적 관심과 연구에서 볼 때에 그 사명이 막중함을 느끼지 않을 수 없었 다.[1]

연세 신학의 사명은 첫째, 기독교 대학으로서 연세대학교의 교육 이념을 실천하는 것이고, 둘째, 초교파 신학교육기관으로서 한국교회 의 연합정신을 신학적으로 발전시키는 것이며, 셋째, 한국의 전통과 문화 속에서 한국기독교를 신학적으로 토착화시키는 것이라고 여겼 던 것이다. 그는 이 사명을 이루기 위해서 학과장으로서 최선을 다했 다. 당시 그의 모습을 지켜본 이상호 교수는 이렇게 회고했다.

> 그때의 김찬국 교수님은 유학을 다녀와서 신학과 과장의 일을 맡아보 셨지만 신과대학의 거의 모든 일을 이끌어 나가고 계셨다. 이끌어 나

갔다는 말은 어울리지 않는다. 모든 일을 창조해 나간 것이다. 지금의 신학논단이 어떤 중요한 의의를 가지는 지는 누구나 다 아는 사실이다. 처음에 이것을 생각해내고 출판에 이르기까지 해낸 것도 김찬국 교수님이다. 코이노니아의 모임과 신학공개강좌 그리고 자고 깨면 새로운 일거리를 만들어내는 것을 나는 옆에서 본 것이다. … 지금 와서 생각해 보니 그 모든 일들이 연세 신학의 미래를 위해 없어서는 안될 그런 중요한 일들뿐이었다.2

김찬국은 1957년에 신학과장으로서 '연세신학공개강좌'를 시작하는데 기여했다. 이 공개강좌는 정동제일교회, 새문안교회 등 학교 밖의 교회에서 개최했는데, 새로운 신학을 소개하거나 한국교회의 나아갈 길 등을 제시했다. 이는 교회와 신학, 대학과 교회를 연결하는 가교 역할을 했다.

김찬국은 학생들에 대한 애정도 많았다. 그는 종합대학에서 신학을 공부하는 학생들의 어려움을 누구보다도 잘 알고 있었다. 당시 신학과 입학생 중 목회자가 되기를 희망하는 학생들은 20퍼센트도 되지 않았고, 대부분의 입학생들은 사회로 나아가는 징검다리로 생각했다. 이런 학생들에게 그는 자신의 학부 시절을 생각하면서 소명의식을 강조했다.

훈련받은 사람에게만 소명이 온다. 예수님의 제자들도 예수님이 부활하신 후에야 비로소 소명을 받아 제자의 사명을 다했다.
실제로 예수님의 제자들도 처음부터 하나님의 부르심을 받은 소명의식이 분명히 선 사람은 없었다는 것이다. 3년간 따라다니면서 훈련을

연세대 학생처장 때 후기졸업식(1961년 7월 1일 노천강당)

받은 뒤에도 막판에 가서는 도망치고 예수를 모른다고 했던 제자들이
예수님 부활 후에 참으로 훌륭한 소명을 받아 제자의 사명을 다한 것
이다.

종합대학에서 신학 공부를 하면서 자신의 소명에 대해서 혼란스
러워하는 학생들에게 먼저 신학훈련에 집중하라고 권했던 것이다. 참

된 소명의식은 갑자기 거저 얻어지는 것이 아니라 신학훈련을 충실히 받고 그리스도의 말씀을 깨달을 때 가질 수 있는 것이었기 때문이다.

1950년대 후반에 신학과 학생이었고, 졸업 후 부산맹아학교 교사가 되었던 강위영 교수(대구대 재활학과)는 자신의 정체성과 소명의식을 찾는데 도움을 준 스승 김찬국 교수와의 만남을 이렇게 회상했다.

> 내가 연세 숲 속에서 김찬국 선생님을 만난 것은 선생님께서 유니온(Union)신학교에서 공부를 마치고 귀국하신 후인 1957년경이라 생각합니다. 내가 대학 3학년 때 히브리어(Hebrew) 문법과 구약 원전을 배울 때가 첫 만남이라고 기억됩니다. 그때 다락방 강의실에 김호식, 박재영 동문들과 함께 6~7명의 작은 학급이었던 것으로 기억합니다. … 이 만남으로 인해 나는 나의 정체성(Identity)을 발견하게 되는 계기가 되었던 것 같습니다.[3]

강위영은 자신의 정체성 발견에 대해서 구체적으로 언급하지 않지만 김찬국 교수와의 만남이 중요한 역할을 했다고 회상했다. 김찬국의 소명의식 강조는 학생들에게 자신의 정체성과 진로에 대한 대답을 찾게 하였던 것이다. 그는 신학을 공부한 학생들의 진로에 도움을 주기 위해서 "다원목회"라는 개념도 처음으로 제시했다.[4] 이에 대해 이상호 교수는 다음과 같이 회상했다.

> 그때 김찬국 교수님은 또 하나의 일을 만들어냈다. … 그것은 바로 다원목회라고 하는 이념에 가까운 것이었다. 우리들의 졸업생은 학교나 방송국이나 산업의 일선에까지도 목회 현장으로 삼고 일터를 찾

아가야 한다는 생각이었다. 지금이야 그런 생각이 무어 그리 대단히 창의적인 것이라고 말할 것이 아니다. 오히려 교파마다 앞다투어 선교 개척지로 삼고 있는 형편이다. 그러나 그 옛날에 그런 생각을 미리 앞서 내다보았다고 하는 것은 김찬국 교수님의 특징 가운데 하나였다고 믿는다. 그리고 그분은 행동으로 옮겼고 산업선교의 장을 위해 실태조사와 개척 선교에도 나섰다.

김찬국이 제시한 다원목회는 다양한 분야의 현장에서 신학을 전공한 졸업생들이 사역을 하는 것이었다. 그들이 목사안수를 받든 그렇지 않든 사회에 나아가 전공을 살려 일하는 것이었다. 목회 현장을 교회 공동체의 범위에서 벗어나 기독교학교나 기관, 더 나아가서 산업 현장까지 넓히는 것이었다. 이러한 사역을 하려면 폭넓은 사고와 대인관계가 있어야 가능했다. 그리하여 김찬국은 학창 시절 자신의 경험을 살려 신입생들에게 강의 첫 시간에 이렇게 말했다.

"여러분 학생들은 신학생이기 전에 대학생이 되라."

종합대학에 들어와서 일반 학생들과 함께 공부하면서 그들과 사귀고 대화하면서 교우의 폭과 사고의 폭도 넓히라는 것이다. 교단 신학교의 학생들은 입학 때부터 신학생으로 생활하지만, 종합대학의 신학도들은 먼저 대학생활을 만끽해야 한다는 것이다. 신학생도 일반 대학생들처럼 학창 시절에 대한 풍부한 경험이 있어야 사회에 나가서 활동하는데 도움이 된다는 것이다. 그는 졸업생들이 소명의식을 가지고 교회를 비롯한 여러 분야에서 열심히 사역하는 것을 보면서 큰 보람을 느꼈다.


## 구약학 교수로서

김찬국은 신학과 교수로서 구약학을 가르쳤다. 구약학 교수로서 그의 가장 중요한 임무는 구약성서를 연구하고 가르치는 것이었다. 미국에 1년 동안 유학을 했지만 방대한 구약학을 가르치기에는 이것만으로 부족했다. 박사학위를 취득하고도 가르치는데 지식이 부족한데 석사학위만을 가지고 가르치는 것은 얼마나 어려운 것이겠는가? 학과장으로 학교행정에 관여하였기 때문에 시간도 부족했다. 그럼에도 그는 주어진 시간에 열심히 공부하면서 가르칠 수밖에 없었다.

구약학 교수로서 김찬국은 〈구약개론〉, 〈오경개론〉, 〈예언서〉, 〈성서 히브리어〉 등의 과목을 가르쳤다. 그의 수업 내용은 학생들에게 매우 충격이었다. 학생들 대부분이 교회에서 배운 대로 성서의 내용을 문자 그대로 역사적 사실로 믿는 근본주의 신앙을 가지고 있었기 때문이다. 그들은 우주가 창세기 1장에 쓰인 대로 6일 동안 창조되었다고 믿었다. 지구의 역사는 창조 때부터 계산해 볼 때 5,000년 정도밖에 되지 않는다고 생각했다. 성경은 성령께서 각 저자들에게 계시하신 것을 받아 적은 것으로 문자적인 오류가 없다고 확신했다. 오경의 저자는 모세이고, 시편의 저자는 다윗이며, 이사야서의 저자는 이사야라고 알고 있었다. 모두 역사적 사실이 아니라는 그의 가르침은 충격일 수밖에 없었다.

근본주의 문제는 1930년대부터 한국교회 안에서 신학적 갈등의 주요 원인이었다. 1934년 번역 출판된 『아빙돈 성경주석』은 신정통주의 주석서였는데, 장로교 목사인 송창근, 한경직, 김재준 등이 참여하였다. 1935년 장로교 총회는 이 주석에 교리에 위배되는 내용들이 있다고 지적하면서 이들의 사과를 요구했다. 그들은 결국 '유감'을 표명하지 않을 수 없었다. 해방 이후에도 장로교단은 이 문제로 인해 예장(예수교 장로회)과 기장(기독교 장로회)으로 분열되기도 했다.

근본주의 신앙이 만연한 한국교회의 상황에서 대부분의 신학생들이 이러한 성향을 가지고 있는 것은 당연했다. 김찬국은 학생들에게 유럽과 미국의 주류 신학교에서 일반적으로 통용되고 있는 역사비평적 성서해석을 가르치면서 근본주의 성서해석의 문제점들을 지적했다. 성경에는 서로 일치하지 않은 내용들이 많이 있고, 오경은 모세가 하나님의 직통 계시를 받아 적은 것이 아니며, 우주도 창세기 1장의 문자적 내용처럼 6일 동안 창조되지 않았다고 가르쳤다. 그의 강의를 들은 학생들은 자신의 신앙이 무너지는듯한 충격을 받을 수밖에 없었다. 감리교신학대학교 구약학 교수와 대한성서공회 총무를 역임한 민영진 박사는 김찬국 교수의 수업을 들었던 대학시절을 이렇게 회상했다.

우리는 2학년이 되고 4.19가 일어나 학교가 휴교에 들어가고, 얼마 후 다시 열리고, 이런 와중에서 구약개론이라는 것을 배웠는데, 역사비평적 방법이 소개되는 〈오경개론〉 시간에는 흔들리는 우리 사회 못지않게, 우리가 교회를 통하여 전수 받아온 전통적인 신앙도 마구 흔들렸다. 남산에 세워진 이승만 대통령의 동상만이 땅으로 곤두박질을 한 것이 아니라, 지금까지 생각하고 믿어왔던 성경에 대한 상식이 폭삭 무너져 내리는 것이 김찬국 교수의 〈구약개론〉 시간이었다.

> … 우리의 신앙적 바탕과 근본주의적 신앙이 무너지는 소리가 얼마
> 나 요란했겠는가!5

신학을 공부하고 신앙을 더욱 돈독히 하여 목사가 되려고 신학과에 입학했는데 신앙의 근본이 흔들리니 이제 어떻게 해야 하나? 학생들은 자신이 믿고 있는 것에 문제가 있다는 것을 알고 매우 혼란스러워했다. 민영진은 김찬국의 수업이 얼마나 충격적이었는지에 대해 계속해서 언급했다.6

> 문서가설에 입각한 김찬국 교수의 오경 형성사라든가 오경 자료설 강
> 의, 구약의 창조기사를 바빌로니아의 창조설화와 비교하면서 해석하
> 는 그의 강의는 아무리 구약 창조 신학의 독특성을 말하기는 하더라
> 도 충격적이었고, 이사야를 제1이사야와 제2이사야, 심지어 제3이사
> 야로 나누어 설명하는 이사야서의 형성 등에 관한 그의 강의는 생전
> 듣도 보도 못한 것이어서, 그런 강의는 근본주의 신앙을 물려받은 목
> 사 가정에서 자라난 어린 신학도를 실신케 하는 데는 굉장한 파괴력
> 을 가진 무기였다.

사실 교회에서는 성경을 주석적으로 예리하게 분석하거나 전체 문맥을 고려하면서 읽지 않기 때문에 학생들은 기록상의 모순이나 반복과 차이 등을 미처 알지 못했다. 오경의 경우, 모세가 혼자 쓴 것이라고 가르치니 그런 줄만 알았다. 그러나 오경이 한 사람의 저술이 아닐 것이라는 지적과 함께 내용상 모순이 되는 여러 문제들을 알고 보니 그동안 자신의 성경 지식이 잘못되었다는 것을 알게 되었다. 이

로 인해서 학생들은 괴로웠고, 새로운 돌파구를 찾아야 한다는 문제
에 봉착하게 되었다. 김찬국은 자신의 학창 시절을 생각하면서 이러
한 혼란은 신학도로서 반드시 극복해야 하는 과정이라는 것을 잘 알
고 있었다. 그리하여 역사비평적 성서해석을 학생들에게 가르치면서
학생들 스스로 자신들의 신앙을 되돌아보고 재정립할 것을 요구했다.
그는 이러한 신학적 사고가 한국의 신학과 교회의 발전을 위해서 반
드시 필요하다고 생각했다.

　김찬국이 수업시간에 구체적으로 무엇을 가르쳤는지는『구약성서
개론』이라는 책에 나와 있다.[7] 그는 이 책을 감리교신학대학교의 박대
선 교수, 한신대학교의 김정준 교수와 함께 써 1960년에 출판했는데,
이 책의 '제1편 모세오경'과 '제2편 전기 예언서' 부분을 집필했다. 모
세오경 부분에서 그는 오경연구사를 다루면서 18세기 이후 구약학계
에서 연구되어 온 문서설을 소개했다.[8] 오경은 역사적 형성과정에서
4가지 자료인 야웨문서(J), 엘로힘 문서(E), 신명기 법전(D), 제사법전
(P)이 결합되어 편집되었다는 것이다. 구미의 구약학계에서 이 가설
은 지금도 오경을 연구하는데 가장 기본이 되는 학설이지만, 한국의
근본주의자들은 모세가 오경을 직접 집필했다고 주장하면서 이를 거
부하였다. 이러한 학설을 주장하는 것은 성경의 권위를 파괴하는 이
단적 행위로까지 여기기도 했다. 따라서 보수적인 신학교에서 학생들
에게 이를 학문적으로 가르치는 것은 불가능했다.

　여호수아, 사사기, 사무엘상·하, 열왕기상·하를 다루는 전기 예
언서 부분에서도 김찬국은 역사비평의 연구결과를 소개하면서 전기
예언서는 바빌론 포로시대에 신명기 역사가의 편집활동을 통해 형성
되었다고 제시했다.[9] 즉 전기 예언서는 이스라엘 역사를 신명기 신학

의 관점에서 신앙적으로 반성하고 회고하였을 뿐만 아니라 이를 통하여 장래에 어떻게 하면 바른길로 나아갈 수 있는지 그 방향을 제시하고자 하는 교육적 목적도 가지고 있었다는 것이다.[10] 이러한 학설은 고대 문헌 연구의 방법을 구약성서에 도입하여 얻어낸 결과로 역사비평의 주요 업적이었다.

이 책을 집필할 때 김찬국은 박대선 박사의 지도교수였던 보스턴대학교 구약학 교수 파이퍼(R. Pfeiffer) 박사의 『구약개론』(*Introduction to the Old Testament*)을 주로 참고했다. 그러나 그는 구약학계에서 역사비평의 아버지라 불리는 벨하우젠(J. Wellhausen)의 저서 『고대 이스라엘사 서설』(*Prolegomena to the History of Ancient Israel*)뿐만 아니라 드라이버(S. R. Driver), 젤린(E. Sellin), 로울리(H. H. Rowley), 외스털리(W. O. E. Oesterley)와 로빈슨(T. H. Robinson), 스미스(G. A. Smith) 등 구미 구약학자들의 저서들도 참고했다.[11] 그는 이 책들을 미국 유니온신학교에서 공부할 때 접했었다.

당시 한국교회의 근본주의적인 경향을 고려할 때 역사비평이나 오경의 문서설을 책에 써서 출판한다는 것은 비난을 각오해야 했다. 더군다나 선배 구약학자인 박대선, 김정준 교수와 함께 집필한다는 것도 부담스러웠다. 그는 집필의뢰를 받고 당황스러웠지만, 여러 교과서를 참고하여 종합한 교재를 쓴다는 생각에 집필에 참여했다. 이 두 분은 이후 연세대학교로 와서 함께 일하게 되었는데, 박대선 박사는 1964년부터 연세대학교 총장으로 그리고 김정준 박사는 연합신학대학원 원장으로 재직했다.

〈성서 히브리어〉를 가르칠 때는 히브리어 문법에 관한 교재가 필요했다. 그리하여 그는 미국 루이빌신학교의 예이츠(K. M. Yates) 교수가 쓴 『성서히브리어 문법책』(*Essentials of Biblical Hebrew*)을 번역하여 편집하고 출판했다. 이 책은 1966년에 처음 등사본으로 프린트하여 펴냈는데, 1964년 신학과를 졸업한 김봉현 동문이 수고해 주었다. 이후 1973년 9월에 동아출판사의 도움으로 히브리어 활자를 만들어 연세대학교 출판부가 인쇄본으로 출판했다. 이 책의 7쪽에는 성서 히브리어 알파벳 노래가 있는데, 김찬국은 성서 히브리어 첫 시간에 학생들에게 이 노래를 부르게 하여 알파벳을 익히게 했다. 그러나 그는 이 노래의 출처를 알지 못했고, 악보도 없었다. 그는 종교음악과 박태준 교수를 찾아가 그의 앞에서 이 노래를 불렀고, 박 교수는 악보를 만들어 주었다. 그리하여 김찬국은 그 악보를 이 책 7쪽에 넣어 출판할 수 있었다[12]

## 감리교 목사로서

연세대학교 신과대학 구약학 교수로 재직 중인 1957년부터 김찬국은 경기도 과천 안골에 있는 하리교회에서 전도사로 목회를 시작했다. 이 교회는 연세대학교 기독학생회 학생들이 1955년 7월 24일 여름방학 동안 농촌 봉사활동을 위해 과천 하리지역에서 천막을 치고 어른들과 아이들에게 하나님의 말씀을 가르치면서 시작되었다.[13] 김찬국은 학창 시절부터 기독학생회에서 활동했고, 지도교수로 관여하였기 때문에 이 교회의 상황에 대해 잘 알고 있었다. 한태근은 자신이 이 교회에 부임하던 때를 이렇게 회상했다.[14]

졸업을 얼마 앞둔 어느 날, 당시 신과 과장이셨던 지동식 교수님께서 나를 부르시더니 연세대 기독학생회에서 개척한 과천 하리교회(천막으로 짓고 가마니 깔고 집회함)에 가서 봉사할 생각이 없느냐. … 한 군은 결혼했으니 적격이라며 권하셨다. 나는 아내와 합의하여 지금까지 고생하고 있었던 정일선 후배의 뒤를 이어 부임해 갔다. 그때 그 교회의 남은 재정이 700환이었던 것을 지금도 기억하고 있다. 성인 교인은 몇 사람뿐이고, 초, 중, 고 학생 십여 명이 모였는데 그나마도 농번기에는 거의 예배에 참석하지 않는 형편이었다. … 기독학생회에서 월 얼마씩 보조해 주었는데 생활이 어려웠고, 그나마도 얼마 후에는 보조마저 끊어져 매우 난감하였다.

한태근은 교회에서 사례비를 제대로 받지 못해 경제적으로 매우 힘들었다. 신혼이었지만 아내는 산으로 땔감을 주우러 다녔고, 임신 중이라 제대로 먹지 못해 얼굴에 기미가 끼고 수척해져 갔다. 그는 형들에게 통사정하여 돈을 빌려서 흑석동에 구멍가게를 열고 교회를 오가며 사역했지만 자본이 없어 장사도 제대로 되지 않아 어려웠다. 그러던 중 그는 한일고등학교 음악교사로 가게 되었다. 그는 후임 목회자를 구해야 했지만 쉽지 않았다.

그동안 학생들과 함께 방과 후 밤늦게까지 흙벽돌을 만들고 동네 어른들에게 부탁하여 기둥과 서까래 등 목재를 마련하여 20평 남짓하게 교회를 지어 천막 교회는 면했으나, 아직 가마니 신세는 면치 못하는 미자립 교회에 누가 선뜻 후임으로 오겠는가?[15]

생각 끝에 한태근은 김찬국 교수를 찾아가 상의했다. 그동안 하리교회에 관심을 가지고 도움을 주었으며, 몇 차례 다녀간 일이 있었기 때문이다. 그의 사정을 듣던 김찬국은 선뜻 자신이 교회를 돌보아 주겠다고 했다.

감리교 목사이자 산업선교 활동에 공이 컸던 안광수는 이 교회의 초기에 은광학교 학생으로 하리지역 봉사활동에 참여했었는데 당시를 이렇게 회상했다.

이 기독학생회는 연세대학교 활동과 연계되었는데… 여름 봉사활동으로 과천 하리(지금 우면동 위쪽 동네) 이겸래 권사 집 부근에 천막을 치고서 하기 계몽운동을 시작할 때 은광 기독학생회가 합동으로 봉사하게 되었고, 그것이 계기가 되어… 창립되었던 것이다. 그 당시에… 지도교수로 김찬국 목사님이 오시게 되었다. … 봉사대원이 철수한 후 담임 전도사로 부임한 분이 김찬국 목사님이신 것이다.[16]

김찬국은 한태근의 후임으로 하리교회의 담임전도사가 되었다. 그는 이 교회를 감리교회에 편입시키고 매주일 이곳에 와서 예배를 인도하면서 사역하였다. 교통이 불편했던 당시 신촌에서 과천 하리교회로 가는 길은 쉽지 않았다. 흑석동 버스 종점에 내려서 사당동 길을 걸어 남태령 고개를 넘어갔는데 20리 길로 두 시간이 걸렸다. 추운 겨울에 남태령 고개를 넘을 때는 거센 찬 바람을 뚫고 걸어야 했는데 살이 찢어지는 듯이 매서웠다. 눈이 올 때에는 하얀 눈길에 첫 발자국을 내면서 걸었는데 신발이 젖어 발이 시리기도 했다. 비가 많이 오는 여름에 동작동 국립묘지 앞이 한강 물로 덮이면 나룻배를 타고 건너

가기도 했다. 오가는 길에 돌이나 과일을 운반하는 트럭이 지나가면 태워달라고 부탁하여 탄 적도 여러 번 있었다. 오가는 길에 머리에 이고 손에 들고 가는 아주머니나 할머니를 만나면 그는 무거운 짐 보따리 하나씩을 들고 과천까지 왔다. 이 소문은 동네 사람들을 통해 전파되어 김찬국에 대한 존경심을 더하게 했다.[17]

과천을 오가면서 힘든 산길을 터덜터덜 걸을 때에는 어릴 적 할아버지와 아버지가 개척했던 영주 먹실교회 생각이 났다. 어려운 환경 속에서도 가난한 시골 농촌교회를 개척한 그분들의 전통을 이어간다고 생각할 때에 고마운 마음과 더불어 더욱 열심을 내어야겠다는 결심이 다져졌다. 대를 이어 농촌교회를 개척한다는 것이 얼마나 고귀한 일인가!

김찬국이 하리 교회에서 사역할 때에 과천 안골과 샘말 등 주변 마을에서 어린이와 청년들이 교회에 많이 왔다. 특히 여름방학 때 행하지는 하기 성경학교에는 주변의 남녀 학생들이 몰려와 23평짜리 예배당이 차고 넘쳤다. 여름방학이라 기독학생회 학생들과 교수들이 와서 도와주기도 했다. 하기 성경학교 기간 교우들이 장만한 콩국수로 점심을 먹는 것과 과일 파티를 하는 것은 또 다른 즐거움이었다. 농촌 지역이라 저녁 예배는 밤 열 시에 시작하기도 했는데, 전기가 없어 등불을 밝히고 예배를 드려야 했다. 이런 날은 그곳에서 자고 학교 출근을 위해서 월요일 아침 일찍 나와야 했다. 안광수는 당시 풍경을 이렇게 회상했다.[18]

한여름의 활동은 과천 일대에 연세의 신앙 불길을 김찬국 목사님이 던진 것으로 저녁마다 모이는 군중은 초만원을 이루었으며, 6~7킬로를 걸어서 참석하는 열기는 과천과 우면동 일대에 성령의 새로운 희망과 소망을 주었던 것으로, 이 당시의 불길에서 또 한 사람의 훌륭한 목사가 등장했는데 그분이 과천 은파교회 김광덕 목사로 양계장을 하다가 집어치우고 목사가 된 분이시다. 그 외에도 신학생으로 과천에 뿌린 씨로 교회가 출범했을 뿐 아니라 김찬국 목사님의 영향으로 그 일대의 불신자들까지도 김 목사님이 나타날 때에는 담뱃불을 끄고 공손히 머리 굽혀 인사를 하는 모습이 적지 않았다.

당시 과천(果川)은 지명 그대로 과일이 많이 나는 지역이었다. 여름에는 서울로 참외와 수박을 운반하는 트럭이 새벽부터 밤늦게까지 줄지어 다녔고, 집집마다 여름 과일 생산으로 분주했다. 교인들 중 과일밭을 일구는 사람들도 있었다. 주일예배가 끝나면 교인들은 서울 집으로 가져가라고 수박과 참외를 선물로 가져왔다. 더운 여름날 주일 오후나 월요일 오전에 수박덩이와 참외들을 들고 걸어가서 털털거리는 만원 버스를 타는 것은 쉽지 않았다. 신촌 시내버스 정류장에서 집까지 과일 보따리를 들고 걸을 때에는 땀으로 목욕을 했다. 집 부근 과일가게에서 얼마든지 쉽게 사 먹을 수 있는 과일이지만, 교인들의 정성이 어린 과일이라 집까지 들고 왔다. 가을에는 교인들이 감과 밤도 주어서 가져왔고, 심지어 늙은 호박덩이도 주어서 어깨에 메고 온 적도 있었다. 힘들게 들고 온 과일을 가족들이 보고 좋아할 때에는 마치 자신이 밭에서 정성 들여 가꾸고 수확하여 가지고 온 것처럼 자랑스러웠다.

김찬국은 6년 동안 과천 하리교회에서 목회했다. 이곳에서 목회할 때인 1961년 3월 11일 그는 감리교회 중부연회에서 목사안수를 받았다. 네 살이던 손자 김찬국을 목사로 바치겠다는 할아버지의 서원기도가 30여 년만에 이루어지는 순간이었다. 그는 목사 안수를 받으면서 이렇게 기도했다.

"하느님, 저의 앞길을 인도해 주시옵소서. 낮은 곳에 처한 형제들의 아픔에 민감한 종이 되게 하소서."

그는 목사 안수를 받은 후 2년 정도 더 이 교회에서 사역했다. 그는 자신의 후임으로 신학과를 졸업한 제자 윤주봉 전도사를 추천하여 사역하게 했고, 1965년에는 역시 신학과 제자였던 김진춘 전도사가 그 뒤를 이어 목회하게 했다. 김찬국은 이 교회에 소속되어서 주일예배에 참석했다.

과천까지 버스가 다닐 때는 주일 아침마다 서울에서 9시 반에 버

과천하리교회(현재 벌떼감리교회) 교우들과 함께(1957년)

스를 탔는데, 관악산 등산객들뿐만 아니라 새벽 일찍 나와서 집에서 만든 묵을 팔고 돌아가는 아주머니들로 만원이었다. 이 과천 아주머니들은 10여 명의 40대 중년 여성들로 오전 6시부터 두 시간 정도 묵을 팔고 돌아가면서 버스 운전대 옆에 바구니를 쌓아 놓고 있었다. 그들은 교회에 다니지 않았지만 김찬국에 대해서는 알고 있었다. 한번은 일 년 반 정도 과천의 교회에 나가지 않다가 오랜만에 버스를 탔는데, 이 아주머니들이 오랜만이라고 큰 소리로 반갑게 맞아주었다. 버스 안의 시선은 모두 그에게 쏠려서 무척 당황스러웠다. 그는 그 여인들에게 예수 믿으라고 전도하거나 예수에 대해서 한마디도 하지 않았는데 그들은 그가 누구인지 알고 있었던 것이다. 그들 중 일부는 김찬국을 자신의 집에 초대하여 대접하기도 했다. 그는 그들과 대화하는 중, 일 년 가운데 오직 추석날과 설날 이틀만 서울에 묵을 팔러 가지 않으며, 아침 식사는 집에 와서 10시 반에 먹는다는 것을 알았다. 그는 이러한 그들의 처지를 알고 마음이 아팠다.

> 가을이 오면 늘어나는 등산객과 늘지 않는 묵 장수 아주머니들을 비교해 본다. 저 어머니들에게 주일만이라도 집에서 쉬는 날이 하루빨리 왔으면 하고 기도해 본다.19

1960년대 후반 어느 날 과천 하리교회 김진춘 전도사는 교회 이전 문제를 의논하기 위해 김찬국을 찾았다. 그는 교회 재정이 매우 약해서 부임할 때부터 사례비도 제대로 받지 못하면서 단칸방에서 신혼살림을 꾸려나가고 있었다. 쌀과 반찬거리, 살림 도구는 고향인 강화도에서 가져와 어렵게 생활했다. 그는 흙벽돌과 목재로 지은 교회 건물을 그대로 뜯어서 2킬로미터 떨어진 우면동으로 옮기려는 구상을 가지고 있었다. 교인들은 교회 이전에 동의했지만 우면동에 땅을 사야 하는 문제가 있었다. 당시 우면동은 개발되기 전이라 땅값은 그리 비싸지 않았지만 교회 재정으로는 도저히 살 수 없었다.[20]

김찬국은 하리교회 이전 계획을 돕기로 마음먹었다. 그들은 우면동의 논 208평을 판다는 소식을 듣고 우선 절반 정도인 108평을 사기로 했다. 그는 김 전도사를 서울로 오라고 해서 여기저기 모금하러 다녔다. 신학과 동문들뿐 아니라 타 학과 동문들에게도 도움을 달라고 요청했다. 고맙게도 많은 분들이 헌금해주었다. 그 결과 우면동의 108평을 사서 교회 건물을 이전할 수 있었고, 단칸방과 부엌이 있는 사택도 만들 수 있었다. 이름도 강남감리교회로 바꾸었다.[21] 김찬국의 이 교회에 대한 애정이 없었다면 불가능한 일이었다. 그는 다른 교회에 설교하러 가지 않을 때 이 교회에 출석하였고, 교회 성장을 지켜보면서 기뻐했다. 그는 이 교회가 연세대학교 기독학생회의 봉사활동에 기초하여 세워졌기 때문에 더욱 자랑스러워했다. 오랫동안 연세대가 학생들을 여름 봉사대로 여러 곳에 보냈지만 교회 설립은 여기가 유일하기 때문이다.[22] 이 교회는 현재는 서울남연회 강남지방의 벌떼감리교회로 역사를 이어가고 있다.

1963년 하리교회에 출석하고 있을 때 영등포감리교회에서 매주일 설교 목사로 와달라는 요청이 왔다. 김경환 담임목사가 병환으로 목회를 할 수 없어 부탁을 한 것이다. 김찬국은 이 교회에서 1965년까지 18개월 동안 설교와 목회를 하였다. 이때 그는 영등포 지역의 공장지대에 산업전도가 필요하다는 것을 인식하고, 개교회로서는 처음으로 산업전도위원회를 만들었다. 이를 통해 교회에 출석하는 근로자들

영등포중앙교회 교우들과 함께

을 돌보고 공장지역 노동자들에게 관심을 기울여 전도의 방법을 모색
했다.23


## 4.19 혁명과 5.16 군사정변의 와중에서

1960년 4월 19일은 대한민국의 역사에서 매우 귀중한 날이다. 학
생들이 이승만 정권의 독재와 부정부패에 항거하면서 자유와 민주주
의를 외친 4.19혁명의 시발점이 되기 때문이다. 이날 학생들은 "정권
의 야욕이나 혁명의 의도가 없이 당시의 조직화된 자유당의 선거 부
정과 어용화된 사회 체제에 항거하려고 전 국민을 대리해서" 데모에
나섰다.24 연세대 학생들도 신촌에서 광화문까지 걸어 나가서 시위에

참여했다. 김찬국은 동료 교수들과 함께 시위하는 학생데모대의 뒤를 따라 광화문까지 걸어갔고, 저녁에는 학생들과 함께 학교로 돌아와서 백낙준 총장의 환영과 칭송하는 말을 들었다.

시위에 참여한 많은 학생들이 희생된 뒤, 그해 4월 26일 85세의 이승만 대통령은 하야한다고 선언하였다. 김찬국은 이날 신학과의 문상희, 영문과의 송석중, 최익한 교수와 함께 서대문으로 가서 이기붕의 집이 불타는 것을 보았다. 그는 을지로 4가에 있는 우래옥에서 냉면으로 점심식사를 한 뒤 거리로 쏟아져 나온 시민들 틈 사이로 걸었다. 그는 함께한 동료 교수들에게 "우리 오늘 희생된 학생들을 위해서 가두모금을 하면서 신촌까지 가자"라고 제안했다. 그들은 국도극장 앞 약국에서 모금함 두 개와 메가폰과 피켓을 만들어 "연세대 교수단"이라고 써 붙이고 가두모금을 시작했다. 문상희 교수는 메가폰을 들고 열변을 토했다.

> 시민 여러분! 자유는 드디어 왔습니다. 그러나 이 자유는 하늘에서 떨어진 자유가 아닙니다. 우리가 죽어야 했던 죽음을, 우리가 흘려야 했던 피를 대신해서 치른 학생들이 있습니다. 그들을 도웁시다. 그들에게 우리의 사랑을 보냅시다.25

사람들은 적극 호응했다. 그와 송석중은 모금함을 가슴에 달고 모금에 참여한 시민들에게 손뼉을 치면서 "감사합니다"의 인사를 연발했다. 그들은 두 시간 만에 121,540환의 거액을 모금하여 한국일보사에 전달하고 신촌으로 돌아왔다.

4.19혁명으로 인해 연세대는 변화의 바람이 불었다. 이사회와 교

4.19혁명 당시 연세대학교 교수단의 희생자를 위한 가두모금운동(1960년, 좌측 김
찬국 교수)

수회가 갈등을 겪으면서 가족적이었던 교수 사회는 둘로 갈라졌다.
이에 동조하는 학생들도 있어서 더욱 혼란스러웠다. 변화를 요구하는
쪽에서는 "각 단과대학의 독립성의 강화, 교수들의 권리 보장, 백낙준
총장의 재단 이사장직 사임"을 내세웠다. 이런 와중에서 신과대학은
의과대학과 함께 분규에 휩쓸리지 않고 교수와 학생들이 일체가 되어
수업을 지속했다. 또한, 이 두 단과대학은 타협안을 내면서 중재를 하
였고, 학교의 정상화를 위해서 노력했다.[26]

다른 한편, 4.19혁명 이후 연세대학교 안에서는 신과대학을 없애
려는 시도가 있었다.[27] 1957년 연희대학교와 세브란스 의과대학이
통합된 이후 기독교적 전통에 별로 관심이 없던 교수들은 이를 강조
하는 신과대학에 대해서 부정적이었다. 이승만 정권이 기독교의 지지
를 받았던 만큼 이를 무너뜨린 4.19혁명 이후 기독교의 이미지는 사
회적으로 부정적일 수밖에 없었는데 그 영향은 연세대학교 안에도 있

었던 것이다. 이들은 1961년 5월 16일 군사 쿠데타로 정권을 잡은 군
사정부의 시책에 따라 대학 구조조정의 일환으로 신과대학을 없애는
데 동조하는 편이었다. 정부 시책이란 신학교육은 대학졸업자들만 받
아서 교육시켜야 한다는 당시 최고회의 시절의 문교부 정책에 따라
고교출신자들을 받는 대학들을 인가 취소하고, 대학원 정도의 교육을
시키라는 것이었다. 이런 와중에서 불안감을 가진 신과대학의 일부
교수는 문과대학으로 슬그머니 소속을 옮기기까지 했다. 신학과 1회
졸업생이자 학과장이었던 김찬국은 매우 답답했다. 그는 문상희 교수
와 함께 어렵게 이들의 소속을 신학과로 되돌려 놓기도 했다.

김찬국은 신학과가 없어진다는 소문을 듣고 그 진원지를 캐기 위
해서 지동식 학장, 문상희 교수와 함께 총장 댁을 찾아갔다. 총장은
언더우드 4세로부터 연세대학교의 전통적인 가치관인 기독교 정신을
계승하는데 별 관심이 없는 사람들로 분류되어 있었다.[28]

"신학과가 없어진다는 풍문을 듣고 왔는데 알고 계십니까?"

"문교부 고문에게 가서 물어보시오."

신과대학의 교수들의 질문에 총장은 무책임하게 대답했다. 그들
은 실망하고 돌아올 수밖에 없었다. 김찬국은 지 학장과 함께 문교부
고문인 김명선 박사를 찾아가서 추궁했다. 그 역시 어물쩍하게 답변
을 하면서 신학교육의 질을 올려야 한다는 말을 했다. 당시 연세대 교
무처장도 이 문제에 대해서 아무런 말을 하지 않았다. 이들의 태도는
신학과를 없애겠다는 것을 암시했다. 기독교 대학인 연세대학교의 학

문적인 모체요 기독교 신학을 교육하는 신과대학을 없앤다는 것이 말이 되는가? 그렇지만 교수들은 속수무책이었다.

이런 와중에 총장이 갑자기 물러났다. 1961년 9월 문교부는 60세이상의 모든 교직자와 학교행정 담당자는 사임을 해야 한다고 명령했는데, 이에 따라 연세대에서도 5명의 보직교수들이 모두 사임하게 되었던 것이다.

총장직무 대리에 수학과 교수인 장기원 박사가 임명되었다. 다음날 김찬국은 신과대학장과 함께 총장실로 가서 장 박사에게 다그쳐 물었다.

"신학과가 없어진다는 소식을 들으셨습니까?"

"신과대학 1962년도 모집정원에 신학과는 없고, 종교음악과에 50명이 배정되어 있는 것을 확인했습니다."

신학과가 없어진다는 소문을 확인하는 순간으로 참으로 기가 막혔다.

"연세대학교 역사에서 신학과를 없앤다는 책임추궁이 돌아가지 않고 장 박사님께 돌아가게 됩니다. 어떻게 하시겠습니까?"

"안되지, 신과대학은 연세에서 계란의 노른자와 같은 것이야!"

이제 모집안을 고쳐야 했지만 전임자가 이미 신청한 모집정원을 수정할 수 없었기 때문에 어떻게 해야 할지 고민이었다. 김찬국은 종교음악과 50명 정원을 둘로 나누어 신학과와 종교음악과에 각각 25명씩 배정할 것을 제안했다. 이로 인해 신학과 입학생을 계속 뽑을 수 있었다.

## 학생처장으로서

김찬국은 1962년 5월부터 윤인구 총장의 요청으로 2년간 학생처장 일을 맡았다. 윤 총장은 신과대학에 호의적이어서 총장이면서 신과대학 학장을 겸직했고, 연합신학대학원을 설립하는데 결정적인 역할을 했다. 김찬국이 학생처장으로 있을 때 쉽게 처리하기 어려운 일들이 있었다. 5.16군사정변으로 들어선 군사정권이 대학을 통제하는 상황에서 학생들을 지도하는 것은 쉽지 않았다.

먼저, 학생처장으로서 김찬국은 기능이 마비된 총학생회의 기능을 회복시켜야 했다. 학생회장단이 근신처분을 받아 제 역할을 하지 못했기 때문이다. 그는 부회장단을 중심으로 임원진의 기능을 회복하고, 평균 B학점 이상인 학생들에게만 회장 입후보를 허락했다.

대강당에서 행하지는 전체 학생들의 채플 문제도 해결해야 했다. 학과 학년별로 좌석을 배치하다 보니 옆에 있는 친구들과 대화하면서 떠들기 때문에 강사들이 힘들어했고, 이로 인해 학교에서는 강사들에게 미안해했다. 그는 교무처장인 김동길 교수와 상의하여 채플 좌석배치에서 학과 구분을 없애고 타 학과 학생들과 함께 앉게 했다. 이로 인해 채플 시간은 매우 조용해졌고 분위기도 좋아졌다.

5.16 군사정변 이후 2년간 개최하지 못했던 연고전도 부활시켜야
했다. 그는 당시를 이렇게 회상했다.[29]

1962년 10월 '연세찬가'를 제정한 다음 동년 11월에 연고전을 양교
와 시민의 축제행사로 만들자는 의도로 축구전 하나만 부활시켰다.
시민회관 앞에서 전교생 4천 명이 기마대, 악대, 모터사이클 행렬을
선두로 하여 서울운동장까지 행렬하는데 나와 김동길 교수가 맨 뒤에
따라간 것이 인상적이었다.

이때 제정된 연세찬가는 교가 때문에 만들어졌다. 당시 연세대학
교의 교가는 백낙준 박사가 작사했는데, 한편의 장편소설처럼 너무
길어서 교내 행사 때마다 전체를 부르는 것이 쉽지 않은 곡이었다.

관악산 바라보며 무악에 둘러, 유유히 굽이치는 한강을 안고, 푸르고
맑은 정기 하늘까지 뻗치는, 연세 숲에 우뚝 솟은 학문의 전당. 아 우
리들 불멸의 우리들 영원한 진리의 궁전이다. 자유의 봉화대다. 다함
없는 진리의 샘 여기서 솟고 불멸의 자유의 불 여기서 탄다. 우리들은
자랑에 찬 연세 아들 딸. 슬기 덕성 억센 몸과 의지로 열성 진실 몸과
맘을 기울여 연세에 맡기어진 하늘의 사명 승리와 영광으로 길이 다
한다. 찬란한 우리 이상 밝은 누릴 이룬다.

박태준 교수가 붙인 곡도 너무나 장엄하여 음과 박자를 잡기도 어
렵고 부르기도 쉽지 않았다. 학교에서는 교가를 새로 제정할 수는 없
었지만, 구성원 모두가 함께 힘차게 부를 수 있는 노래가 필요했다.

그리하여 동문과 재학생들을 대상으로 노랫말을 공모했다. 여기에서 철학과 학생이던 오태석의 노랫말이 뽑혔다. 당시 학교에서 연극 활동에 몰두했던 오태석은 당시를 이렇게 회상했다.[30]

문제는 세 번째 공연이었다. 공연날짜가 임박하도록 제작비가 마련되지 않아 발을 동동 굴렀다. 그때 마침 학교에서 동문과 재학생을 대상으로 〈연세찬가〉 노랫말을 응모한다는 소식이 들려왔다. 당시의 〈연세교가〉는 백낙준 박사가 지은 것이었는데 한편의 장편소설과 같았다. 교내 행사 때 교가를 부르기만 하면 끝까지 부를 수 없을 정도로 길어 민망하던 차에 대신 부를 찬가를 응모한 것이었다. 제작비가 급했던 내가 상금에 눈이 또 한 번 뒤집힌 건 당연지사. '사랑'과 '형제자매'란 말만 잘 섞으면 될 것 같아 몇 시간 만에 노랫말을 써서 제출했다. 이게 또 웬일인가. 대상을 따낸 것이다. "반세기 지켜온 민족의 얼/자유와 진리 심어온 모습…"으로 시작되는 지금의 연세찬가는 내가 쓴 노랫말에 작고한 나운영 선생이 곡을 붙인 것이다. 그 상금으로 세 번째 작품인 〈조난〉을 무사히 무대에 올렸다.

제정 당시 연세찬가는 첫 소절을 '반세기'로 시작했지만 이제는 역사가 흘러서 '한세기'로 바꾸었다. 이 노래는 학교에서 교가라고 여길 정도로 애창되고 있다.

한 세기 지켜온 민족의 얼
진리와 자유 심어온 모습
뒤 안에 우뚝한 무악같이

굳세고 슬기에 영원하여라.

아~ 연세 연세 내 자랑아

형제 자매 내 사랑아.

1962년에 학사고시 문제로 어려움을 겪기도 했다. 1962년 졸업반
학생들은 정부에서 시행하는 학사고시의 폐지를 주장했다. 대학에서
학점을 이수하고 졸업을 하여 학사학위를 취득하는 것이 오늘날에는
당연하지만 당시 정부는 학사고시라는 국가고시를 통과해야만 학사학
위를 취득할 수 있게 했다. 김찬국도 학사고시의 폐지에 찬동했기 때문
에 학생들이 최고회의 문교부에 진정서를 내도록 지도했다. 그렇지만
잘못하다가는 군정에 밉보여서 학교가 폐교될 수도 있었다. 기관원들
이 학교에 출입하던 때라 반대 데모를 하다가는 학생들이 다칠 수도 있
었다. 실제로 학생처장을 구속하겠다는 위협도 받았다. 그는 교무처장
인 김동길 교수와 함께 4학년 학생들을 노천극장에 모아 놓고 반대운
동을 주동했던 학생으로 하여금 졸업하는 학생들이 시험에 응시하도
록 설득하게 했다. 다행히 학생들이 이를 받아주어서 위기를 넘길 수
있었다.

1963년 5월에는 연세대학교 개교 기념행사를 축제 분위기로 바꾸
기 위해서 남녀 포크댄스, 밤의 쌍쌍파티 등을 도입했다. 이때 김찬국
학생처장은 여학생처장이었던 최이순 교수와 함께 교무위원회에서
'연세개교 7주년 기념행사'를 '연세개교 78주년 기념행사'로 바꾸자는
의견을 개진했다. 연희와 세브란스가 합병하여 연세가 된 것은 7년이
지만, 1885년 4월 시작된 세브란스 광혜원을 연세의 기원으로 볼 때
78년이 되기 때문이었다. 이 의견은 통과되어 연세 역사의 기원을 광

혜원으로 고착시키는데 기여했다.

1964년 3월 새 학기가 시작한 지 얼마 되지 않아 한일협정 반대데 모가 일어났다. 박정희 군사정부가 일본과 외교협정을 맺으면서 식민 지 배상 문제를 제대로 처리하지 않으려 하자 이에 대한 반발로 학생 들이 항거에 나선 것이다. 3월 24일 터진 데모에서 17명이 부상을 당 하고 98명이 연행되었다. 학생처장인 김찬국은 현장에 나아가 데모 하는 학생들의 투석을 말리고, 학생회장을 설득하여 데모대를 신촌 로터리에서 학교로 후퇴시켰다. 서대문 경찰서장을 만나 연행된 학생 들을 전원 인수하여 석방하게 했다.

다음날인 3월 25일 더 많은 학생들이 데모대에 합류했다. 4,000 여 명의 학생들은 한일회담을 성토하면서 평화적으로 광화문까지 진 출하고 국회의사당 앞을 점령하여 연좌데모를 시작했다. 타교생들도 이 행렬에 합류했다. 교수로서 이 데모대를 따라간 사람은 김찬국밖 에 없었기 때문에 사고 없이 학생들을 해산시킬 방법을 고민해야 했 다. 학생들은 이효상 국회의장을 나오라고 야단이었다.

이때 그는 국회의장의 면회를 요청하고 국회의장이 학생들 앞으 로 나와서 답변을 하면 책임지고 데리고 가겠다고 했다. 국회 관계자 들은 학생들을 제발 데려가 달라고 애원했다. 학생 대표들과 질서를 지킬 것을 약속하자 국회의장은 부축을 받으며 나와서 몇 분간 한일 국교 문제에 대해 한국 측이 유리하도록 최선을 다하겠다고 약속했 다. 의장이 들어간 뒤 데모대는 계속 눌러앉아 떠들었다.

김찬국은 학생회장의 메가폰을 받아 모두 일어서서 연세찬가를 부르게 했다. 그다음 그는 연고전 때 학교 구호로 사용했던 '아카라카' 를 선창하여 외치게 하면서 학생들의 열기를 발산시켰다. 그리고 "광화문으로 돌아 앞으로가!"라고 외치면서 학교의 상징인 독수리기를 선두에 세우고 앞장섰다. 그는 맨 앞에서 행렬을 종로-을지로 입구-한국은행 앞-세종호텔 쪽으로 인도하여 평화적인 시위를 하게 한 뒤, "연세대학교 만세"를 선창하고 만세를 부르게 한 다음 해산시켰다. 그는 목회자의 자세로 전체 연대생들을 물리적 충돌 없이 안전하게 귀가시켰던 것이다. 사고 없이 저녁 늦게 학교로 돌아온 그는 다음날 학생처장직을 사임했다.

## 영국에서 안식년

연세대학교 대학원은 현직 교수에게 박사과정 입학을 잠정적으로 허용했다. 이에 따라 김찬국은 신학과 교수로 재직하면서 대학원 박사과정에 1968년 가을학기에 입학하여 1970년 봄 학기까지 학점 이수를 마쳤다. 그는 학위논문을 쓰기 위해 1970년 9월부터 학교에서 안식년을 허락받아 1년간 영국 스코틀랜드 세인트 앤드루대학교(St. Andrew University)에 연구교수로 갔다. 재정적인 후원은 신학교육기금(TEF)에서 해주었다. 세인트 앤드루대학교는 1413년 세워진 유서 깊은 학교로, 존 낙스(John Knox)가 스코틀랜드에서 종교개혁을 할 때 구교와 대결을 하면서 순교당한 이들의 핏자국이 있는 유적지였다. 그는 이 대학 구약학 교수인 멕케인(William McKane)의 지도를 받으면서 제2이사야(이사야 40-55장)의 창조전승을 연구했다.

김찬국은 이 주제를 연구하게 된 이유를 다음과 같이 언급했다.[31]

내가 이사야 40-55장에 나타난 제2이사야를 좋아하는 이유는 구약예
언사상의 절정을 이룬 예언자이며, 더욱이 제2의 출애굽운동(바빌론
포로에서 고향으로 가는)인 해방운동과 구원의 전망을 바빌론에 잡혀
와 있는 동족 이스라엘 포로민(539 BC)에게 보여주는데 있어서 창조
신앙을 강조하고 창조교리를 구원교리와 연관시켰기 때문이다.

당시 독일 하이델베르크대학교 구약학 교수인 폰라드(G. von Rad)
는 창조교리가 구원교리에 예속된 2차적인 것이라고 주장했는데, 김
찬국은 제2이사야에서 창조전승이 어떻게 구원 선포에 연관되어 있
는지를 찾아보려고 했다. 즉 이 예언자가 창조전승을 어떻게 활용하
여 제2의 출애굽의 역사를 전망하는 구원 선포에 연관시켰는지를 파
악하고자 했던 것이다. 이 주제에 관한 연구는 후에 자신의 박사학위
논문에서 다루었다.

1년 동안 영국에서 가족과 떨어져 지내면서 김찬국은 연구에 집중
했다. 구약학 관련 자료수집과 연구동향 파악에도 시간을 할애했다.
세인트 앤드루에는 골프의 발상지답게 세계에서 가장 오래된 골프장
이 있었고 스카치위스키로 유명했지만, 골프를 배울만한 시간도 없었
고 한국 목사로서 위스키를 즐기지도 못했다.

영국에서 정해진 안식년 기간이 끝난 뒤 김찬국은 1967년 6월부터
유럽 대륙의 여러 나라를 여행했다. 당시 호텔에서 식사하고 택시를 타
면서 유럽여행을 할 경우 하루에 백 달러 정도가 필요했다. 그러나 그는
돈이 넉넉지 않아서 무조건 4달러짜리 숙소를 찾아다녔다. 도착예정지
의 한국대사관이나 친지, 동문, 지인 등에게 연락하여 4~6달러짜리 하
숙집이나 기숙사, 여관을 예약해 달라고 부탁하기도 했다.

로마에 갔을 때는 로마역 앞의 허술한 숙소에 들어갔을 때도 습관처럼 말했다.

"4달러짜리 방 하나를 주세요."

"저희는 방 하나에 6달러입니다."

"4달러짜리 방이 있는 곳을 가르쳐 주세요."

"건너편 5층 건물에 가면 있습니다."

가르쳐준 곳에 갔는데 구식 건물에 오래된 엘리베이터가 있었다. 냉방시설은 되어 있었지만 샤워는 돈을 따로 내야 했다. 그렇지만 아침식사는 무료로 주었다. 이와 같이 그는 소박하게 유럽여행을 즐겼다.

로마와 아테네를 거쳐 귀국하는 길에 그는 이스라엘 예루살렘에 있는 히브리 유니온대학(Hebrew Union College)에서 두 달 동안 성서 고고학 학교에서 공부하는 기회도 가졌다. 이 학교는 유대인 신학교로 여름 두 달 동안 성서 관련 유적지와 발굴지 답사 프로그램을 운영하고 있었는데, 미국에서 온 15명의 성서학자들도 함께 수강했다. 그는 이 기간 7월 말에 시내반도에 있는 시내산을 올라갔는데 아마도 한국인 최초의 시내산 등산이었을 것이다.

이스라엘을 떠나 귀국하는 길에 비행기가 중간기착지에 들릴 때마다 그곳을 잠시 구경할 수 있었다.[32] 이란의 테헤란에서는 다음날 밤 11시에 비행기를 타야 했으므로 호텔에서 하룻밤을 잔 뒤 아침부터 저녁까지 하루종일 테헤란을 구경할 수 있었다. 다음 기착지인 인도의 뉴델리에서는 2박을 하면서 아그라에 있는 옛 궁전과 시내를 구경했다. 뉴델리에서 홍콩으로 향하는 비행기가 태풍 때문에 필리핀의 마닐라에 내리는 바람에 뜻하지 않게 마닐라를 구경할 수도 있었다. 항공사에서는 시설이 최고급인 사보이호텔에 묵게 해서 잠을 이루지 못할 지경이었다. 다음날 홍콩으로 가서 하루를 머문 뒤 서울행 비행기에 몸을 실었다. 김포공항에 내릴 때 주머니에는 단돈 2달러가 전부였다. 중간기착지에 내릴 때마다 4달러짜리 호텔 숙박 원칙을 고수한 결과였다.

## 학교에 복귀한 뒤

1971년 8월에 귀국하고 9월 학기부터 학교에 복귀했다. 지난 1년간의 연구생활과 해외여행은 많은 영양소와 활력제 역할을 했다. 얘깃거리와 글 쓸거리도 많아졌다. 그러나 '삼선개헌'의 여파로 캠퍼스 분위기는 매우 암울했다. 1962년 개정된 제3공화국 헌법에는 대통령의 임기를 "1차에 한해서 중임할 수 있다"로 되어 있었다. 따라서 두 차례 연임했던 박정희 대통령은 헌법상 다시 대통령선거에 출마할 수 없었다. 그러나 1969년 9월 박정희 정권은 '삼선개헌'을 단행하여 박정희 대통령이 대통령선거에 세 번째로 출마할 수 있게 했다. 정권을 연장하기 위한 개헌이었다. 야당과 학생들은 거세게 반발했고, 대학 캠퍼스는 '삼선개헌반대' 투쟁에 휩싸였다.

9월에 학기가 시작되자 학생들은 부정부패 일소와 교련 반대 구호를 외치면서 시위를 했다. 군사정부는 교련이란 과목을 대학 정규 교과목에 도입하여 학생들이 군사훈련을 받도록 했는데 1971년 3월에는 주당 2시간에서 3시간으로 늘리고 병영 집체교육을 받아야 졸업을 할 수 있게 했다. 북한과 대치되는 상황에서 국가 안보를 위해서 교련이 필요하다는 명목으로 교련 수업을 강화한 것이다. 이에 대해 학생들은 대학의 군사화와 학원의 병영화를 반대하면서 교련 반대 데모를 거세게 했고, 정부는 치안유지 명목으로 1971년 10월 15일 위수령을 발동했다. 연세대를 비롯한 서울대, 고려대, 경희대, 성균관대, 한양대 등 서울시 일원 8개 대학 캠퍼스는 수도경비사령부 산하의 군부대가 들어와 주둔하면서 휴교령을 내려 수업을 중단시켰다. 교련 반대 데모를 주도한 170여 명의 학생들은 제적시키고, 강제로 입대하게 했다. 학생회, 대의원회 및 그 산하단체의 활동과 간행물 발행을 금지시켰다. 5.16군사정변으로 권력을 잡은 박정희 군사정권이 다시 군인들을 앞세워 민주주의를 가로막은 것이다. 이때 김찬국은 출근하기 위해서 학교로 갔는데, 정문에서 총검을 들고 서 있는 군인들이 그들 사이로 걸어 들어가야 한다고 하자, 이를 못하겠다고 강력하게 항의했다. 위수령 당시 전국대학에서 이와 같이 저항한 사람은 김찬국 교수가 유일했다고 한다.

11월 8일 위수령이 해제되자 수업이 재개되었다. 김찬국은 개강후 첫 번째 대강당 채플의 설교자로 위촉되어 11월 11일과 12일 전체 학생들에게 메시지를 전했다. 그는 '임마누엘 세대'라는 제목의 설교를 했는데, 대학 캠퍼스의 침울한 분위기에 활력을 제공한다는 생각으로 했다.33 그는 위수령을 내린 정부를 비판하면서 자신의 심정을 이렇게 표현했다.

위수령 발동으로 대학의 문이 닫혀지고 학교 캠퍼스에서 군인들이 훈련을 하는 등 실로 대학의 자유가 여지없이 유린당했던 쓰라린 마음의 상처를 가진 채로 학교의 문을 다시 열게 되니, 착잡한 심정을 필설로 표현할 수 없습니다. … 학생들이 부르짖었던 부정부패 규탄과 교련 반대의 데모가 비록 거칠었던 면도 있었지만, 대학에 군을 동원하여 점거하고 휴업 조치까지 내렸던 정부의 처사는 실로 비통을 금할 수 없었던 악몽과도 같은 기억이 되고 말았습니다.

그는 데모하는 학생들을 보면서 스승으로서 그들과 함께하지 못했던 미안한 마음도 이렇게 표현했다.

이제 학원에 다시 돌아온 여러 학생들 앞에서 이런 사태에 대해서 말한마디도 못했던 교수의 한 사람으로 무슨 말씀을 해야 옳을지 부끄러운 무거운 마음으로 망설여지기만 합니다.

그는 학생들을 이사야의 예언에 나오는 '임마누엘'(하나님이 우리와 함께 하신다는 뜻) 세대라고 칭했다. 기성세대에 실망한 이사야가 앞으로 새로운 임마누엘 세대에게 새로운 기대를 걸어본 것처럼, 자신도 불의에 항거한 학생들을 새로운 세대의 새로운 희망으로 보고 싶다는 것이었다.

나는 여기에서 이 젊은 새 세대를 임마누엘 세대라고 불러보렵니다. 이상을 높이고 진리의 세계에 깊이 파고 들어가서 징조를 구하려는 대학생들은 하나님과 함께 하는 임마누엘 세대들인 것입니다. … 데

모는 반드시 거리로 뛰쳐나가는 것만이 아닙니다. 앞장 데모만 데모
가 아니라, 뒷장 데모도 있습니다. 대학에서 기르는 자기의 실력은 사
회에서의 저력이 될 뒷장 데모인 것입니다.

임마누엘 세대 여러분! 의미 있는 소수자 여러분! 대학 시절부터 높은
이상과 깊은 진리를 탐구하면서 하나님께 징조를 구하여 자기 자신도
세우고 국가 사회도 굳건히 건설할 수 있는 참으로 의미 있는 창조적
소수자가 되시기를 바라는 바입니다.

어려운 시대 상황에서 젊은이들에게 새로운 소명을 일깨워주는
설교였다. 설교가 끝나고 학생들은 설교자에게 박수를 보냈다. 설교
후 박수를 하는 것은 매우 드물었다. 그의 설교는 휴교가 끝나고 복귀
한 학생들의 마음을 대변하면서 위로와 희망을 주는 것이었기에 그들
은 박수를 보냈던 것이다.

1972년 7월 4일 박정희 정권은 북한 당국과 협의하여 '7.4 남북공
동성명'을 발표했다. 당시 남한과 북한의 대표자들은 판문점 회담을
비롯하여 평양과 서울을 각각 방문하여 협의하고 최종적으로 남한의
중앙정보부장 이후락과 북한의 노동당 조직지도부장 김영주가 합의
에 서명한 성명이었다. 여기에는 민족통일의 3대 원칙으로 자주적 해
결과 평화적 실현, 민족대단결이 명시되었다. 이 성명서가 발표되자
온 국민들은 통일이 곧 올 것이라 생각하여 흥분을 감추지 못했다. 그
러나 박정희 정권은 내부적으로 반공교육을 강화하고, 민간차원의 통
일논의를 엄단한다고 발표했다.

이 성명이 발표될 때에 김찬국은 통일원이 대학교수들을 대상으
로 하는 1주간의 승공교육에 참여하고 있었다. 그는 이 충격적인 뉴스

를 접한 다음날 '7.4공동성명과 국제정세'에 관해 강연하는 강사에게 질문했다. 그의 질문은 엉뚱했지만, 박정희 정권의 정곡을 찌르는 것이었다.

"7.4남북공동성명이 정권연장과 관계있지 않습니까?"

그는 이 성명이 정권연장의 수단이 될 것이라는 예감이 들어 이렇게 질문을 했던 것이다. 강사의 대답도 엉뚱했다.

"선생님, 그런 질문을 하면 잡혀갑니다."

정권 차원에서는 이런 질문이 불쾌한 것으로 받아들여져 질문자가 위험에 처할 수도 있으니 조심하라는 것이다. 김찬국의 예감은 그해 가을 실제적으로 일어났다.

1972년 10월 17일 오후 7시 대통령 박정희는 비상계엄령을 선포하고 초헌법적인 조치를 단행했다. 국회를 해산하고 국회의원들의 정치활동을 중지시켰으며 비상국무회의가 국회의 기능을 대신하게 했다. 또한, 개정헌법을 1개월 내에 국민투표에 붙여 확정한다고 했다. 소위 '시월유신'(十月維新)을 단행했다. 5.16군사정변으로 정권을 잡은 박정희 군부가 정권을 연장하기 위해서 제2의 쿠데타를 단행한 것이다.

계엄령과 함께 대학에는 휴교령을 내렸다. 무장한 군인들은 교문을 통제하여 학생들의 출입을 막았고, 운동장에는 장갑차와 군대 막사가 세워졌다. 학생들이 뛰놀던 운동장이 군인들의 훈련장으로 변한 것이다. 휴교 후 얼마 지나지 않아 김찬국은 연희동 자택에 학생들을 불러 모아 수업을 지속했다. 그때 "기초 히브리어"를 수강했던 허호익 박사는 당시를 이렇게 회상했다.[34]

> 그러나 선생님은 일찍이 당신께서 존경하는 선생님으로 모신 백낙준 박사님께서 육이오전란 중 문교부 장관으로 계시면서 '어른들이 전쟁 중이지만 자라는 아이들을 위한 교육은 중단할 수 없다'는 신념에서 세계교육사에 유래가 없는 '전시노천교육'을 시행한 것을 염두에 두셨는지, 계엄령이지만 강의는 계속되어야 한다는 신념으로 수강생이 소수인 〈기초 히브리어〉 과목을 당신의 자택 서재에서 속강하신 것이다.

학생들은 수업이 끝날 때 사모님이 내오시는 커피와 과일을 먹으면서 교수님과 대화를 나누었다. 한 방에 둘러앉아 나누는 대화에서 학생들은 시국 이야기뿐만 아니라 자신들에 대한 선생님의 관심과 배려 그리고 따뜻한 인품을 읽을 수 있었다. 학점을 짜게 준다는 의미로 "짠국이 형님"이라는 별명을 선배들로부터 들었던 학생들은 오히려 그가 '진국'임을 발견했던 것이다.

비상국무회의는 10월 27일 헌법 개정안을 공고하고 11월 21일 국민투표를 실시하여 소위 '유신헌법'을 확정했다. 이 헌법에 의해 12월 15일 2,359명의 대의원들이 선출되어 '통일주체국민회의'를 구성하였고, 이들은 23일 제8대 대통령으로 박정희를 선출했으며, 박정희는 27일 대통령에 취임하여 제4공화국을 출범시켰다. 비상계엄령에서 헌법 개정 및 대통령 취임까지 걸린 시간은 2개월 10여 일에 불과

했다. 통일과 안보를 빙자하여 국민적인 토론이나 합의 없이 일방적
으로 정권을 연장한 것이다. 이러한 정권연장은 양심 있는 지식인들
과 학생들 그리고 시민들의 강력한 저항과 반발을 샀지만, 박정희 정
권은 군대를 앞세워 이를 억압했다.

암울한 정치적 상황 속에서 김찬국의 마음도 착잡했다. 대한민국
의 민주주의가 반란을 일으킨 군인들과 이에 동조하는 세력에 의해
짓밟힌다는 것은 김찬국을 포함한 양심 있는 지식인들에게는 용납할
수 없는 폭거였다. 그 폭력의 직접적인 피해자 중에는 그들이 가르친
학생들도 있었기에 마음을 가누기 어려웠다.

## 신과대학장으로 구속되기까지

김찬국은 1973년 3월 새 학기를 맞아 신과대학 학장직을 맡았다.
그는 그해 4월 19일 채플에서 부활절 설교를 했다. 당시 이계준 교목
실장은 관례에 따라 부활절 설교를 신과대학장에게 배정했기 때문이
다. 이 날은 4.19혁명 제13주년 기념일이기도 해서 긴장감이 돌았다.
대학인들이 시월유신을 감행한 박정희 정권에 대해 비판적이었기 때
문에 정부는 정보요원들을 학교에 보내 대학의 동태를 감시하고 있었
다. 그들은 채플 시간에 대강당 2층에 들어와서 학생들의 행동을 주시
하고 있었다.

채플에서는 총학생회장이 4.19혁명 기념 메시지를 낭독한 뒤, 김
찬국은 "4.19정신의 부활"이라는 제목의 설교를 했다.[35] 그의 설교는
예수의 고난과 4.19혁명의 희생을 연관시켰다. 예수의 수난과 희생이

기득권을 가진 기성 종교인들의 모함과 로마 총독의 독재 및 무책임
한 재판에 항거한 데서 비롯된 것처럼, 4.19혁명의 수난과 희생은 이
승만 독재와 부정부패, 부정선거 및 관제 민주주의에 대한 항거에서
비롯되었다는 것이다. 그러면서 그는 4.19혁명의 정신이 무엇인지를
제시했다.

> 4.19정신이 무엇입니까? 4.19정신은 첫째로 자유운동입니다. 부자
> 유, 독재에서부터 탈출하려는 운동입니다. 둘째로, 대학 지성인들의
> 예민한 사회 정의감입니다. 셋째로, 젊은이들의 현실 참여의 정열, 예
> 언자적인 정열, 항거정신, 역사의식, 방향감각입니다. 이런 정신을
> 가지고 자유당 치하의 관제적 민주주의와 부정부패에 학생들이 항거
> 했던 것입니다.

그의 설교는 4.19정신을 짓밟는 박정희 정권의 독재 비판으로 이
어졌다.

> 대학은 지금도 수난과 진통을 겪고 있습니다. … 대학과 언론이 다
> 진통기 중에서 묵비권을 행사하면서 무언의 발언을 하고 있습니다.
> 빌라도 법정에서 예수가 묵비권을 행사하면 무언의 항변을 한 것과
> 마찬가지로 오늘의 대학들도 무언으로 발언하고 있는 것과 같습니다.
> 4.19 당시 학생들이 항의했던 1인 애국 독점 의식과 관료적 · 관제적
> 민주주의와 부정부패가 13년이 지난 오늘에 와서는 더 심한 상태에
> 놓여 있는 것입니다.

그는 고난 받아 죽은 예수가 부활한 것처럼 4.19정신의 부활을 통해서 대한민국의 민주주의도 소생하고 부활할 것을 소망했다. 이를 위해 교수들에게 부활의 진리를 가르쳐야 한다고 역설했고, 학생들은 사회에 나가서도 이 정신을 잊지 말아야 한다고 당부했다.

예수의 부활을 기념하는 오늘의 우리들은 부활의 진리를 가르쳐야 합니다. 진리이신 예수가 십자가에서 희생되어 죽은 것으로 생각되었지만, 예수의 부활로 진리가 부활한 것을 보게 된 것입니다. 이런 신앙에서 4.19정신도 가르쳐야 하고 지켜나가야 합니다. 4.19정신이 부활할 것을 믿고 가르쳐야 하고 배워야 합니다. 진정한 민주주의의 소생과 부활을 위해서 실력과 능력과 정력을 길러야 합니다.
학생 여러분, 여러분은 예수의 부활의 진리를 깨닫고서 이 학원을 마치고 나간 다음에는 어느 곳에 가서 활동하든지 이 부활의 진리를 확신하고 4.19정신을 부활시켜 우리의 역사의 앞날에 민주주의를 실현할 때까지 계승시켜 나가기를 간곡히 바라는 바입니다.

정권 연장을 비판한 김찬국의 예언자적 설교는 학생들의 박수를 받았지만 정보 경찰이나 정보부 요원들에게 좋게 보일 리가 없었다. 교목인 이계준 목사는 그에게 와서 피할 것을 권고했다.36

"잠시 피하십시오. 설교 테이프도 빼앗겼고 정보 계통이 떠들어대니 야단이 났습니다. 구속할 것 같으니 피하십시오."

그는 학장실에서 안정을 찾은 다음 총무처로 연락하여 피신할 수

복음동지회원들과 함께(박대선, 지동식, 유동식, 문상희, 김찬국, 장준하, 김관석, 문익환, 안병무, 전택부, 윤성범, 김철수, 백리언, 유관우, 장하구, 박영숙 )

있도록 도움을 요청했다. 영빈관으로 피신한 김찬국을 박대선 총장이 밤 9시 30분경에 찾아왔다. 박대선 총장은 정부당국에 불려 들어갔다가 나오는 길이었다. 그는 당국자들을 만나 이렇게 말했다고 했다.[37]

> "내가 설교를 들어보니 반정부의 말이 없었다. 설교 내용을 문제 삼아 김 학장을 구속하면 신앙의 자유에 어긋나는 것이 된다. 또 4.19 기념식 겸 부활절 설교를 문제 삼아 김 학장을 연행하고 구속하면 우리 학교의 학생들이 들고 일어날 것을 막을 수가 없다."

영빈관에서 하룻밤을 지낸 그는 다음날 박대선 총장이 당국자들과 만나 연행하지 않겠다는 약속을 받고 일상으로 돌아갔다. 그러나 이후 김찬국에 대한 정보부의 사찰은 계속되었다. 용기 있는 예언자적 설교가 그를 정부 당국의 주요 감시 대상자로 만든 것이다.

1973년 8월 8일 정치인으로 일본에 망명 중이던 김대중 납치사건이 일어났다. 중앙정보부장 이후락의 지시로 일본의 한 호텔에 있던 김대중을 납치하여 결박한 채로 공작선 용금호 화물창에 싣고 와서 13일 밤 동교동의 자택 부근에 내려놓고 사라진 사건이다.[38] 이 사건으로 인해 박정희 정권에 대한 국내·외 여론은 악화되었고, 대학가에서 대규모 유신반대시위를 촉발하는 계기가 되었다.

정국이 불안하자 이를 타개하기 위해 박정희 정권은 공포정치로 국민을 억압하고 무고한 사람들을 구속하여 국가전복죄나 내란음모죄 등을 뒤집어씌웠다. 산업선교와 농민선교를 하던 박형규 목사, 권호경 전도사, 남삼우 등도 이때 구속되었다. 이들은 남산야외음악당에서 열린 부활절 새벽 연합예배에서 반(反)유신 전단지를 신도들에게 나누어주려다 미수에 그쳤다. 이 일이 있은 지 60일이 지난 뒤 이들은 국군보안사령부 서빙고 수사본부에 끌려가 혹독한 고문을 당하고 거짓 자백을 강요받았다.

> 부활절 새벽 연합예배에 모여든 수만 명의 참석자들을 선동해 시위를 벌여 먼저 당시 남산에 있었던 KBS 방송국을 점령하고 세를 몰아 당시 을지로 입구에 있었던 내무부를 점거해 거기서 혁명을 선언한 다음 가세하는 군중과 함께 중앙청과 청와대를 점령한다.[39]

참으로 어처구니없는 거짓이었다. 이들이 무슨 힘이 있어서 청와대까지 점령할 수 있단 말인가? 수많은 사람들이 끌려가 수사와 고문을 받았지만 이들 세 사람만이 '내란예비음모'라는 죄명으로 기소되어 8월 21일부터 9월 25일까지 당시 정동에 있던 대법정에서 매주 목요일 재판을 받았다. 한국기독교교회협의회는 이들을 위해서 8월 28일 오전 정동교회 젠센홀에서 기도회를 개최했다. 그러나 이 기도회에의 설교자를 찾기가 어려웠다. 공안 당국의 감시와 공포정치 상황에서 내란음모죄로 구속된 이들을 변호하기 위해 나서기는 쉽지 않았다. 이때 김찬국은 오충일 목사의 설교 청탁을 받고 허락했다. 박형규 목사는 당시를 이렇게 회상했다.

> 이때 설교 청탁을 선뜻 받아들인 교계 중진급 인사가 있었다. 그분이 바로 당시 연세대학교 신과대학 학장이었던 김찬국 목사였다. 나는 출옥한 후에 이 사실을 알고 약간은 놀라고 또 의아하게 생각했다. 연대 신과대학이라면 김 학장 말고도 우리를 위해 설교 정도 해줄 수 있는 교수는 얼마든지 있을 법했다. 그런데 하필이면 학장직을 맡고 있는 김찬국인가? 학장직 떨어지는 건 고사하고 앞으로 유신 당국의 보복을 어떻게 감당하려는가?[40]

이날 기도회에서 김찬국은 "시련기에 드리는 기도"(성경 본문: 사도행전 12:1-19)라는 설교를 했다.[41]

헤롯왕의 손자인 헤롯 아그립바 1세 치하에서 초대교회 전도자인 요한의 형 야고보를 칼로 죽이고 예수의 수제자인 베드로를 잡아 감옥에 가두었다. 유월절이 지나면 베드로를 끌어내어 죽일 계획이 있었다. 그때 온 교회들이 그를 위하여 기도했다. 그 기도가 기적을 가져와서 쇠사슬이 두 손목에서 풀리고 감옥에서 빠져나왔다. 이 상황에서 베드로는 "참으로 이제야 알겠다. 주께서 주의 천사를 보내셔서, 헤롯의 손에서 그리고 유대백성이 꾸민 모든 음모에서 나를 건져주셨다"고 고백했다.

박형규 목사를 비롯한 젊은이들이 기도의 힘으로 모두 다 석방되어 나오기를 기도하자는 설교였다. 한국교회와 사회가 유신독재로 인한 시련을 당하는 이때 기도하면서 대응해야 한다는 뜻이었다. 그는 순교할 수 있게 해달라고 기도하다가 1944년 4월 22일 옥중에서 순교한 주기철 목사와 히틀러 정권에 의해 29세의 나이에 처형되었던 본회퍼 목사의 옥중기도를 기억하면서 우리의 기도로 삼아야 한다고 역설했다. 그는 본회퍼의 옥중서신도 인용했다.

> 함께 괴로워하는 것, 행위가 수반되지 않은 기대와 우둔한 방관은 결코 기독교적 태도가 아니다. … 나를 위해 대신 기원하는 기도를 잊지 말도록 나는 하나님의 손과 인도하심을 굳게 신뢰하고 있기 때문에 이와 같은 확신에 의해서 언제나 보호될 것을 언제나 바라고 있다. … 나는 나의 생애에 있어서 아는 사람들, 나를 모르는 사람들의 나를 위한 기도에 의해서 크게 보호돼왔다는 것을 감사하지 않으면 안 된다고 믿는다.

2학기가 시작되자 대학가에서는 유신반대의 분위기기 팽배했다. 10월 2일 서울대 문리대 학생들은 시작한 유신반대시위는 11월에 전국적인 대학생들의 저항으로 확산되었다. 12월에는 유신반대시위가 고등학교까지 확산되자 정부는 조기 방학을 실시했다. 이 과정에서 많은 학생들이 연행되어 구금되거나 구속되었다.

유신정권에 대한 저항에 언론사 기자들도 동참했다. 그들은 정부의 언론통제와 부당한 제재에 맞서 철야농성을 벌이거나 성명서, 결의문 등을 발표했다. 11월 5일 김재준, 지학순, 함석헌 등 15인의 재야지식인들도 시국선언을 발표하여 박정희 독재정권과 공포정치를 비판했다.

12월 13일에는 각계 재야원로들로 구성된 시국간담회가 열렸다. 12월 24일에는 이들을 중심으로 '개헌청원100만인서명운동'이 공식적으로 시작되었다. 이날 밤 장준하 선생은 집에 찾아와 바지 속에서 서류 뭉치를 꺼내 보여주면서 서명하라고 했다. 이미 신학계, 기독교계, 학계, 정계, 가톨릭, 종교계, 언론계 등에서 여러 사람의 서명을 받았는데, 백낙준, 김동길, 박두진 등의 이름도 있었다. 김찬국이 도장을 찍으려 하자 장준하 선생은 잠깐 기다리라고 하면서 손으로 목을 치는 시늉을 했다. 나중에 서명 때문에 "목 달아날 것을 각오하라"는 표시, 즉 교수직에서 쫓겨날 수도 있다는 뜻이었다. 그럼에도 김찬국은 나라의 민주화를 위해 그가 앞장서 서명하는 일에 목이 달아나더라도 동참하는 것은 당연하다고 생각했다. 장준하 선생은 "신앙인이며 애국적 사상가이며 목사이며 신학을 한 분이며, '복음동지회'의 일원으로 자주 만나 친교를 나눈 사이였다. 젊은이들이 그를 따르고 또 장준하가 발행하는 「사상계」를 애독해온 터였다"[42]라고 일찍이 그를 평한 바 있다.

연세대 신과대학에서는 문상희 교수도 서명에 참여했다. 박정희 정권은 이 서명운동을 "사회혼란을 조성하려는 불순한 움직임"으로 규정하고 1974년 1월 8일 긴급조치 1호와 2호를 발표하여 유신헌법에 대한 논의 자체를 금지했다. 긴급조치를 위반할 경우 영장 없이 체포하여 구속하고 비상 군법회의에 회부하도록 했다. 1월 14일에는 개헌청원서명운동의 주도 인물인 장준하와 백기완을 구속했고, 이에 저항하는 목사, 전도사, 신학생, 대학생들도 구속했다.

1974년 3월 개학이 되자 대학가의 유신반대 투쟁은 더욱 거세어졌다. 여기에 적극 참여하는 대학생들은 '전국민주청년학생총연맹' 즉 소위 '민청학련'을 전국적으로 결성하여 반유신 학생운동을 펼쳐나갔고, 4월 들어 민청학련 명의의 유인물을 살포하면서 시위를 확신시키려 하였다. 이에 위협을 느낀 박정희는 4월 3일 저녁 10시 특별담화를 통해 긴급조치 4호를 발동하면서 민청학련 운동을 다음과 같이 규정했다.

> 민청학련이라는 불법단체가 불순세력의 배후 조종 하에 그들과 결탁하여, 인민혁명을 수행하기 위한 상투적인 방편으로 통일전선의 초기 단계적 지하조직을 우리 사회 일각에 형성하고 반국가적 불순활동을 전개하기 시작하였다는 확증을 포착하였다.43

유신정권의 불법과 독재에 맞서는 민청학련을 북한의 사주를 받아 국가를 전복시키고 공산정권 수립을 추진한 불순세력이라고 규정한 것이다. 이는 민주화운동에 참여한 사람들을 공산주의 세력으로 모는 박정희 정권의 전형적인 책동이었다. 이로 인해 1,000여 명이 넘는 사람들이 연행되어 조사를 받았고, 이중 180여 명이 구속 기소되었으며, 8명이 사형을 당했다. 김찬국은 윤보선 전 대통령, 지학순 주교, 박형규 목사, 김동길 교수와 함께 민청학련의 배후로 지목되어 긴급조치 제4호 위반과 내란선동 혐의로 5월 7일 구속되었다.

# 구속 수감되어

## 갑작스런 연행

김찬국은 민청학련 사건의 배후 교수로 지목되어 1974년 5월 7일 오후 1시 반에 신과대학장실에서 기관원에 의해 연행되었다.[1] 캠퍼스는 무학축전이 한창이었다. 개교기념일을 전후하여 열리는 무학축전은 대학생들의 젊음을 발산할 수 있는 다양한 행사들이 진행되고 있어서 캠퍼스는 젊음의 열기가 한창이었다. 축전으로 어수선한 상황에서 그는 퇴근을 하려고 캠퍼스를 걸어가고 있었다. 이때 기관원 3명이 접근했다.

"잠깐 할 이야기가 있으니 갑시다."

"그러면 학교에서 합시다."

"잠깐 조용한 데로 갑시다."

기관원들은 그를 강제로 학교 정문까지 데리고 갔다. 그곳에는 검은색 지프차가 대기하고 있었다. 그들은 강제로 차에 태우고 영장도 없이 바로 중앙정보부 조사실이 있는 서빙고로 향했다.

그는 "여기 앉아서 반성하라"는 말을 들으면서 지하실 독방에 감금되었다. 밤이 되어서 취조를 담당하는 정보원이 야구 방망이보다 길고 굵은 막대기를 들고 들어와서 공포와 위협을 가하여 취조를 시작했다.

"왜 김동길 교수 집에 전화를 했느냐?"

"김동길 교수가 잡혀갔으니 김옥길 교수에게 전화를 하여 안부를 물은 것이다."

이후 질문은 계속되었다.

"김대중 납치 사건 후에 다음날 그 집에서 예배를 했는데, 왜 갔느냐?"
"왜 장준하 씨 백만인 서명 운동에 서명했느냐?"
"왜 설교나 강연할 때 학생들을 선동하느냐?"
"왜 경상도 사람이 경상도 대통령을 지지하지 않고, 전라도 사람 김대중을 지지하느냐?"

정보원은 질문을 할 때마다 방망이로 책상을 세게 내리치면서 공포 분위기를 조장했다. 심지어는 "깝데기를 벗겨서 이 몽둥이로 맞아봐야 정신 차리겠느냐?"라고 위협했다. 학생을 선동한다는 취조에 대해 김찬국은 "나는 목사이고 교수이기 때문에 있는 상황 그대로 학생들에게 전한 것이다"라고 대답했다. 또한, 김대중의 지지에 대해서는, "나는 경상도 사람이라고 다 잘하는 것은 아니고, 나쁜 것은 나쁘다고 말하는 것이다. 김대중은 민주화를 위해서 일하고, 장기집권을 반대하는 것에 공감해서 지지하는 것이다"고 대답했다.

학생 문제로 잠깐만 다녀오자고 해서 따라왔는데 밤까지 집요한 취조가 계속되었다. 조사를 받으면서 그는 긴급조치 1호와 4호로 연행되었던 연세대 학생들의 배후조종 교수로 자신을 지목하고 있다는 느낌을 받았다. 자신이 학생들을 조종하여 시위를 하게 했다는 것이다.

김찬국은 갑자기 연행되었기 때문에 가족이나 주변에서는 그의 행방을 전혀 알지 못했다. 집에서는 공간이 부족하여 집 한쪽 편을 허물고 방을 들이기 위한 공사가 한창이었다. 가족들은 뜬눈으로 밤을 새우면서 가장이 왜 연락도 없이 사라졌는지 걱정이 태산이었다.

그는 다음날인 5월 8일 강연이 예정되어 있었다. 정법대 학생회가 요청한 '한국민의 자유의식'이란 주제의 강연이었다. 철학과의 김형석 교수도 함께 이 주제로 강연할 계획이었다. 민감한 주제를 다루기 때문에 이 강연을 못하게 하려고 연행하지 않았을까 하고 생각해 보았다. 학생들은 유신정권이라는 자유가 유보된 변칙적이고 비민주주의적인 체제에 대해 커다란 불만을 가지고 있었기 때문에 이런 주제의 강연을 계획했었다. 그는 다음날 풀려날 것을 기대하면서 잠이 오지 않는 기나긴 밤 시간에 이 강연을 어떻게 할 것인지도 구상했다. 그는 "기독교의 자유의식의 근거가 되는 〈구약〉의 출애굽운동과 예수의 자유사상을 밑받침으로 하여 3.1운동과 4.19정신에 나타난 자유의식"에 대해 강연을 해야겠다고 생각했다.

아침이 되자 다시 취조가 시작되었다. 학교로 돌려보낼 것이라는 기대는 순진한 생각이었다. 저녁 9시 30분경까지 하루종일 취조가 계속되었다. 모든 취조 과정은 한마디로 '공갈협박!'이었다. 김찬국의 진술을 깔아뭉개고 거짓된 내용들을 그가 한 것으로 엮으면서 억지로 사건을 조작했다. 취조가 끝나고 서빙고를 떠날 때 취조관은 김동길 교수와 그를 구속한다는 결정이 청와대에서 이미 결정되었다고 말했다. 내란음모라니? 도저히 받아들일 수 없는 일이었다.

가수 김추자의 노랫말인 "거짓말이야! 거짓말이야! 거짓말이야! …"라는 노래가 머리에서 맴돌았다. 1971년 발표하여 히트를 쳤던 이 유행가는 박정희 정권의 거짓을 향해 "거짓말이야!"라고 말할 수 없는 현실 속에서, 사회 풍자로 여겨지기도 했다. 간첩사건이나 내란음모 사건 등 각종 조작 사건들을 향해 "거짓말이야!"라고 외치고 싶었던 사람들의 애창곡이기도 했다. 결국 이 노래는 퇴폐적이라는 이유로 1975년에 방송금지곡이 되었다.

밤 10시경 서빙고를 출발한 검은색 지프차는 김찬국을 태우고 억수같이 쏟아져 내리는 빗속을 뚫고 달렸다. 자동차는 서대문 로터리에서 김찬국의 집이 있는 신촌으로 향하지 않고 영천 쪽으로 돌아 서대문형무소로 들어섰다. 그는 그곳에서 수감자들이 입는 푸른 수의로 갈아입었다. 수번호는 422번이었다. 나중에 안 사실이지만, 민청학련 사건으로 구속된 대학생들과 배후로 지목된 박형규 목사, 김동길 교수 등도 이미 그곳에 투옥되어 있었다.

김찬국은 왜 민청학련 사건의 배후자로 지목되어 구속되었는가? 당국은 무슨 연유로 그를 이 사건에 엮었는가? 당시 연세대 학생으로 민청학련 사건 때문에 수감되었던 김학민은 1월 1일 새해 세배 때에

받은 방명록과 연관되었다고 회상했다.[2]

> 대체로 1월 1일은 김동길 교수 댁에서 시작하여 서남동 교수 댁을 거
> 쳐 김찬국 교수 댁에서 점심을 해결하고… 김찬국 선생 댁 세배는 항
> 시 '점심 코스'에 들어 있는데, 선생님과 사모님께 세배를 드리고 항상
> 편안한 그 댁 분위기에서 떡국을 먹는 정해진 절차와 함께 이어 '세배
> 자 등록'이 시작된다. 곧 세배 온 사람은 빠짐없이 노트에 주소, 성명
> 등을 자필로 적는 것이다. … 많은 제자들이 세배를 오므로 그들을
> 기억하기 위한 따뜻한 마음에서이리라….

새해를 맞이하여 김찬국의 집에는 총학생회 임원들, 신과대 제자
들, 타학과 학생들 등 연세대 학생들이 세배를 왔다. 이때 학생들은
매년 했던 것처럼 방명록에 서명을 했고, 12월에 시작되었던 '개헌청
원100만인서명운동'에도 서명을 했다. 이 서명을 근거로 중앙정보부
와 보안사는 김찬국을 민청학련 사건의 배후조종 교수로 엮은 것이
다. 김학민은 그 상황을 이렇게 묘사했다.

> 그러나 화기애애한 분위기 속에서 가벼운 마음으로 한 이 서명이 몇
> 달 후에는 우리들 모두 치도곤을 당하는 화근 덩어리가 되었으니, 그
> 해 4월의 일이다. … 사실 그대로 세배를 간 경위와 서명을 하게 된
> 과정을 진술하였지만, 수사관들은 김동길, 문상희 교수 댁에서는 서
> 명하지 않고 왜 김찬국 교수 댁에서 서명하였냐는 거였다. 가만히 눈
> 치를 보건대, 수사관들은 이미 대학사회에서 그 '불온함'이 널리 드러
> 난 김동길 교수보다는 '뉴패이스' 김찬국 교수에게서 새롭게 불온성

을 적발한 것에 쾌재를 부르는 것 같았다. 하여튼 우리들은 1월 1일에 김찬국 교수 댁 '세배 상황'을 지루하게 진술할 수밖에 없었고, 그때 세배자로 등록된 학생들의 이름을 아는 대로 불 수밖에 없었다.

중앙정보부는 학생들이 선생님 집에 세배하러 갔다가 서명한 것을 정부 전복을 위한 결의 서명으로 왜곡했다. 서명자들을 구속하여 고문하고 거짓자백을 받아 마치 사실인 것처럼 위조했다. 이런 거짓과 불의는 박정희 정권의 전형적인 공포정치의 수법이었다. 중앙정보부는 처음에는 민청학련이 인민혁명당(소위 인혁당)을 사주했다고 발표했다가 나중에는 뒤집어서 인혁당이 민청학련의 배후조종 세력이라고 바꾸는 등 유신정권에 반대한 사람들을 공산주의자로 낙인찍는 데 혈안이 되어 있었다.[3]

## 서대문형무소에 수감되어

수의를 갈아입은 김찬국은 독방에 수감되었다. 당시 서대문형무소 독방은 매우 열악했다. 김찬국보다 먼저 구속된 박형규 목사는 당시의 서대문형무소 상황을 이렇게 묘사했다.[4]

우리가 서빙고 고문실에서 서울 구치소로 옮길 때는 이제는 고문이 없을 테니 살았다고 생각했는데 0.75평 독방에서 똥, 구더기, 벼룩, 빈대, 이, 쥐, 바퀴벌레 등등 온갖 냄새나는 하등동물과 벗하고 산다는 것은 또한 일종의 고문이었다. 나는 첫 한 주간 밥을 씹어 넘길 수가 없었다. 보리와 콩에 약간의 쌀이 섞인 네모난 벽돌 같은 그 밥이 허기진 창자에게는 그렇게도 반가운 친구인 것을 나는 수감생활에 약간 익숙해진 후에야 알았다.

김찬국은 냄새나고 차가운 구치소 마룻바닥에 내던져졌다. 그는 두근거리는 가슴과 떨리는 마음을 진정시킬 수 없었다. 긴급조치로 구속된 사람들이 징역 15년의 형을 받았기 때문에 자신도 그렇게 오랫동안 수감생활을 할 수도 있다는 생각이 들어 마음이 더욱 복잡했다. 불안하고 초조하고 억울한 마음을 어떻게 표현할 수 있을까? 그는 당시의 심정을 이렇게 회상했다.

잠자리에 들어가는 것도 부담이 되었다. 그러나 우선 추위를 느꼈기 때문에 이불 속으로 기어들어갈 수밖에 없었다. 누가 덮고 잤던 것인지는 모르지만 내의를 입은 채로 이불을 뒤집어썼다. 그 순간 나는 외솔 최현배 스승을 생각했다. 3년간 고문을 받으면서 옥살이를 하신 선생님이시다. 바울도 생각해 보았다. 전도여행을 하다가 잡혀 투옥된 기록이 〈신약성서〉에 있다. 독일 목사인 본회퍼의 옥중일기도 연상해 보았다. '나쁜 놈들!' 거짓말로 속여 사람을 연행해 가더니 우격다짐으로 조사를 하고 조서를 받고선 감옥에 처넣고 말았으니 속으로 욕이 나올 수밖에 없었다. 욕과 함께 나오는 눈물, 억울한 일을 당한 사람만이 알 수 있는 첫 고통의 눈물이었다.5

어찌할 바를 몰랐던 김찬국은 눈물을 흘리면서 마룻바닥에 엎드렸다.

"하느님! 왜 나를 이곳으로 보냈습니까? 무슨 죄를 지었다고 나를 가두어야 합니까? 15년 또는 10년을 이곳에서 살아야 합니까?"

예언자 하박국처럼 그는 하나님께 탄식조로 기도했다. 그렇지만 더이상 기도를 이어갈 수 없었다. 이틀간 취조 받느라 몸과 마음이 피곤하고 지쳐 있었지만 잠도 오지 않았다. 괴로운 상황을 그는 이렇게 묘사했다.

> 거의 뜬눈으로 밤을 새우면서 서빙고에서 취조를 받던 일만 생각했었다. 사람이 이렇게 감옥에 들어오면 죄인이 되고, 죄에서 벗어날 궁리만 하며, 빠져나갈 구멍만 찾으려는 심리와 마찬가지로 나도 밤새껏 전날 취조 받고 조서를 쓴 내용에서 내가 어떤 점을 밝혀야만 감옥살이에서 빨리 빠져나갈 수 있을까 하는 생각에 잠기었다. … 처음 두 주일 동안은 정말 독방생활을 견디어 내기가 힘들었다. … 어느 누구도 가까이하여 이야기하는 일이 금지되었었기 때문에… 고독을 이겨내는 일은 가장 고통스러웠다.6

외롭고 괴로운 김찬국의 옆방에는 민청학련 사건으로 구속되었던 서울대 이철 학생이 수감되어 있었다. 어느 날 오전 구치소의 소지(교도소에서 청소나 심부름을 하는 기결수)가 교도관의 눈을 피해 수감되어 있던 이철에게 창살 사이로 말을 건넸다.7

"옆방 4사하10방에 연세대학교 신과대학장님이 들어왔대요."

"성함이 뭐랍디까?"

"글쎄…."

소지는 멀리서 오는 교도관을 보고 사라졌다. 이로써 이철은 연세대 신과대학장이 자기 옆방에 있다는 것을 알았다. 그는 신과대학장이 민청학련 사건 때문에 수감되어 있는 신과대생 김영준, 최민화와 상대생 김학민 때문에 들어왔을 것이라 생각했다. 그는 저녁이 되기를 기다렸다가 옆방과 통방(창틀 사이로 허공에 대고 소리를 질러 서로 대화를 나누는 것)을 시도했다.

"4사하10방 학장님!"

"예, 누구시오?"

"저는 옆방에 이철입니다. 서울대학교에 다니다 들어왔습니다. 학장님이시지요?"

"아, 이철 선생이시오? 나는 김찬국입니다."

**오랜만에 나누는 대화였다. 이철은 당시의 만남을 이렇게 회상했다.**

그날부터 이듬해 형집행정지로 출옥할 때까지 우리는 아침저녁으로 통방을 하며 참으로 많은 대화를 나눌 수 있었다. 그것은 그야말로

'구원'이었다…. 내가 그 만남을 구원이라고 생각하게 된 것은 그 많
은 대화를 통해 그리고 가끔 한 사람이 재판정에 가는 참에 스치는
삼사 초의 짧은 대면을 통해 그분이 가진 순백색을 느끼면서부터였
다. … 그저 감사하고, 기다리고, 믿고, 만족하고, 항상 사랑하는 그런
무구(無垢)의 백색뿐이었다.8

이철이 "학장님"이라고 부르는 소리는 다른 방의 수감자들에게도
들렸다. 그곳에는 29개의 방들이 있었는데 긴급조치로 들어온 학생
들과 일반인들이 함께 있었다. 이후 그들은 김찬국을 "학장님"이라고
불렀다. "422번"이라고 부르는 사람은 담당 교도관들뿐이었다.

통방을 하면서 수많은 학생들이 이곳에 들어와 있다는 것을 알았
다. 건너편 3사하(三舍下) 건물에는 한국기독학생회총연맹(KSCF) 간
사인 정상복과 안재웅도 있었다. 이들은 재판을 받고 돌아오는 길에
김찬국의 방인 "4하10방"이라고 소리쳤는데, 이때 그는 재빨리 화장
실 칸으로 가서 손을 흔들고 그들과 몇 마디 말을 주고받곤 했다. 전남
대생 남상기, 서울대생 홍덕표, 한국기독학생회총연맹(KSCF) 총무 이
직형과 연맹 소속 학생들도 구치소에 있었다.

혹시 연세대생들이 있을까 찾아보고 싶었다. 그는 휘파람으로 연
세찬가를 불렀다. 연세대생이라면 누구나 이 노래를 알고 있으니 응
답이 있을 것이라 기대했다.

한 세기 지켜 온 민족의 얼
진리와 자유 심어온 모습
뒤 안에 우뚝한 무악같이

굳세고 슬기에 영원하여라….

휘파람 소리가 고요하고 아름답게 감방 공간을 흘러가자 어디에선가 휘파람 소리가 들려왔다. 연세찬가였다. 그의 눈에서는 눈물이 왈칵 쏟아졌다. 그 눈물에는 반가운 마음, 무언가 통하는 기쁨, 혼자가 아니라는 든든함 등이 뒤섞여 있었다. 나중에 알았지만 응답의 휘파람을 분 사람은 3사상(三舍上)에 수감되어 있는 송무호 학생이었다. 경영학과(71학번) 학생으로 '동곳회' 동아리 회장이었던 그는 1974년 4월 연세대 채플이 끝날 때 강단으로 뛰어 올라가 성명서를 낭독하려다 붙잡혔다. 그는 기관원들이 잡으러 몰려올 때 주머니에서 칼을 꺼내 자신의 목에 대고 다가오면 자결할 것이라고 저항했지만, 채플에 참석하기 위해 강단 위에 있던 교수들의 제지로 뜻을 이루지 못했었다. 그는 서대문 경찰서로 연행된 뒤 남산의 중앙정보부에서 1주일, 서빙고의 보안사 분실에서 1주일 동안 취조를 받고 여기에 수감되었던 것이다.

어느 날 "찬국아! 찬국아!" 하는 소리가 들려, 화장실 칸으로 나가 쳐다보니 송무호였다. 그는 김찬국이 이곳에 수감되어 있다는 것을 알고 호송 중에 지나가면서 스승의 이름을 불렀다. 너무나 급하게 그의 방을 지나쳤기 때문에 "김찬국 학장님!"이라고 부를 겨를이 없어서 "찬국아!"라고 불렀던 것이다. 김찬국은 손을 흔들어 반가움을 표시했다. 송무호는 민청학련 사건으로 징역 20년을 선고받았다.

구치소 안은 답답했다. 수감된 사람들의 말씨는 거칠었고 욕과 온갖 쌍소리가 난무했다. 독방에서 생활하다보니 대화할 수가 없어서 고독과도 싸워야 했다. 이런 상황 속에서 김찬국은 성경을 읽었다. 성서학자로서 그동안 읽었던 성경이었는데 이제 감옥의 독방에서 읽으니 느낌이 새로웠다.

저녁이 되어 조용해지면 사방에서 들려오는 외침이 있었다.

"어머니! 어머니!"

정치범으로 구속된 청년들이나 일반 재소자들의 외침이었다. 격리된 장소에서 제일 그리운 것이 사랑하는 어머니의 품이 아닐까? 김찬국은 어머니를 생각하면서 세 가지를 생각해 보았다.

"어머니! 불효한 자식을 용서해 주십시오."
"어머니! 하루빨리 나를 빼내 주십시오."
"어머니! 왜 나를 낳게 하여 이런 곳으로 오게 만들었습니까?"

"어머니!"란 외침 속에는 회개와 염원과 원망이 담겨 있다고 생각했다. 저들의 외침은 하나님을 대신하여 어머니에게 보내는 것 같았다. 원망, 자기 운명의 저주, 자기 참회, 자기 장래의 축복 등 모든 염원의 기도를 하나님을 대신하여 어머니께 드리는 것이라 여겨졌다.

두 주간쯤 지난 5월 16일 교도관은 "422번 나오시오"라고 하면서 문을 열어주었다. 감방 밖으로 나와 구치소 내에서 운동을 가볍게 할 수 있었다. 구내 운동장을 걸을 때 밧줄에 묶여가는 연세대 경제학과 학생으로 수감된 김학민 군을 만났다. 둘은 말없이 눈인사만 하면서 지나갔다.

5월 20일에는 '김옥길' 이름으로 담요, 한복, 영치금 등이 들어왔다. 김옥길은 함께 구속된 김동길 교수의 누이로 이화여대 총장이었다. 김찬국의 눈에는 눈물이 글썽했다. 가족들의 면회가 안 되고 외부물건이 들어올 수 없는 상황에서 한복을 입으니 서러움이 복받쳐 올랐다. 김옥길 총장은 동생 김동길에게 돈과 옷을 보내면서 김찬국에게도 보냈던 것이다. 그것은 마치 동생같이 돌보아 주어야 할 또 한사람에 대한 인정의 표시였다.

서대문형무소에 수감된 지 한 달여 만에 김찬국은 검사의 취조를받기 위해 호송차를 탔다. 호송차에는 민청학련 사건으로 구속된 김경남이 있었다.[9] 그들은 대화를 나누면서 서로가 누구인지 알았다. 김경남은 당시 박형규 목사가 시무하던 서울제일교회 대학생회 회원이었는데, 민청학련 사건으로 구속되어 있었다. 그는 그때를 이렇게 회상했다.

> 그런데 내가 탄 수송차에 귀공자같이 훤한 어른 한 분이 같이 탔는데,
> 서로 인사를 하다 보니 뜻밖에 이분이 김찬국 목사님이셨다…. 비록
> 한복 수의에 오랏줄이 꽁꽁 묶인 죄수 몸이지만 그분에게 느낀 것은
> 평화 바로 그것이었다. 그런데 취조가 끝나고 구치소로 가는 호송차
> 에서 김 목사님은 하얀 얼굴이 새빨갛게 상기된 채 펑펑 눈물을 흘리
> 시는 것이었다. 나중에 안 이야기로는 구치소 호송관에게 사모님이
> 부탁하여 대기실에서 한 달여 만에 사모님을 만난 것이 그 우시는 이
> 유였다.[10]

민청학련 사건으로 구속 수감된 사람들은 정치범으로 분류되어가족 면회뿐만 아니라 변호사 접견도 자유롭게 하지 못했다. 유신정

권은 감옥에 있는 이들을 감시하면서 외부와의 접촉을 차단했던 것이다. 김찬국도 변호사를 형식적으로 한두 번 만난 것이 전부였지 실질적인 도움을 받지 못했다.

현암 김종희 한화그룹 회장은 당시 독실한 성공회 신자였는데 부산 피난시절부터 김찬국과 알고 지내 왔었다. 김 회장은 김찬국의 구속 소식을 듣고 안타까운 마음이 들었다. 그는 김찬국이 법 없이도 선하게 살 사람이라고 여겼다. 김찬국이 풀려나올 수 없다면 형이라도 가볍게 받기를 바랐다. 그는 변호사 선임을 도와주고 싶어서 김찬국의 아내 성윤순과 협의하여 한화그룹의 자문변호사인 김두현 변호사의 선임계를 재판부에 제출하게 했다.[11] 그러나 당국은 이를 알고 불쾌하게 여기면서 김 회장에게 압력을 넣어 변호사 선임계를 철회하게 했다. 긴급조치로 구속된 사람들을 정치범으로 몰면서 변호사의 도움도 받지 못하게 했던 것이다.


## 내란선동죄라니?

재판이 시작되기 전 검사는 서기를 대동하고 구치소로 찾아왔다. 그는 자기가 작성한 내용을 읽어본 뒤 손도장을 찍으라고 강요했다.

"폭력으로 정부를 전복하려고 화염병을 쓰는 학생들을 선동하여…."

도저히 받아들일 수 없는 날조된 내용이었다. 김찬국은 민청학련이란 말을 들어본 적도 없고 관계된 적도 없다고 했지만, 검사는 손도

장을 강요했다.[12]

"내 머리에는 폭력이란 단어가 없습니다."

김찬국은 거부했지만, 검사는 서빙고에서 손도장을 찍어놓고 이러기냐고 면박을 주면서 말했다.

"좌선이나 잘 하십시오!"

검사는 빈정대는 어투로 말했다. 목사에게 불교의 승려들이 하는 좌선이나 잘 하라니… 모욕을 주는 말이었다. 기분이 나빴지만 손도장을 찍었다.

김찬국은 구속된 지 두 달이 지난 7월 10일 공소장을 받아보았다. 이를 보기 전에는 자신에게 무슨 죄목을 적시했는지 알 수가 없어 늘 불안했다. 불안한 마음으로 뛰는 가슴을 진정시키기 위해서 기도와 성경 읽기, 책 읽기를 했지만, 가슴 한구석에 도사리고 있는 두려움을 완전히 몰아낼 수는 없었다. 공소장은 읽고 나서 김찬국은 다소 안심이 되었다. 친구인 김동길과 함께 기소되어 있었기 때문이다.

공소장을 받아보니 김동길 교수와 같이 기소문이 작성되어 있었다. 일단은 안심이 되었다. 단독범이 아닌 것으로 되어 있기 때문이기도 했지만, 같은 대학 교수끼리 묶여져서 기소가 되었으니 재판을 받을 때에도 같이 다닐 수가 있다고 생각해서 우선 기쁘게 생각했다.[13]

공소장에는 김동길 교수의 기소 이유가 다음과 같이 적혀 있었다.

김동길 피고인은 천마산에 김영준, 김학민(연세대 상대생)과 같이
등산을 갔다가 유신체제를 비방하고 학생들이 화염병을 던져서 반정
부데모를 벌이면, 재야세력의 후원을 얻어 도와주겠다고 했다.14

교수가 학생들과 등산하면서 대화한 것을 거짓 자백을 받아 반정
부투쟁의 배후조종자로 몰아 기소한 것이다. 거짓과 불의로 정권을
유지하려는 독재정부의 실상을 보여주는 것이었다.

7월 16일 국방부 내에서 비상보통군법회의가 열렸다.15 김찬국은
김동길과 함께 포승줄에 묶이고 쇠고랑을 찬 손을 흔들면서 호송차를
타고 재판정에 들어섰다. 방청석에는 김옥길 총장과 아내 성윤순도
있었다. 가족 1명만 방청이 허용되었기 때문에 김옥길 총장은 김동길
교수의 가족으로, 성윤순은 김찬국의 가족으로 온 것이다. 구속 후 처
음 보는 아내의 얼굴이었다. 윤보선, 김동길, 박형규 등도 함께 재판을
받기 위해서 그곳에 있었다.

재판이 시작되기 전 이화여대 김옥길 총장은 "하나님이 살아 계시
다!"고 소리쳤다. 이 말을 들은 김찬국은 큰 힘과 용기를 얻었다. 그에
게는 이 말이 "하나님이 재판하시고 계시다"는 말로 들렸다.16

방청석을 볼 수 없도록 얼굴을 돌리지 못하게 했음에도 불구하고
뒤를 돌아다보았다. 그의 아내 성윤순이 보였다. 그 짧은 순간에 아내
는 손짓을 세 번 했다. '기도 많이 하고, 밥 잘 먹고, 운동 열심히 하시
오'라는 손짓 같았다. 반가운 마음에 눈물이 흘렀다.

재판은 신속하게 진행되었다. 김찬국은 법정에서 자신의 의견을

개진하고 검사의 조서가 사실이 아니라고 했지만 재판부는 이를 받아들이지 않았다. 오히려 재판부는 김찬국이 "유신헌법은 1인 독재를 영구화하려 하고 있기 때문에 반대한다"는 취지로 말을 했고, 학생들이 폭력으로 정부를 전복시키려고 데모를 계획하고 있다는 사실을 알면서 학생들을 격려하고 충동하여 내란을 선동했으며, 연세대생인 김영준이 민청학련 구성원인 것을 알면서도 수사정보기관에 알리지 않았다고 주장했다. 유신 반대나 개헌 서명 등이 어찌 내란 선동이란 말인가? 김찬국은 기소장에 있는 내용을 대부분 시인했지만, 민청학련 조직 불고지죄만은 완강하게 부인했다.

8월 12일 판결이 있기 전 최후진술을 해야 했다. 최후진술은 김동길 교수가 먼저 했는데, 명연설로 감동적이었다.

> …이 법은 아무리 지키려 하여도 지킬 수 없는 법이라고 봅니다. 나를 풀어주시어 밖에 나가도 유신을 반대하다가 또다시 붙잡혀 올 것이 명백한 터에, 어찌 무죄 석방으로 이 자리를 면하게 되기만 바라겠습니까? 들락날락하지 않고 그냥 눌러있는 것이 본 피고인이 원하는 바라고 하겠습니다. 그런고로 무슨 죄를 주셔도 불평 없이 감수할 것이니 염려 마시기 바랍니다.17

뒤를 이어 김찬국도 최후진술을 했다. 그는 유신 비판의 정당성과 학생 선동 운운의 사실무근을 단호하게 주장하면서 눈물로 재판부에 호소했다.

"이 모든 일들은 우리 책임이니, 어린 학생들은 부모님의 품과 학교로 돌아가게 석방시켜 주시오."

그것은 정의를 외친 대학생들이 무슨 죄가 있느냐는 항변이자 학생들을 사랑하는 스승의 마음이었다. 재판부는 김찬국에 대해 다음과 같이 선고했다.[18]

대통령 긴급조치 제1호, 형법 제90조 제2항, 대통령 긴급조치 제4호를 각 적용하여 징역 10년 및 자격정지 10년

민청학련 사건으로 구속된 학생들에게는 사형, 무기, 20년, 15년 형 등이 선고되었다. 함께 구속된 김동길 교수에게는 15년 형이 선고되었다. 구치소로 돌아오는 길에 '학생들이 무슨 잘못을 했기에 이런 중형을 선고하느냐?'라는 생각이 들어 울분을 참기 힘들었다. 김찬국은 비상보통군법회의의 선고에 불복하여 고등군법회의에 항소했다.

2심 변호인은 한승헌 변호사에게 부탁했다. 아내가 지인으로부터 소개 받은 1심 변호인의 변호가 자신의 소신과 전혀 다른 변론을 했기 때문에 바꾼 것이다. 1심 변호인은 김찬국에 대해 다음과 같이 변론했다.

(김찬국은) 미국과 영국에서 공부했기 때문에 서구식 민주주의는 잘 알지만, 한국적 민주주의를 잘 이해하지 못해서 본 건과 같은 행위를 한 것이니 관대한 처벌을 해주기 바란다.

김찬국은 이 변론을 듣고 크게 실망했다. 시월유신이 한국적 민주주의라는 주장을 자신의 변호인이 하다니…. 도저히 받아들일 수 없

어 변호인을 한승헌 변호사로 바꾸고 항소했다. 이것은 판사의 판결에 불복하여 항소한 것이 아니라 변호인의 변론에 불복하여 항소한 셈이었다. 그는 자신에 대해 올바른 변론을 듣고 싶었던 것이다.[19]

다음 재판을 기다리던 8월 15일 소지는 김찬국에게 손짓으로 긴박한 일이 벌어졌다는 것을 알렸다. 먼저 오른손 엄지를 치켜세우고 그다음 새끼손가락을 치켜든 뒤 오른손을 목에 그었다. 소지는 놀란 표정으로 손짓을 하고 사라졌다. 소지의 손짓과 표정을 보아 구치소 밖에서 무슨 큰일이 있었다는 것을 알 수 있었다. 그러나 구체적으로 어떤 일인지는 나중에 알았다. 대통령(엄지)의 아내(새끼손가락)가 죽었다(오른손을 목에 긋다)는 것이다. 이날 대통령 박정희의 부인인 육영수 여사가 세종문화회관에서 열린 광복절 기념식장에서 문세광이 쏜 총에 맞아 숨진 것을 소지가 그렇게 표현했던 것이다.

약 한 달 뒤 김찬국의 재판이 또다시 열렸다. 재판이 있기 전날 아내 성윤순은 4남매에게 다음날 학교에 결석할 것이니 선생님에게 미리 말씀드리라고 했다.[20] 4남매는 이유를 알 수 없었다. 고등학교 3학년이었던 둘째 아들 홍규도 결석하겠다고 선생님에게 말했다. 11월 대학입시를 위한 예비고사가 있기 때문에 학업에 열중해야 했지만, 영문도 모른 채 담임 선생님에게 결석할 것을 알렸던 것이다. 다음날 새벽 일찍 성윤순은 4남매를 깨워 좋은 옷을 입게 하고 이렇게 말했다.

> "오늘 오전 10시에 국방부에서 재판이 있으니 아버지가 서대문형무소에서 국방부로 이송될 때 볼 수 있을 것이다."

4남매는 모두 놀라서 입을 다물지 못했다. 지난 5개월 동안 볼 수 없었던 아버지의 얼굴을 볼 수 있다니…. 기대감도 컸다. 그들은 아침 일찍 버스를 타고 서대문형무소로 갔다.

오전 8시경 4남매는 서대문형무소에 도착하여 정문 하얀 담벼락 앞에서 아버지가 나타나기를 기다렸다. 1시간쯤 지났을 때 막내아들 은규가 소리쳤다.

"아버지!"

수위실 창문을 통해서 보이는 아버지를 발견하고 불렀던 것이다. 오랜만에 불러보는 "아버지!"였다. 4남매는 창문으로 고개를 들이밀고서 호송차량을 타기 위해 구치소 뜰을 걷고 있는 사람들을 볼 수 있었다. 앞에는 김동길 교수, 뒤에는 아버지 김찬국… 두 사람은 연결된 오랏줄로 손이 꽁꽁 묶인 채 호송관들과 함께 걸으면서 이들을 쳐다보고 손을 흔들었다. 둘째 아들 홍규는 당시를 이렇게 회상했다.

> 회색빛 옷 속에 김동길 교수님과 아버지 얼굴은 환하게 웃고 있었다. 호송하시던 분들이 당황해서 국방부 호송차량 안으로 급하게 두 분을 밀어 넣었다. 우리는 차량이 나오는 문 앞에서 기다렸다. 문이 열리며 호송차량이 나왔다. 다행히 뒷문에 두 개의 유리창이 있는 차량이었다. 우리는 뛰었다. '아버지!' 국방부 호송차량은 갑자기 속력을 내며 쏜살같이 달려나갔다. 누나가 뛰어가다 쓰러졌다. 형은 뛰다가 돌아와 물끄러미 쳐다보며 울고 있는 누나를 일으켜 세웠다. 나와 내 동생은 호송차량 뒷 창문에서 오랏줄에 묶인 두 분의 손이 우리를 향해 계속 흔들고 있는 모습을 서대문 저편으로 사라질 때까지 쳐다보았다.[21]

한승헌 변호사 출판기념회(1997년 6월 24일, 윗줄 왼편에서 세 번째의 한 변호사는 첫 번째 박형규, 두 번째 김찬국 목사의 민청학련 사건을 변호했다)

4남매는 호송차량의 뒷모습을 보면서 울었다. 민주화운동으로 억울하게 구속된 가족들 때문에 서대문형무소를 드나들던 수많은 사람들이 눈물을 흘린 것처럼….

10월 11일 열린 비상고등군법회의에서 한승헌 변호사는 김찬국과 김동길을 변호했다. 서슬 퍼런 독재정권 앞에서 민주주의를 부르짖는 민주인사들을 변호한다는 것은 쉬운 일이 아니었지만, 한 변호사는 독재에 맞서 정의를 외친 교수들을 강하게 지지하며 변호했다. 법정의 방청석에는 가족 중 한 사람만 입장이 허용되어 아내 성윤순만 들어갔다. 최후진술에서 김찬국은 다음과 같이 말했다.

로마 법정과 제국이 예수를 십자가형에 처하고 죽자, 돌문으로 가두고 인봉하였지만, 예수는 부활하였듯이, 진리와 정의는 아무리 군사

독재가 총칼을 들고 지켜도 부활한다.

독재정권이 아무리 민주주의를 짓밟아도 민주주의는 다시 살아
일어난다는 것이었다. 비상고등군법회의에서 김찬국은 감형되었다.

징역 5년 및 자격정지 5년

무고한 사람에게 내란선동죄를 뒤집어씌우고 5년 동안 투옥한다
는 판결이었다.


## 고통의 멍에 짊어지고

유신정권은 긴급조치 위반으로 구속된 사람들에게 일반 면회뿐만
아니라 가족 면회도 허용하지 않았다. 감옥에 있으면서 사랑하는 가
족을 만날 수 없다는 것은 또 다른 고통이었다. 이것은 유신정권이 얼
마나 잔인하게 인권과 민주주의를 유린했는지를 보여주는 실상 중 하
나였다. 면회가 금지되니 외부 소식도 알 수 없었다. 당국은 가족들이
보내준 책이나 속옷 등만을 겨우 받을 수 있게 했다.

김찬국은 무료하고 힘든 옥중에서 주로 독서를 했다. 그가 읽은 책
중 하나가 본회퍼의 『기독교윤리』였다. 독일교회 목사였던 본회퍼는
히틀러의 나치정권에 항거하다 투옥되어 1945년 교수형으로 죽은 순
교자였다. 1933년 히틀러가 나치정권을 세울 때, 독일교회는 히틀러
정권에 대해 예언자적 목소리를 내기는커녕, 히틀러를 독일의 구원을

위해 하나님이 보내신 구원자로 여기면서 지지했다. 하나님이 영혼구원을 위해 예수를 이 땅에 보내신 것처럼, 독일의 경제와 사회의 구원자 메시아로 히틀러를 보냈다는 것이다. 이것은 히틀러가 현대의 그리스도라는 주장이자 그를 우상화하는 것이었다. 이에 대해 본회퍼는 라디오 연설에서 히틀러의 우상화를 비판했다. 이 방송은 도중에 중단되었지만 본회퍼는 읽던 원고를 신문에 게재했다.

본회퍼는 저서 『기독교윤리』 중 "이 사람을 보라"라는 항목에서 우상화에 대해서 썼는데, 김찬국은 이를 읽고 감명을 받았다. 예수는 자신을 우상화하지 않아 스스로 교주가 되지 않았고, 성공을 우상화하지 않아 스스로 십자가를 졌으며, 죽음이라는 우상을 무용지물로 만들어버렸기에 부활할 수 있었다는 것이다. 기독교인이 된다는 것은 우상을 숭배하지 않고 그리스도를 따르는 것이기 때문에 어렵고 무거운 짐을 먼저 질 수 있어야 하고, 더 나아가 십자가 정신으로 부활의 희망을 가질 수 있어야 한다는 것이다.[22]

나치정권 시대 독일교회와 본회퍼의 상황은 박정희 유신독재정권 치하의 한국교회 및 김찬국 자신의 처지와 매우 유사했다. 독일교회가 나치정권을 지지한 것처럼, 한국교회 대부분은 박정희 독재정권을 지지하고 찬양하면서 박정희를 한국경제의 구원자로 여기고 있었다. 소수의 독일교회 목사들과 교인들이 나치정권에 저항했던 것처럼, 한국교회에서도 소수의 목사들과 교인들이 유신독재에 맞서 예언자적 목소리를 내면서 저항하고 있었다. 본회퍼가 저항의 목소리를 내다가 투옥된 것처럼, 김찬국 자신도 설교단에서 유신독재정권에 대해 예언자적 설교를 했기 때문에 내란음모죄로 투옥되어 있었다. 따라서 본회퍼가 고백한 그리스도에 대한 믿음은 김찬국 자신이 지금 걸어가고 있는 길이자 앞으로 걸어가야 할 길이기도 했다.

　김찬국의 갑작스런 구속은 아내인 성윤순에게도 커다란 고통이었다. 옥바라지 석 달 만에 앞 머리카락이 하얗게 샐 정도로 힘들었다.[23] 경제적으로도 녹록지 않았다. 남편의 월급이 없는 상황에서 자녀들의 학비와 생활비를 마련한다는 것은 쉽지 않았다. 자녀들은 대학교 4학년과 2학년, 고등학교 3학년과 1학년에 재학 중이었다. 김찬국의 가족이 다니던 창천교회의 담임목사였던 박춘화는 당시를 이렇게 회상했다.[24]

　… 나는 종종 연희동 김 목사님 댁에 심방 가서 울고 계시는 사모님과 함께 예배드리며 하나님께 간절히 기도드렸던 일이 잊혀지지 않는다. 당시 숭문고등학교 재학 중인 삼남 김은규 군의 학교 납입금을 지원해 드리기도 하였다.

　혼자서 가정을 꾸려가야 하는 힘든 상황에서도 성윤순은 남편의 석방을 위해 애썼다. 당시 구속자 가족들은 "엠네스티 사무실에 자주 모이고 바로 구속자가족협의회를 만들어 시위를 하고, 종로 5가 기독교회관에서 열린 목요기도회를 중심으로" 활동했다.[25] 여기에는 긴급조치로 감옥에 간 사람들의 어머니, 아내, 누이 등 여성들이 많았는데, 성윤순도 그중 한 명이었다.

　성윤순은 매일 서대문형무소를 다니면서 정성을 다해 남편의 옥바라지도 했다. 장녀인 성혜는 아버지의 옥바라지를 하는 어머니의 모습을 이렇게 회상했다.[26]

그전까지 아주 곱던 어머니는 며칠 사이에 앞머리가 하얗게 셌다. 몇 달 만에 차입이 허락된 후 (면회도 안 됐다) 하루도 거르지 않고 어머니는 서대문형무소에 갔는데, 구치소 그 높은 담 아래 서면 늘 가슴이 울렁거려서 한참을 벽에 기대고 주저앉아 있어야 했다. 차입했던 책 갈피에 못으로 쓴 'I LOVE YOU 윤순'을 찾았을 때 복받쳐 우시던 어머니. 아래 속내의 고무줄에 서로의 소식을 전하던(너무나도 기발한 어머니의 착상. 우리 형제들에게도 한동안 비밀이었던) 아슬아슬하고 조마조마한, 두 분한테는 생명줄과 같은, 유일하게 소식을 주고받을 수 있는 길이었다. 그러나 우리들과 남 앞에서는 약한 모습 안 보이고 아버지께서는 훌륭한 일하신 거니까 용기 잃지 말라고 하시며 당당하고 씩씩하게 행동하셨던 어머니, 참 강한 분이시다.

성윤순은 면회할 수 없었던 김찬국에게 소위 '고무줄 통신'을 통해서 외부 소식을 알렸다. '고무줄 통신'이란 속옷 등을 빨래해서 들여보낼 때 속옷 고무줄에 말아 넣은 깨알같이 쓴 편지를 말한다. 거기에는 가족들의 안부와 현재의 정치 상황 등 외부 소식이 아주 작은 글씨로 짧게 적혀 있었다. 김찬국은 '고무줄 통신'을 통해서 들어오는 소식을 옆방에 있던 이철에게 전해주기도 했다.27

"민청학련 사건을 엄청난 간첩단 사건같이 계속 발표하는데 국민들은 별로 믿지 않는 모양이오."
"여러분들을 석방하라는 데모가 전국 각 대학으로 번지고 있대요."
"구속자 가족 모임도 열심이고 교계에서도 매주 기도회를 열고 있어요."

이철은 '김찬국 학장님이 이런 소식을 어떻게 알았을까?' 하고 궁금했지만 물어볼 수 없었다. 그 경로를 아는 것은 위험한 비밀을 드러내는 것이었기 때문이었다. 만약 그 경로가 밝혀질 경우 그나마 전해지던 가냘픈 소식의 통로가 완전히 차단될 수도 있었다. 궁금한 상황 속에서도 '고무줄통신'은 사형선고를 받았던 이철에게 한 줄기 희망의 빛이었다.

이철은 김찬국보다 두어 달 먼저 수감되었기 때문에 나름대로 수감생활의 지혜를 터득하고 있었다. 그중에 하나는 입에 맞지 않은 식사를 하는 방법이었는데, 고추장에 으깬 마늘을 넣어 콩밥에 비벼 먹는 것이었다. 이철은 감옥에서 '독특한 고추장'을 만들어 가끔 소지를 통해 김찬국에게 건넸다. 김찬국은 이를 아주 고맙게 받아들였다.

김찬국은 구치소에서 신비한 경험도 했다. 그는 구치소에 들어온 뒤 가슴 속에 커다란 뭉치 같은 것이 걸려 내려가지 않는 것 같아 답답함을 느꼈다. 손으로 쓸어내리려고 아무리 가슴을 문지르고, 쳐도 그 느낌이 사라지지 않았다. 밤마다 꿈자리도 좋지 않았다. 그러던 어느 날 밤 꿈속에서 중봉 할아버지의 모습이 나타났다. 2년 전 돌아가신 할아버지는 생존하셨을 때의 인자한 모습 그대로였다. 다음날 아침 일어났을 때 가슴을 메우고 있던 그 뭉치가 내려가는 시원한 느낌을 받았다. 신비한 체험이었다. 그는 당시를 이렇게 회고했다.[28]

꿈속에서 내 믿음의 조상인 할아버지를 만나자 다음날 아침에는 어찌나 가슴이 시원하던지… 그때처럼 기뻤던 적이 없었다. 나는 하느님의 사랑의 힘이 나를 도와주신 것으로 확신했다. 할아버지의 기도의 힘이 오늘까지 작용하여 나를 감싸주시는 하느님의 은혜로 다가온 것이다. 불안하기만 했던 감방은 그때부터 편안한 내 방이 되었다.

김찬국은 구치소에서 특별한 크리스마스를 보내기도 했다. 1974년 12월 24일 크리스마스 전날, 겨울이라 감방은 영하 15도까지 기온이 떨어져 몹시 추웠다. 이때 크리스마스 시즌이라고 집과 교회에서 아주 작은 귤 50개 정도를 넣어주었다. 김찬국은 점심식사 시간에 소지에게 부탁해서 함께 수감되어 있는 사람들에게 크리스마스 선물로 귤 한 개씩 나누어주게 했다. 이는 고난 받는 이를 위해 사랑을 베풀라는 예수의 정신을 나누는 것이기도 했다. 그는 당시를 이렇게 회상했다.[29]

독방 신세로 있던 학생들이나 그 밖에 민청학련 관련 재소자들에게 다 귤 한 개씩을 전달하고 나자 그 어려운 형편 속에서도 흐뭇한 기분을 느낄 수 있었다. 외롭고, 억울하게 고생하는 그들뿐만이 아니라 바로 옆방들에 수감되어 있는 일반 재소자들에게도 예수의 탄생을 기려 귤 하나라도 나누어 먹을 수 있음이 스스로 대견한 듯했다. 그렇게 크리스마스를 '뜻깊게' 보내기는 했으나, 가족 면회조차 금지되어 오랫동안 못 만난 집사람 얼굴이 보고 싶고, 나 없이 아이들하고 어떻게 지내는지가 궁금하여 눈물을 쏟았다.

크리스마스 선물로 속옷이 들어왔는데, '교회 여성 연합복'이란 도장이 조그맣게 찍혀 있었다. 글자를 확인하는 순간 눈물이 흘렀다. 추위 속에서 따뜻한 선물을 받아보며 예수가 이 세상에 온 뜻을 생각할 때 감격의 눈물이 나왔던 것이다.

# 해직교수 시절

## 구치소에서 석방

김찬국이 수감되어 있는 동안 밖에서는 민주화운동으로 인한 구속자들의 석방을 위한 움직임이 계속 되고 있었다.[1] 1974년 11월 연세대학교 교수 30여 명은 신과대학 예배실에 모여 '구속교수 구속학생 석방 실현 교수 기도회'를 가졌다. 1975년 새해가 되자 신과대학 동창회는 정기총회를 열고 김찬국을 신과대학 동창회장으로 선출했다. 옥중에 있는 김찬국을 동창회장으로 세우면서 그의 민주화운동을 지지하고 동문들도 유신독재 반대운동에 동참하려는 결정이었다. 또한, 신과대 동문들은 오충일 목사를 중심으로 '구속자대책위원회'를 결성하고 김찬국을 비롯한 민주화운동으로 인한 구속인사들이 석방되도록 백방으로 뛰어다녔다.

재야에서도 개신교와 천주교의 성직자들이 구속자 석방을 위한 기도회를 열었고, 언론인들은 자유언론수호투쟁을 선언했으며, 구속자가족들은 협의회를 구성하여 대처했다. 11월 27일에는 윤보선, 함석헌, 김재준 등 각계 인사 71명이 '민주회복국민회의'를 결성하고 민주헌법과 구속자 석방, 언론자유 보장 등을 요구했다. 대학가에서는 구속자 석방과 유신반대를 외치는 학생들의 시위가 이어졌다.

유신정권에 대한 반발이 심해지자 대통령 박정희는 유신헌법에 대한 찬반을 묻는 국민투표를 실시하겠다고 1975년 1월 22일 발표했다. 그는 국민투표에서 반대표가 많이 나올 경우 대통령직에서 물러나겠다고 했다. 2월 12일 행해진 국민투표에서는 74.4%의 찬성표가 나왔다. 독재정권하에서 일방적으로 실시된 투표의 뻔한 결과였다. 유신정권도 이러한 예상을 했기 때문에 전격적으로 실시했던 것이다.

국민투표에서 승리한 유신정권은 자신만만하여 2월 15일 오전 구속자를 석방하겠다고 발표했다. 그날 구속자 가족들과 학생들, 교인 등 석방을 기다리는 사람들이 인산인해를 이루면서 구치소 밖에서 기다렸다. 밤 8시 50분경 서대문형무소에서 김동길 교수 등이 석방되었다. 그러나 김찬국은 보이지 않았다. 가족들은 밤을 새며 기다렸으나 다음날인 16일에도 김찬국은 석방되지 않았다. 17일 오전 11시에 연세대학교 교육학과를 졸업하는 딸 성혜의 졸업식이 있었기 때문에 그 기다림은 매우 간절했지만 유신정권은 그런 기대를 저버렸다.

17일 밤 9시 27분경에야 지학순 주교의 뒤를 이어 김찬국은 석방되었다. 작년 5월 7일 연행되었으니 9개월 10일 동안 구속되었다가 석방된 것이다. 구치소를 나오기 전 함께 했던 사람들과 작별인사를 했다. 구치소에서 함께 지내던 이철은 당시를 이렇게 회상했는데, 그도 이날 석방되었다.

　… 형집행정지로 석방될 때 "이철 씨 이제 나 나가요" 하고 어린애같
　이 좋아하며 웃던 선생님의 그 해맑은 웃음을 지금도 나는 잊을 수

김찬국 연세대 신과대학장이 서대문형무소에서 출감하자 기다리고 있던 학생들이 환호하며 무등을 태우고 기뻐했다(1975년 2월 17일. 사진: 「동아일보」)

없다. 항상 만족하고 늘 기쁨에 차 있다고만 생각될 그분에게도 이렇게 더 기쁜 일도 있구나.2

김찬국은 한복 바지저고리 차림으로 구치소를 나왔다. 밖에는 그의 석방을 축하하기 위해서 온 신과대학 제자들과 목사들, 연세대 명예총장인 백낙준 박사 부부, 박대선 총장과 교수들 그리고 15일 석방된 김학민 학생 등이 있었다.3 그는 석방 소감을 묻는 기자들에게 "감리교 목사로서, 교수로서 민주회복운동 대열에 참여한 것을 자랑스럽게 생각합니다. 앞으로 다시 학원에 돌아가 학생을 교도하고 전도 사업에 열중하겠습니다"4고 말했다. 아내에게는 "집에는 별일 없는지"를 물었고, 딸 성혜에게는 "다시 한번 졸업하면 그땐 꼭 식장에 갈 것이다" 하고 농담을 건네기도 했다.

출감을 기뻐하는 학생들과 함께(사진:「동아일보」)

신과대학을 졸업한 노정일, 최재건 등 제자들은 기쁨에 겨워 김찬국을 무동 태웠다.[5]

"선생님, 어디로 가시겠습니까?"

몇몇 사람들은 정동교회가 좋겠다고 했지만, 김찬국은 신학과 제자들을 보면서 창천교회로 가자고 했다. 연세대 정문 앞에 있는 창천교회는 박춘화 목사가 담임하고 있었고, 김찬국이 수감 전 출석하던 교회였으며, 제자 노정일이 김찬국의 소개로 이 교회 부목사로 시무하고 있었다. 김대중 선생의 부인 이희호 여사도 이 교회에 출석하고 있었다.

창천교회에서는 100여 명의 사람들이 모여 김찬국의 석방감사기도회를 35분 동안 열었다. 여기에는 연세대 박대선 총장과 교직원들, 제자들, 교역자들이 함께했다.[6] 김찬국의 인사 시간이 되자 사람들은 그가 무슨 말을 할지 조용히 기다렸다. 그의 말은 예상 밖이었다.

"왜 이렇게 천정이 높습니까? 전깃불이 너무 밝습니다."

예배당이 좁고 어두운 감방과는 너무나 대조되었기 때문에 이렇게 말했던 것이다. 기도회가 끝나고 그는 학교에서 내준 승용차를 타고 연희동 집으로 갔다.

며칠 뒤 학교에서는 "석방교수 및 학생을 위한 예배"가 박대선 총장과 교수 및 학생 등 500여 명이 참석한 가운데 열렸다. 석방 교수로는 김찬국, 김동길 두 사람이었고, 석방 학생으로는 신학과 3학년 최

한국기독학생회총연맹 주최로 열린 김찬국 교수 출감 환영회(1975년 2월)

민화, 경제학과 4학년 김학민 등 14명이었다. 이계준 교목실장의 인
도로 시작된 예배에서 박정순 교수의 오르간 전주가 끝나고 모두 일
어나 큰소리로 찬송을 했다.

> 환난과 핍박 중에도 성도는 신앙 지켰네
> 이 신앙 생각할 때에 기쁨이 충만하도다
> 성도의 신앙 따라서 죽도록 충성하겠네
>
> 옥중에 매인 성도나 양심은 자유 얻었네
> 우리도 고난 받으면 죽어도 영광되도다
> 성도의 신앙 따라서 죽도록 충성하겠네

환난과 핍박을 당하며 투옥되었지만 하나님이 주신 양심과 신앙

을 지켰다는 찬송가의 가사는 석방된 교수와 학생들의 고난을 묘사하는 것 같았다. 지동식 교수의 "우리의 걱정"이라는 설교의 본문인 로마서 9:1-5의 말씀도 그 자체로 감동적인 메시지였다.

> 나는 그리스도 안에서 참말을 하고, 거짓말을 하지 않습니다. 내 양심이 성령을 힘입어서 이것을 증언하여 줍니다. ⋯ 나는 육신으로 내 동족인 내 겨레를 위하는 일이면, 내가 저주를 받아서 그리스도에게서 끊어질지라도 달게 받겠습니다. ⋯ 영원토록 찬송을 받으실 하나님이십니다. 아멘.

## 학교로 복직 불허

형집행정지로 풀려난 김찬국은 학교로 돌아가 학생들을 가르치면서 연구하기를 원했다. 학교에서도 김찬국과 김동길의 교수직 복직을 추진했고, 석방 학생들의 복교도 당연한 것으로 알고 있었다.[7] 그러나 유신정권은 이를 허용하지 않았다. 석방자들은 형 종료 상태가 아닌 형집행정지이기 때문에 사면될 때까지 복직과 복학은 안 된다는 것이었다. 유기춘 문교부 장관은 연세대에 공문을 보내 만약 문교부의 지시를 어기고 석방된 교수와 학생들을 복교시킬 경우 엄중히 조치하겠다고 경고했다. 그럼에도 불구하고, 연세대의 박대선 총장은 두 교수의 복직과 석방된 23명 학생들의 복학을 허용하겠다고 천명했다. 김찬국은 3월에 시작하는 새 학기에 예언문학해석 등 세 과목을 가르치도록 배정받았다.

문교부는 연세대의 결정을 철회하라고 요구했다. 만약 철회하지 않고 복직과 복학을 강행하면 총장과 이사장의 취임 승인을 취소하겠다고 했다.8 학교가 강행할 경우 유신정권은 연세대의 이사회 해산 및 관선 이사 파송까지도 갈 태세였다.9 연세대와 문교부의 갈등이 지속되는 가운데, 학생들은 문교부의 조치에 항의하는 집회를 개최했다. 신과대, 정법대, 음대 학생들 400여 명은 3월 11일 교내 침묵시위를 하면서 저항했다. 14일에는 학생 4천여 명이 긴급학생 총회를 개최하고 문교부의 경고장 철회를 외쳤으며, 15일에는 긴급총회 개최해 '학내 비상사태' 선언했다. 24일에는 1,200여 명이 문교부 장관해임과 석방 교수 및 학생의 복귀를 요구하는 교내 시위를 했고, 27일에는 총학생회 주최로 5천 명이 노천강당에 모여 문교부 조치에 항의하는 집회를 연 뒤 교문 앞까지 시위했다.

박대선 총장은 문교부 조치에 항의하면서 연세대 이사회에 총장 사직서를 제출했다. 이에 학생들은 28일 시위에서 총장 사임 철회를 요구했고, 30명의 학생들은 삭발을 하면서 항거하기도 했다. 4월 1일과 3일에도 학생들은 총장 사임 철회와 공포정치 중단, 문교부 장관 사임 등을 요구하고 가두 진출을 시도하면서 격렬한 시위를 계속했다. 3일 시위에서는 7천여 명의 재학생 중 6천여 명이 참여했는데 1백여 명이 연행되었다. 서울대, 이화여대, 고려대, 서강대, 외국어대 등 타 대학에서도 유신정권에 항거하는 학생들의 시위가 이어졌는데, 일부 학생들은 경찰에 연행되었고, 시위로 인하여 학교에서 제적되기도 했다. 문교부의 압박을 못 이긴 연세대 이사회는 10일 박대선 총장의 사표를 수리했고, 김찬국과 김동길 두 교수를 해임 조치했으며, 석방 학생들의 복학도 보류하기로 결정했다. 이로써 학교로 돌아가 학생들을 가르치려는 김찬국의 '바람은 이루어지지 못했다. 김동길 교수와 학생들도 학교로 돌아갈 수 없었다.

해직이 되자 그는 갈 곳이 없었다. 하루종일 집에 있는 것도 힘들었다. 아내 성윤순은 남자는 아침 9시까지 출근하고 5시에 퇴근해서 집에 와야 한다고 했다. 또한, 해직되었어도 밖에 나다닐 때 추레하게 다니면 안 된다고 하면서 어려운 환경 속에서도 새 양복 한 벌을 맞추어 입게 했다. 그러고 나서 남편에게 새로운 출퇴근을 시작하도록 권유했다. 그러던 어느 날, 그는 새로운 출퇴근할 곳을 찾았는데 미국문화원이었다. 그는 일반 직장인들처럼, 도시락을 싸들고 아침 9시에 광화문에 있는 미국문화원으로 출근해 도서관에서 책을 보다가 오후 5시에 퇴근했다. 그는 이곳에서 미국에서 보내오는 각종 잡지와 책들을 읽을 수 있었고, 자신의 전공 서적도 가져가 공부했다.

## 교도소 성경보급 사업

학교로 돌아가고 싶어도 유신 당국에 의해 돌아갈 수 없었던 김찬국은 학교 밖에서 자신이 감당해야 할 일들을 찾아서 열심을 다했다. 그중에 하는 교도소 성경 보급 사업이었다. 그는 석방된 다음날부터 교도소에 신구약 합본 성경을 보급하는 선교 사업을 시작했다. 자신이 옥중에 있을 때 교도소에 성경 보급이 필요하다는 것을 알았기 때문에 석방되자마자 이 일을 시작한 것이다.[10] 사실 당시 교도소에는 기드온협회가 보급하는 신약성서는 있었지만 개인이 소장하면서 읽을 수 있는 신구약 합본 성경은 보급되지 않고 있었다. 그는 교도소에

서 성경이 필요한 이유를 이렇게 제시했다.[11]

> 교도소 안에서 성경은 읽는 이에게 단순한 책이 아니다. 도를 닦아야
> 되겠다고 생각한 사람에게는 수양서가 되고, 뉘우쳐야 되겠다는 사
> 람에게는 좋은 신앙 지침서가 되고, 고민하는 이에게는 마음의 안식
> 처가 되고, 신앙을 찾으려는 이에게는 경건의 샘터가 되고, 무기수나
> 사형수에게는 하늘나라 가는 영원한 동반자가 되기도 한다.

김찬국은 2월 18일 서강감리교회 목사이자 서울감리교 서지방회
감리사였던 도건일 목사로부터 헌금을 받은 것을 시작으로 여러 교회
와 단체 등에서 교도소 성경 보급 사업을 위한 후원을 받았다. 성서공
회는 신구약 성경 합본을 반액에 공급해 주면서 후원했다. 1976년 3
월 25일에는 종로 2가 중앙감리교회에서 김찬국과 소수의 제자들이
모여 '교도소성서보급회'를 만들었다. 도건일 목사가 회장을 맡았고,
배상길 목사가 서기를 맡았다.[12] 이용남(장석교회), 유경재(안동교회),
김종희(경신교회), 정영관(중앙감리교회) 목사 등과 이인수 장로, 이해
경 집사(에스더회 회장) 등도 동참했다.

김찬국은 후원교회 목사들 및 교인들과 함께 교도소를 방문하여
함께 예배를 드리면서 설교하고 신구약 합본 성경을 전달했다. 서울
지역에 있는 구치소와 교도소, 소년원뿐만 아니라 인천, 안양, 수원,
의정부 그리고 멀리 마산, 경주, 대전, 홍성, 청주, 전주 등 전국 41개
교도소를 방문하여 성경을 전달했다. 함께한 교인들은 재소자들에게
성경을 직접 전달하면서 눈물을 흘리기도 했다. 민주화운동으로 구속
된 학생들에게는 공동번역 성경을 제공하기도 했다.

성경보급 사업은 선교의 열매도 맺었다. 1977년 5월 19일 안동교회 유경재 목사의 집례로 안양교도소 재소자 144명에게 세례를 베풀었다. 1977년 11월 21일에는 영등포교도소에서 171명에게 세례를 주었다. 성경을 읽은 사람들은 감사의 편지를 보내오기도 했다. 육군교도소에서는 교도소용 합본 성경을 이감할 때 감방 동료들의 동의를 얻어가지고 나가다가 발각되어 "이 새끼, 성경을 도적질해 가는 놈"이라고 욕을 먹으면서 구타를 당한 일도 있었는데, 개인용 성경 보급으로 이런 일은 없어지게 되었다. 이것은 보내온 편지로 알게 되었다.

> 성경 도둑놈! 이것은 꾸며낸 이야기가 아닙니다. … 얻은 생명을 잃지 않으려고 성경을 열심히 읽으려 하지만 성경책이 충분하지 못한 것이 우리들의 실정입니다. 그런데 교도소에 성서보내기운동을 벌이고 있다는 말을 들었을 때 뛸 듯이 기뻤습니다. … 이제는 성경 도둑놈은 없겠지요.13

영등포교도소의 재소자로, 살인죄로 무기수가 된 사람의 편지도 받아보았다.

> 내가 그리스도의 복음을 결정적으로 받게 된 계기는 서울여자대학생으로부터 신구약 성경을 선물로 받아 본 후부터입니다. 공허할 때면 뜻도 모르는 성경을 펴 읽기 시작했으며 성경을 읽을 때만은 내 마음에 평안과 안정을 되찾을 수 있게 되었습니다.14

김찬국의 제자이자 목양교회 담임목사였던 배상길은 20년 뒤 이

일을 이렇게 회상했다.15

> 김찬국 목사님을 고문으로 모시고… 나는… 아직도 그 일을 하고 있
> 다. 지금까지 20년이 넘도록 적게는 5천 권, 많게는 1만 5천 권씩 매
> 년 전국 교도소에 신구약 성경 합본을 보급하고 있다. 전국 교도소
> 거의 가보지 아니한 곳이 없다. 가장 인상 깊었던 곳은 창립 10주년
> 되던 해 성경 4천 권을 가지고 찾아간 청송교도소였다. 이 땅에 이름
> 없이 빛도 없이 행하여지는 선한 일들이 많지만, 교도소 성서보급회
> 가 그중 하나라고 생각된다.

**교도소성서보급회에 동참했던 장석교회 이용남 목사는 1994년
인터뷰에서 이렇게 말했다.**

> 지금까지 교도소성서보급회를 통하여 교도소에 보급된 성서의 반포
> 수는 1994년 4월 말까지 성경전서가 140,818부, 신약전서가 2,565
> 부에 이릅니다. 계속해서 교도소의 갇힌 자들에게 더 많은 양의 성서
> 가 보급되도록 노력해야 한다고 봅니다. 만약 보급회가 없었다면, 교
> 도소 선교가 효과적으로 이루어질 수 없었을 것이라고 봅니다. 해마
> 다 교도소에 보급되는 성경 부수가 1만 부 정도라면, 굉장한 수치 아
> 닙니까?16

김찬국은 옥중생활을 경험하면서 느꼈던 교도소 성경보급 사업을
실현하여 많은 재소자들에게 성경을 읽을 수 있게 했다. 한 사람의 결
심으로 옥중에 있는 많은 사람들이 성경을 읽으면서 하나님과 인생에

대해서 다시 생각할 수 있었던 것이다. 자신이 겪은 옥중의 고통을 구
원의 도구로 사용한 것이다.


## 민주화의 길에 서서

김찬국은 민주주의의 회복과 인권의 신장을 위해서도 힘을 보탰
다. 그는 1975년 2월 21일 결성된 '민주회복구속자협의회 준비위원
회'에 참여했다. 준비위원장은 박형규 목사였고, 준비위원으로는 지
학순, 김동길, 김찬국, 백기완, 강신옥, 김지하, 이철 등 7명이었다. 민
청학련 사건으로 며칠 전 석방된 민주인사들이었다. 이날 기독교회관
대강당에서 발족된 준비위원회에는 사정상 이들 중 박형규 목사와 김
지하 시인만 참석했지만, 200여 명의 구속자 가족, 석방 학생 등이 지
켜보았다. 이들은 유신헌법 철폐, 근로자, 농민, 소시민의 생존권 보
장, 부정부패 분자 처단, 구속 민주인사 석방, 고문과 강압으로 조작하
는 중앙정보부 해체 등을 요구했다.

김찬국은 '한국기독자교수협의회'의 회원으로도 활동했다. 이 협
의회 회원들은 민주화운동과 연관되어 유신정권의 미움을 받고 해직
을 당하였다. 여기에는 김찬국을 비롯해서 김동길, 서남동, 이계준,
양인응, 성내운(이상 연세대), 이문영, 김용준, 이세기, 김윤환(이상 고
려대), 한완상(서울대), 노명식, 박경화(이상 경희대), 이우정(서울여대),
남정길(전북대), 윤식(국민대), 안병무, 문동환(이상 한신대) 등이 포함
되어 있었다.[17] 기독자교수들은 "민청학련사건 구속자들을 위한 모금
운동과 석방기도회, 1975년 동아일보 탄압에 대한 격려 광고 등의 활

동을 전개하여" 정권의 탄압을 받았던 것이다.[18]

　김찬국은 이 협의회의 교수들과 연대하면서 한국기독교교회협의회가 주최하는 구속자를 위한 기도회에 열심히 참여하였다. 자신이 구속되었을 때 석방을 위해 기도해 준 사람들과 지금도 옥중에서 고통받는 사람들의 마음을 생각하면서 기도회에 열심히 나갔다. 이 기도회는 1974년 구속자 가족들이 중심이 되어 매주 목요일 개최하여 목요기도회라 칭하여졌는데, 1976년 3.1절 명동성당 민주구국선언 사건이 터지면서 매주 금요일 열리는 금요기도회로 바뀌었다. 이 기도회는 "유신정권을 비판하는 내용의 중요한 성명서들이 발표되는 장으로도 기능하였고, 종종 가두시위로 이어지기도" 해서 "정부 기관의 집중적인 관심 대상인 것은 물론이고, 점차 국제적인 주목까지 받게 되었다."[19] 김찬국은 당시를 이렇게 회고했다.

　… 구속자를 위한 금요기도회에 가급적 빠지지 않고 참석하면서 가족을 위로하고 함께 기도하는 가운데 새 스타일의 교회인 기도회의 기쁨을 맛볼 수 있었다. 고난을 당하는 사람들의 가족의 고충이 얼마나 심하며 그들이 품고 있는 한(恨)이 얼마나 깊은가를 의식할 수 있었다.[20]

　김찬국은 기도회 참석뿐만 아니라 구속자들과 그 가족들을 만나 위로하는데도 열심이었다. 그는 고통받는 이들과 늘 함께하려고 했다. 이에 대해 박형규 목사는 이렇게 회고했다.

　그는 구속자 가족들이 모이는 곳에서는 어김없이 나타나 특유의 말솜

> 씨로 가족들을 웃기고 위로하고 격려했다. 그는 언제나 큰 가방에 재야인사들이 쓴 책들을 가지고 다니며 보급했다. 김찬국 목사와 나는 어디서나 함께 있었다. 폭력진압과 고문으로 희생된 학생, 노동자, 농민의 병실과 빈소에서 우리는 만났고 그들의 영결식 행렬에는 손잡고 함께 걸었다.[21]

해직교수 김찬국은 늘 검은 가방을 어깨에 메고 다녔다. 그 속에는 민주인사들이나 구속 인사들이 쓴 책이나 민주화 소식을 담은 유인물이 담겨 있었다. 모두 당국이 통제하는 금서이자 배포금지 문서였다. 그는 이 책들을 지인들에게 판매하여 경제적으로 어려움을 겪고 있는 저자들에게 주었다. 한완상은 당시 그의 모습을 이렇게 회고했다.

> … 그는 채권 장사의 낡은 가죽 가방 같은 것을 들고 다니셨다. 그것은 항상 배부른 가방이었다. 그 속에는 책들이 꽉 차 있었다. 감옥에 가 있는 분들의 책이었다. 가방을 여시면서 책을 즉석에서 팔곤 했다. 누가 감히 그 책을 안 산다고 말할 수 있겠는가. 그는 사명감을 가지고 책을 팔아 의롭고 외로운 고난을 겪고 있는 분들을 돕고 있었다. … 그가 판 책들은 거의 다 당국에 의해 판매 금지된 것이기 때문에 이렇게라도 팔지 않으면 저자들에게 경제적 도움을 조금이라도 줄 수 없었고, 또 그 책이 담고 있는 소중한 메시지를 널리 알릴 길도 없었다.[22]

김찬국은 1977년 12월 2일 김동길, 성내운, 안병무, 한완상 등 12명의 해직교수들과 함께 "민주교육 선언"을 발표하여 학생들의 석방과 복교, 민주인사들의 석방과 공민권 회복, 해직교수들의 복직을 요구하면서 반정부운동을 전개했다. 연세대 교육학과 교수였던 성내운은 아내 성윤순과 사촌지간으로 민주화운동에 적극 참여했는데, 1975년 10월부터 해직 상태로 있었다. 이들은 12월 16일에 한양대 교수였던 리영희의 필화사건에 대하여 성명서를 발표하였고, 이듬해인 1978년 4월 13일 해직교수협의회(초대 회장 성내운)를 결성하는데 중추적 역할을 감당했다. 해직교수협의회는 학원사찰 금지, 유신헌법과 국민교육헌장 폐기, 일제교육 잔재 박멸, 구속자 석방, 학원의 자유 보장, 교육자들의 책임 완수 등을 요구하면서 유신정권에 맞서 싸웠다.23

## 산업선교 현장에서

김찬국은 산업선교 활동에도 열심이었다. 그가 열심을 내었던 산업선교란 공단 등 산업 현장에서 단순히 복음을 전하는 것뿐만 아니라 노동자들의 인권 문제를 해결하려는 것이었다. 즉 공장의 근로자들에게 단순히 "예수 믿으시오"란 구호로는 전도가 이루어지지 않고 목회자와 일체감도 이룰 수 없기 때문에 나온 선교 방법이었다.24 이는 구체적으로 노동 현장에서 발생하는 인명 피해, 부당해고, 차별대우, 최저생활비에도 못 미치는 임금문제 등에 관심을 기울이면서 노동자들의 인권 옹호에 관심을 기울이는 것이었다. 그는 산업선교 현장에서 활동하면서 "평화시장 대책위원장으로(1977년), 동일방직 사건 긴급대책위원회 부위원장(1978~1979)으로, 그 밖에 한국교회 사회선교 협의회 지도위원 등으로 근로자 인권 문제해결에 동참하였다."25

김찬국은 선교적 자세로 공장의 노동자들과 기업주의 가교 역할을 하였지만, 학자로서 이에 대한 학문적 성찰에 관한 글도 발표하였다. 그는 1979년 사회적으로 물의를 일으켰던 YH사건 이후 발표한 "산업선교의 성서적 근거"[26]에서 산업선교를 "기업주와 근로자 사이의 산업 평화와 공정한 분배를 통한 근로자들의 생활 향상을 위해서 선교활동을 개척해 온 것"이라고 규정했다. "교회목회로서는 근로자들의 문제와 요구를 채울 수 없는 특수한 선교 방법과 권익 옹호를 위한 공동적 대책을 마련해야 나가"야 하기 때문에 산업선교가 필요하다는 것이다. 이를 위해서 산업선교는 혼돈과 무질서, 구조악 등이 있는 산업사회에 질서와 인권 옹호, 차별대우 철폐 등을 놓기 위해서 활동해야 하고, 노동자들의 울부짖음에 귀를 기울여야 하며, 근로자들을 가난에서 해방시켜야 하고, 구원의 기쁜 소식을 전하는 성령 운동이 되어야 한다고 제시했다.

> 오늘의 도시산업선교도 현대 산업사회에서 피해를 입고 있는 약자인 노동자들에게 복음의 소식을 전해야 한다는 새로운 성령운동이며, 새로운 예언자적 개척이며, 인권 선교적 복음운동인 것이다. 예수님이 노동자들을 규합하여 계급의식을 조장해서 권력자와 가진 자들에게 덤벼 싸우도록 한 선교활동은 결코 하지 않았음과 같이, 산업선교도 노동자들을 계급으로 보아서 계급투쟁의식을 조장하는 일은 하지 않는다. 하나님의 형상으로 지음 받은 인격체인 노동자들이 자기들의 인격적 대우를 받기 위해서 자기들의 억울한 탄원과 호소를 하는 데에 산업선교가, 또는 교회가 먼저 들어주고 돌보아 주는 일에 앞장선 것이다.[27]

1970년대 김찬국 등이 산업선교 현장에서 부딪쳤던 노동자들의 인권과 권익 문제는 40여 년이 지난 오늘날에도 한국 사회에 그대로 남아있다. 기업이윤의 극대화와 구조조정이라는 명목 아래 많은 노동자들은 희생의 대상이 되고 있고, 일부 기업주들은 "갑질"로 표현되는 행동으로 인해 사회적 공분을 사고 있다. 기업주와 노동자의 소득 격차는 더욱 벌어지고 있고 기계화와 자동화로 인해 일자리는 더욱 줄어들고 있다. 김찬국이 제시한 것처럼, 이는 근로자들의 권익 옹호를 위해 교회가 산업선교에 계속 관심을 기울여야 하는 이유이다.

## 교회와 신학교에서

김찬국의 교수직은 유신정권이 강제로 단절했지만, 그의 목사직은 끊을 수 없었다. 교회가 그를 옹호하고 그의 행동을 정의롭게 여겼기 때문이다. 또한, 목사직은 하나님이 주신 성직이기 때문이다. 그는 해직교수 시절 교회에서 이렇게 말하곤 했다.

> "교수직은 몇 번이나 박탈당할 수 있어도, 목사직은 하나님이 주신 성직이기 때문에 어느 누구도 박탈할 수가 없다."[28]

목사로서 그는 감리교, 장로교 등 교파를 초월하여 교회나 기관에서 설교나 성서연구 강의 등을 부탁받았다. 그는 해직교수로 당국의 감시를 받고 있었기 때문에 그를 초청하는 것은 당국과 대립을 의미했다. 그러나 그에게 설교나 강연을 부탁한 교회나 기관은 이를 개의

치 않고 그를 초청했다. 유신독재 정권하의 싸늘한 분위기에서 이는
용기 있는 행동이었다.

김찬국은 목사로서 가르치는 일도 계속할 수 있었다. 당국의 제재
가 미치지 않는 신학교에서 그에게 강의를 부탁했기 때문이다. 이 학
교들은 교단에서 운영하고 있어서 문교부의 지시를 받지 않았다. 해
직교수로서 그가 강사를 처음 시작한 곳은 성공회의 성미가엘신학교
(성공회대학교 전신)였다. 1977년 3월부터 주당 한 강좌를 가르쳤는데,
정말 오랜만에 하는 강의였다. 성미가엘신학교는 성공회 목회자를 양
성하는 작은 신학교로 몇 명 되지 않는 학생들이 그의 강의를 수강했다.

소사에 있는 학교로 한 주일에 한 번 다녀오는 기쁨은 말할 수 없는
낙이었다. 학교에 가니 전교생이 내 강의를 수강하는 것이 아닌가! 전
교생이 다 들더라고 하니 듣는 이마다 '아! 그러냐'고 놀라운 표정을
지으면, '전교생이 4명이었어' 하고 한바탕 웃는 것이었다.[29]

오랜만에 학생들을 가르치는 기쁨은 말할 수 없이 컸다. 가르치는
그에게 수강생의 숫자는 중요하지 않았다. 어디서든 전공과목을 제대
로 가르친다는 것이 중요했다. 서대문에 있는 기장의 선교교육원에서
도 강의를 했다. 당시 선교교육원은 민주화운동을 하다 제적당한 학
생들을 해직교수들이 가르치는 곳으로 유명했다. 안병무, 서남동, 문
익환, 문동환, 한완상, 이문영, 강만길 교수 등도 이곳에서 가르쳤는
데, 민중신학의 중심지 역할을 했다. 선교교육원은 학교로 돌아가지
못한 학생들과 교수들이 있었고, 민중신학, 해방신학 등을 가르쳤기
때문에 늘 당국의 감시를 받고 있었다.

1977년 가을학기에는 협성대학교의 전신인 감리교서울신학교와 동부신학교 등 감리교단에서 세운 지역 신학교들과 복음교단의 신학교에서도 강의했다. 이 학교들은 문교부의 인가를 받은 정규 신학대학은 아니었지만, 교단에서 인정하는 4년제 신학 과정으로 목회자들을 양성하는 곳이었다. 그는 이 신학교들에서 구약학의 기초과목들과 성경주석을 강의하면서 보람을 느꼈다.

1977년 8월부터 약 2년간 노량진중앙교회(현재 목양감리교회)에서 설교 목사로 사역도 했다. 제자이자 담임목사였던 배상길이 미국 필립스대학으로 2년간 유학을 가기 때문에 그를 대신하여 교회를 돌보는 일이었다. 교회가 노량진 사육신묘지 건너편 산동네에 있어서 어렵게 사는 교인들이 중심이었는데, 주일예배에 140~160명(남자 30~40명) 정도 출석하는 작은 교회였다. 그는 이 사역을 통하여 신학자로서 실천적인 면을 시도해 볼 수 있었고, 교회와 목회가 무엇인지를 느낄 수 있었다. 그는 당시를 이렇게 회고했다.

> 1년 목회계획을 짜서 계획목회를 하는 것을 비롯하여 '주 예수를 믿으라'란 글을 쓴 것을 가슴과 등에 걸치고 전 교인이 조를 짜서 가가호호를 방문하면서 축호 전도를 해본 일과, 가정 심방을 통해서 깊어져가는 성도의 교제, 성경 강의와 설교를 통해서 자신이 배우고 은혜를 받는 점 등 학교에서 느껴 볼 수 없는 목회의 재미와 교인의 사랑을 피부로 느낄 수 있었다.[30]

김찬국은 새로운 예배를 시도하기도 했다. 3.1절 당일에는 남선교회 주관으로 3.1절 기념예배를 드렸다. 그는 3.1절 기념예배의 중요성을 잘 알고 있었다. "… 3.1운동 당시 민중운동과 민권운동으로서의 민족적 독립운동에 교회 지도자들과 교회들이 어떻게 희생적으로 참여했었는가를 실증을 들어 앞으로의 한국 사회 전체의 민주주의 건설을 위한 기독교적 발언과 참여의 방향을 제시"할 수 있었기 때문이다.[31] 즉 기독교인들이 중심이 된 3.1운동은 교회의 민주화운동 참여로 연결될 수 있다고 보았기 때문이다.

김찬국은 3.1운동의 시대적 정신을 역사에서 재현시키기 위해 독립선언문의 한글 번역을 김동길 교수에게 의뢰하여 완성하였고, 한승헌 변호사에게 인쇄를 부탁했다. 드디어 1979년 2월 말 인쇄된 한글판 독립선언문이 출판되었다.

우리는 여기에 우리 조선이 독립된 나라인 것과 조선 사람이 자주하는 국민인 것을 선언하노라. 이것으로써 세계 모든 나라에 알려 인류가 평등하다는 큰 뜻을 밝히며, 이것으로써 자손만대에 일러 겨레가 스스로 존재하는 마땅한 권리를 영원히 누리도록 하노라….

첫 번째 인쇄물은 창천교회, 신촌감리교회 등에 배포하여 사용하게 했다. 이듬해인 1980년 3월 1일에는 일반 신문과 기독교계 신문, 한글학회지가 이를 공개하여 널리 알렸다. 그는 이 한글판이 한글세대를 위해서 필요하다는 것을 알았고, 3.1운동 기념예배와 기념식 때 읽혀지기를 원했다.

김찬국은 3.1절 기념 예배뿐만 아니라 근로자의 날을 전후해서는 근로자주일, 새로운 세대를 키우는 데 관심을 기울이도록 청년주일(6월 중), 평신도의 역할을 강조하기 위한 평신도주일, 어린 학생들을 위

해 기도하고 축복하는 학생주일(11월 중) 등을 지키면서 이에 대한 교
회적 관심을 기울이고자 했다. 또한, 선교적 차원에서 부흥회를 실시
하여 헌금 일부를 인권선교를 위해 사용하도록 했고, 남선교회 주관
으로 전교인 야유회(매년 10월 3일)를 실시했으며, 여선교회가 교도소
성경보내기 운동에 동참하게 했다. 당시로서는 목회의 새로운 시도였
다. 목회는 보람이 있었지만, 매주일 하는 설교는 쉽지 않았다.

> 대학 강의보다 설교가 더 힘든 이유는 항상 영감을 통한 설교를 해야
> 되고 설교자 자신의 인격을 걸고 하는 고백이었기 때문에 큰 부담이
> 되었었다.32

설교자는 교인들에게 공감이 되고 설득력이 있는 설교를 해야 하
고 자신이 설교한 내용을 삶으로 살아야 하기 때문에 쉽지 않다는 것
이다. 김찬국은 배상길 목사가 신학 석사학위를 마치고 귀국하자 설
교 목사의 임무를 마쳤다. 그가 설교 목사로 있었던 지난 1년 9개월
동안 교인 수는 성장하여 600~700명 정도가 주일예배에 출석하였
다. 노량진중앙교회는 그에게 선교 목사의 직함을 부여하고 인권선
교, 청년선교, 문서선교 등 그의 선교활동을 지원했다. 그는 배상길
목사가 다시 유학을 했던 1983년 9월부터 1985년까지 다시 이 교
회의 설교 목사가 되어 목회를 했다. 제자가 유학할 때 그를 대신
하여 교회를 잘 돌본 것이다. 배상길은 김찬국의 목회를 이렇게 평
했다.

> 김 목사님의 목회는 사랑의 목회다. 교인들을 사랑으로 따뜻하게 살

피시기 때문에 교인들이 너무 좋아하고 존경한다. 2년씩 유학하고 돌아와 다시 목회를 시작하고 보면 교인들의 마음이 온통 김 목사님께 쏠려 있어 얼마 동안은 설자리를 찾기가 쉽지 않았다. 그러나 내가 목회할 교회 성도를 사랑으로 잘 키우셨으니 고마운 마음뿐이었다.[33]

## 서울의 봄

1979년 10월 26일 유신정권의 박정희 대통령은 저녁 식사 자리에서 중앙정보부장 김재규가 쏜 총에 의해 사망했다. 이로써 유신정권은 종말을 고했다. 김찬국을 비롯한 해직교수들은 민주정부가 들어서면 복직이 이루어질 것이라 기대했다. 민주화운동으로 투옥된 사람들은 석방을 기대했다. 국민들은 유신헌법이 철폐되고 새로운 민주적인 법과 절차에 따라 대통령이 선출될 것을 기대했다. '서울의 봄'이 올 것만 같았다. 그러나 국민들의 민주화 열망과는 반대되는 사태가 벌어졌다. 전두환, 노태우를 비롯한 신군부가 12월 12일 군사반란을 일으켜 계엄사령관인 정승화 육군참모총장을 연행하고 정부를 장악한 것이다.

당시 최규하 대통령은 유신헌법에 의해 소위 '체육관 선거'를 통해 선출되었기 때문에 정통성 문제가 있었지만, 정부와 군대에 대한 법적인 권한은 분명히 가지고 있었다. 대통령의 승인 없이 군대를 움직이고 계엄사령관을 연행한 것은 분명 불법이었다. 정부를 장악한 신군부는 대통령을 협박하여 사후 승인을 얻는 형태를 취했다. 하극상에 의한 군사반란으로 대한민국의 불행이었다. 신군부는 전두환을 대통령으로 내세우는 제5공화국의 수립을 은밀하게 추진했다. 이들은 언론을 통제했기 때문에 군사반란이 외부로 즉각 알려지지는 않았다.

시국이 어수선한 상황에서 김찬국은 "제2이사야의 창조전승 연구"라는 제목의 논문을 제출하여 1980년 2월 연세대학교 졸업식에서 신학박사학위를 받았다. 원래 이 논문은 1970년 영국 세인트앤드루스 대학교에서 연구년을 지낼 때 준비했던 것으로 1975년 6월에 연세대학교 대학원에 제출되어 예심을 통과했었다. 그러나 민청학련 사건으로 형집행정지 상태라 외부의 압력으로 본심이 보류 당했었다.34

김찬국은 박사학위 논문에서 바벨론 포로시대의 예언자인 제2이사야가 출애굽전승과 창조전승을 결합하여 야웨 하나님이 새 출애굽이라는 바벨론 포로들의 해방과 구원을 새롭게 창조하실 것을 선포했다고 제시했다. 이를 위해 그는 바벨론과 가나안 등 고대 근동의 창조신화와 제2이사야의 본문을 비교하면서 제2이사야에서 구원과 창조가 어떻게 해석되고 결합되는지를 분석했다. 이 연구는 구약성서에서 창조신앙은 출애굽 사건을 중심으로 한 구원신앙에 종속되었다는 기존 학계의 입장을 수정하는 것으로 창조신앙과 구원신앙이 제2이사야에게서 병합되었다는 주장을 따른 것이다. 그는 다음과 같이 논문을 마무리 지었다.

> 제2이사야에게 있어서 이제 창조는 현재 일어날 역사적 사건인 것이다. 그래서 구원의 새 출애굽은 최초의 출애굽 때의 이스라엘 창조의 사건과 견주어서 하나의 새 창조가 되는 것이다. 새 구원을 창조할 야웨 하나님은 이제 바벨론의 신들보다 우월한 위치에서 유일무이한 분으로서 세계를 창조하고 세계 역사를 통치하는 능력을 과시하는 분

임을 믿는 창조신앙의 독자성을 제2이사야가 확립한 것이다.35

뒤늦게 신학박사 학위를 받은 그는 1980년 2월 29일 국방부로부터 사면장과 복권장도 받았다. 3월 봄 학기에 그는 다른 해직교수들과 함께 복직이 되었다. 연세대에서는 그뿐만 아니라 김동길, 서남동, 성래운 교수도 복직되었다. 연구실 열쇠를 열고 들어가니 창문으로 윤동주의 서시(序詩)가 새겨진 시비가 보였다.

죽는 날까지 하늘을 우러러
한 점 부끄럼이 없기를
잎새에 이는 바람에도
나는 괴로워했다.
별을 노래하는 마음으로
모든 죽어가는 것을 사랑해야지
그리고 나한테 주어진 길을
걸어가야겠다.
오늘 봄에도 별이 바람에 스치운다.

마음속에 늘 새기고 있던 서시의 시비를 바라보면서 자신의 모습을 되돌아보고 "하늘을 우러러 한 점 부끄러움 없기를" 기원했다. 새로운 감회를 느끼고 있을 때 연구실에서 첫 방문객이 찾아왔다. 학생이 아니라 할머니였다. 신과대학을 졸업하고 목회를 하는 제자의 할머니였다.36

"목사님, 내가 이 날이 오기를 얼마나 기다렸으며 기도한 줄 아십니까?"

할머니는 반가움을 이기지 못하고 손을 잡고 흔들었다. 지난 6년 동안 하루도 빼지 않고 김찬국을 위해서 기도했단다. 어떤 때는 눈이 부을 정도로 밤을 새면서 기도했단다. 이런 분들의 기도가 힘들 때 자신의 버팀목이 되었다는 것을 새삼 깨달았다. 할머니는 이제 자신을 위해서 기도해 달라고 했다. 김찬국은 할머니와 손자 목사를 위해서 기도했다.

학기가 시작되자 캠퍼스에는 민주주의가 회복될 것 같은 분위기도 느껴졌다. 국민들의 민주화 열망도 커갔다. 그러나 신군부의 군사 반란이 점차 대학가에 알려지면서 교수들과 학생들의 민주화 요구가 있었고, 4월에는 학생들의 시위가 시작되었다. 연세대에서는 대강당 채플이 끝나고 신과대 학생 등 약 200여 명이 독재 타도를 외치며 정문 앞으로 나갔다. 이번 학기 첫 번째 대학생 가두시위였다. 이들은 기관원들의 추격을 피해 이화여대 후문으로 들어갔다. 남자 금지구역인 여대에 남학생들이 들이닥치자 교직원들은 빨리 나가라고 했다. 캠퍼스를 가로질러 정문으로 나온 학생들은 서강대 후문으로 들어갔다. 당시는 신촌 일대가 도로 확장 공사 중이어서 파헤쳐진 흙더미 위를 뛰어다녔다. 서강대에 들어선 학생들은 더이상 캠퍼스 밖으로 나갈 수 없었다. 밖에는 경찰들이 지키고 있었기 때문이다. 두 시간 정도 기다리자 학교에서 버스 두 대를 보내주었다. 허기를 달래라고 빵과 우유도 가져왔다. 버스를 타고 정문으로 가자 김동길 부총장을 비롯한 몇몇 교수들과 학생들이 정문 앞에 가득히 모여 있었다. 시위대의 연행을 염려하여 나와 있었던 것이다.

　다른 대학에서도 독재 타도를 외치는 시위가 있었고 시간이 지나자 점점 더 거세어졌다. 대학별로 행해지던 시위는 5월에 서울지역 대학생들이 함께 연합해서 시청 앞 등에서 진행되었다. 5월 15일에는 서울지역 30여 개 대학에서 10만여 명의 학생들이 참여하는 대규모 시위가 서울역 앞에서 벌어졌다. 학생들과 시민들은 가두시위에서 '계엄령 해제'와 '유신헌법 개정'을 외쳤다. 불안한 가운데서도 '서울의 봄'은 유지되고 있었다.

　신군부는 전면에 나서지 않으면서 의도적으로 시위가 지속되기를 원했다. 시위가 더욱 격렬하게 지속될수록 이를 '사회 혼란'으로 규정할 수 있었고, '사회 안정'이란 명분을 내세워 자신들의 군사반란을 정당화할 수 있었기 때문이다. 언론이 통제된 상황에서 학생들의 의견은 제대로 전달되지 못했고 오히려 신군부의 여론전이 힘을 얻었다.

　5월 17일 드디어 신군부는 숨겨두었던 발톱을 드러냈다. 더이상의 혼란을 방지한다는 명분을 내세워 계엄령을 선포하고 민주인사들을 구속한 것이다. 전두환은 담화문에서 당시 상황을 다음과 같이 왜곡했다.37

　북한 공산주의자들의 책동은 지금도 계속되고 있다. 그들은 남한에서 공산화하려는 작업을 해나가고 있는 것이다. 그들은 대학 불안을 조장함으로써 남침을 위한 결정적인 순간을 만들기 위한 음모를 꾸미고 있다….

　학생과 시민의 민주화 요구를 북한 공산주의자들이 남한에서 꾸

미는 공산화 작업으로 규정하면서 사실을 날조한 것이다. 신군부는
김대중, 문익환 등 정치인과 재야인사를 내란음모죄로 체포하여 구금
했다. 대학에는 휴교령을 내리고 계엄군을 주둔시켰다. 5월 18일에는
광주에 배치된 공수부대와 시민들이 충돌했고, 군인들의 무차별적인
발포로 수많은 학생과 시민들이 희생되었다. 군인들에 의한 무자비한
시민학살이었다. 이로써 '서울의 봄'은 막을 내렸고, 한국의 민주주의
가 종말을 고하는 것 같았다. 온 나라가 군부의 공포정치에 숨을 죽였
고 방송과 신문 등 언론은 연일 군부가 원하는 방향의 기사로 도배되
어 갔다. 시위에 연루된 학생들과 시민들은 검거를 피해 도피했고, 시
민들의 일상적인 모임과 집회도 허락을 받아야 열릴 수 있었다. 군사
독재정치가 시작된 것이다.

봄 학기가 다 끝나도 대학의 휴교령은 해제되지 않았다. 정부를 장
악한 군부는 여름방학 중인 7월 30일에 김찬국 등 해직교수들의 복직
도 취소하게 했다. 그들은 더이상 학교에 들어갈 수 없었고, 다시 고통
의 길을 걷게 되었다. 김찬국은 당시를 이렇게 회상했다.

> 내가 1980년 3월에 6년 만에 복직했던 강단에서 5개월 만인 7월에
> 다시 밀려났을 때 분노와 눈물로 일그러지던 아내의 얼굴을 보며 얼
> 마나 미안했던지, '걱정 마시오. 다시 들어갈 때가 올 터이니'라고 위로
> 하기를 매일 입버릇처럼 하면서 살아온 6년이었고, 또 4년이었다.[38]

아내인 성윤순도 다시 실직을 한 남편을 보면서 분노와 서러운 눈
물을 흘렸다. 그는 당시를 이렇게 회상했다.[39]

보따리를 싸들고 들어오시면서 그저 "총장한테 다녀오는 길이오." 이
한마디만 하시더군요. 그런데 그토록 그리던 학교를 6년 만에 돌아갔
다가 다시 사표를 쓰는 저분의 뒷모습, 말할 수 없이 아팠을 저분의
가슴 속이 보였습니다. 참 눈물을 많이 흘린 시절이었죠.


## 미국장로교회의 초청으로 도미


1982년 4월 1일 김찬국은 미국장로교회 총회본부의 초청 선교사로
약 1년 동안 미국을 방문했다. 당국의 통제를 받고 있는 상황에서 여권
이 발급되지 않을까 염려했지만, 여러 사람들의 도움으로 다행히 출국
할 수 있었다. 특별히 미국장로교회와 미국교회협의회(NCC-USA)의 지
원이었기 때문에 가능했으리라 여겨졌다. 이 초청은 미국장로교회 아
시아선교 총무였던 이승만 목사 등이 주선하여서 이루어졌다. 이승만
목사는 1980년 여름 한국을 방문하였을 때 해직교수, 구속자 가족들을
위로하는 기도회, 구속 학생 가족들의 예배 등에 참석하면서 아픔을 함
께 나누며 미국 교회가 해야 할 일이 무엇인가를 생각하고 김찬국의 도
미를 도왔다. 이승만 목사는 당시를 다음과 같이 회고했다.[40]

그 후 해직교수들을 미국으로 초청하여 각 노회 산하에 있는 미국 교
회들을 방문하면서 한국교회에 대하여 소개를 하는 프로그램을 만들
었다. 그 후 김찬국, 한완상, 문동환, 이만열, 박창해, 이우정 교수들
이 미국에 오시게 되었고, 퇴학당한 학생들을 위하여 유학의 길을 열
어주는 프로그램도 같이 만들어 여러 학생들이 유학하여 박사학위를

마치고 현재 각계각층에서 일을 하고 있다.

김찬국이 미국 뉴욕에 있는 동안 모교인 뉴욕 유니온신학교는 한 학기 동안 방문교수로 받아주어서 청강과 연구를 할 수 있게 했다. 한 국의 인권 문제에 관심이 많았던 슈라이버 교장의 배려였다. 미국 교 회를 방문하면서 옛 친구들도 만났다. 뉴욕주 로체스터에 한 달 동안 머물 때 노회에서 인사와 연설을 하고 내려왔는데, 유니온신학교를 같이 졸업한 헌터 목사가 알아보았다. 그들은 서로 끌어안으면서 감 격의 재회를 했다. 헌터 목사는 자기 교회에서 한국의 인권 문제를 이 야기할 기회도 주었다. 캐나다 교회의 달림풀 목사는 아프리카 잠비 아 선교사였는데 안식년으로 돌아왔을 때 뉴욕에서 김찬국과 만나서 회포를 풀었다. 그는 1955년 김찬국이 유니온신학교를 졸업하고 귀 국할 때 전송까지 해 주었던 친구였다. 미국에 있는 한국인 친구들과 의 만남도 매우 유익했다. 그들과 교제를 하고 우정을 나누면서 외로 움을 달랠 수 있었다.[41]

1982년 가을에는 뉴욕 북쪽에 있는 스토니포인트센터에서 열린 아시아 기독학자회의에도 참석했다. 이곳은 미국장로교회의 산하 기 관으로 김대중 대통령 등 세계 여러 나라의 정치인들이 미국에 망명 할 때 머물렀던 곳으로 유명하다. 1983년 1월에는 독일 한인교회협 의회의 초청으로 서독을 방문했다. 당시는 독일이 통일되기 이전이라 기차를 타고 서베를린을 가면서 동독을 통과할 때 매우 긴장되기도 했다. 그렇지만 서독이 동독을 경제적으로 지원하는 것이나 가족과 친척들을 만나기 위해 동독과 서독이 자유롭게 왕래하고 있다는 것을 알면서 매우 놀랐다. 남북 교류가 없는 우리나라의 현실과는 너무나

달랐기 때문이다.

> 같은 혈통과 역사와 정신을 이어받은 독일 민족이 언젠가는 통일이
> 된다는 기대와 소망을 가지고 피차 접근할 수 있는 범위까지 접근하
> 면서 조화를 시도해보는 그런 통일에의 의지와 대화의 자세가 무척이
> 나 부러웠다.42

김찬국은 미국에 머물 때에도 한국에서처럼 검은색 가방을 메고
다녔다. 거기에는 구속자들이 쓴 책이나 한국에서는 금서로 되어 있
는 책이 들어있었다. 당시 그를 만났던 이신범 국회의원은 이렇게 회
상했다.

> 미국에 가서 동부를 방문하자 뉴욕의 고 손명걸 목사, 민주화운동을
> 하던 장한량 씨 등이 저녁 자리를 만들었고, 거기에 김찬국 선생님이
> 오셨다. 그리고 그 뒤 시카고에 강연하러 갔는데, 거기서도 마주쳤다.
> 목사님은 여느 때처럼 신사복을 하셨지만 이때 늘 허름한 큰 가방을
> 들고 다니셨다. 가방 가득히 성경과 책을 넣고 다니며 모금을 해서
> 감옥 간 사람들의 옥바라지 기금으로 쓰고자 성경 보따리 꾼이 되었
> 던 것이다.43

김찬국의 가방에는 백기완 소장(백범연구소)의 『젊은 날』이란 시집
도 들어있었다. 이 시집은 백기완 소장의 고문 후유증을 치료하기 위
해 전채린, 전영숙, 황시백 등 그의 지인들이 그가 감옥에 있을 때 입
으로 써두었던 시편들을 모아 비매품으로 발간한 것이었다. 김찬국은

이 시집을 해외동포 등에게 주고 성금을 모아 요양비와 병원비에 보냈다. 백기완 소장은 훗날 미국을 방문했을 때 동포들의 집에서 자신의 시집을 발견할 수 있었다.

> 내가 지난 88년 여름 미국엘 갔을 적에 민족적 양심으로 살아가는 동포네 집을 들르면 으레껏 그네들의 책꽂이에 내 시집이 꽂혀 있는 것으로 확인할 수 있었다. 내가 내 시집을 뽑아 들며, 언제 어떻게 해서 손에 쥐게 됐느냐고 물으면 거의 하나같이 책방에서 산 것이 아니고 김찬국 교수님이 놓고 가신 것이라고 대답하는 것을 보고 나는 가슴이 철렁하곤 했다.44

방학 때 오하이오 주립대학에서 건축학을 공부하고 있는 둘째 아들 홍규가 뉴욕에 와서 만난 것은 큰 기쁨이었다. 김찬국이 미국에 있을 때 홍규는 유학을 왔는데, 다행히 이 학교에서 전액 장학금을 주어 경제적인 문제를 어느 정도 해결할 수 있었다. 방학 때 홍규는 뉴욕으로 가서 아버지를 만났다. 부자는 손을 꼭 잡고 시내를 걸으면서 말없는 대화를 나누었다. 현재 연세대 교수로 있는 김홍규는 당시를 이렇게 회상했다.45

> 나는 아버지의 손을 잡고 뉴욕의 지하철을 타고 다녔고, 아버님 역시 나의 손을 가끔씩 꼭 쥐고 풀면서 말 없는 대화를 많이 나누었다. 한 번 쥘 때마다 '홍규야, 열심히 공부해라. 홍규야, 너무 걱정 말아라. 홍규야, 나는 꼭 학교에 돌아간다' 이렇게 말씀하시는 것처럼 생각되었고 내가 아버지 손을 쥘 때는 나는 내 나름대로 '아버지 걱정 마세요.

아버지, 건강하세요. 아버지, 내가 있잖아요' 속으로 이렇게 말했다.

김찬국의 복직을 바라는 마음은 본인뿐만 아니라 가족들의 간절한 바람이기도 했다. 몸은 미국에 있지만 마음은 복직의 날을 기다리고 있었던 것이다.

## 당국의 구금과 사찰 및 감시

1975년 2월 출소 직후부터 김찬국에 대한 당국의 감시는 계속되었다. 서대문 경찰서 정보과 한 모 형사는 매일 집 앞 골목 입구에서 다른 형사들과 번갈아가면서 그와 그의 가족들을 감시했다. 외부 강연이 있거나, 지미 카터 미국 대통령의 방한 기간 그리고 당국이 필요한 때에는 언제든지 전날 집에 와서 잠까지 자면서 감시했다. 심지어 한 모 형사는 상부의 지시라면서 부부가 자는 방에 들어와 아내를 다른 방으로 내보내고 김찬국과 함께 자면서 감시하기까지 했다. 이것은 거주 제한은 물론 가족들에 대한 심각한 사생활 침해요 인권침해였다. 이런 일은 자주 있었다. 이러한 일이 어디 김찬국에게만 일어난 일이었겠는가? 다른 해직교수나 민주화운동 인사들에게도 유사한 감시와 사찰이 있었다. 이것은 박정희 유신정권의 독재와 불의가 어떠한가를 보여주는 하나의 실례였다.

외부 강연이 있는 날 집을 나설 때면 형사들이 접근하여 "우리가 모신다"고 하면서 경찰차로 태워 교외의 산 등 다른 곳으로 가게 했다. 강연장에 못 가게 하기 위함이었다. 집의 전화가 도청되는 것은 기본이었고, 매일 오는 우편물도 우체국에서 정보원들이 먼저 검사하고, 집으로 뜯겨진 채로 배달되었다. 이것은 통신의 자유를 침해하는 불법이었다.

자녀들의 학교생활에서도 늘 감시를 받았다. 학교에는 학생 정보원들이 있어서 자녀들의 동태를 늘 감시했다. 가장 친절한 척, 시국을 잘 이해하는 척하면서 접근하였기 때문에 자녀들은 늘 조심하면서 사람들을 대해야 했다. 자녀들이 군복무를 할 때에는 보안대에서 늘 감시했다. 막내인 은규는 군 생활을 이렇게 회고했다.

… 군대생활도 보안대로부터 감시를 받으며 힘들게 보냈다. 군대 중대장, 대대장, 보안대 중사들이 아버지에 대해서도 알고 있어서, 차별적이고 모욕적인 언사들을 여러 차례 들었다. 그때는 차라리 군대보다는 데모해서 감옥 가는 것이 낫다는 생각마저 들 정도였다. 군대로 오는 편지와 신문도 검열되는 것은 물론, 본인이 내무반에서 읽는 책들도 감시의 대상이었다. 자주 관물대를 점검하며, 이상한 책들이나 편지가 없는가를 확인했다.

신학과 동료 교수들도 거의 십여 년 간 집에 찾아온 적이 없을 정도로 감시가 계속되었다. 출소 후 6개월이 지난 1975년 8월 신과대학의 서남동 교수 내외가 집에 찾아온 적이 있는데, 첫 번째 손님이었다. 그는 늦게 찾아와서 미안해하면서 이렇게 말했다.

"외국에 가서 보니, 미국 교수들이 김찬국에 대해 안부를 묻는데, 한 번도 찾아가 본 적이 없었다는 것을 부끄럽게 생각하여, 뒤늦게나마 찾아보게 되어 미안합니다."

김찬국과 그의 가족들만이 어려움을 겪은 것은 아니었다. 학교의 동료 교수들은 물론, 친구들, 친척들, 교회 교인들에 이르기까지 도청 때문에 김찬국의 집에 전화도 못 걸고, 안부도 못 물어서 가까운 대인 관계도 모두 차단되었다. 심지어 그는 집안의 장손이었지만, 명절이나 생일 등에 친척들조차 방문하는 것을 극히 꺼렸다. 교회에 가도 형사가 따라와 예배 시간에 맨 뒷자리에 앉아 있으면서 누구를 만나는지 감시했고, 설교도 못하게 했다. 이로 인해 그와 가족들은 주위 사람들로부터 소외감과 심리적인 위축감을 가지고 살 수밖에 없었다. 이러한 감시와 사찰, 구금은 1970년대 유신체제에서 뿐만 아니라, 1980년대 전두환 정권과 1990년대 초 노태우 정권 때까지 거의 30년 동안 지속되었다.

형사들의 골목 상주는 이웃들에게 피해를 주는 것이었기 때문에 늘 미안한 마음을 이웃들에게 전하면서 살아야 했다. 자녀들이 대학생과 청소년기를 겪고 있었기 때문에 무척 신경이 쓰였다. 실직 상태였기 때문에 가족들은 경제적으로도 매우 힘든 세월을 보냈다. 그의 집에는 아내와 네 자녀 그리고 홀로 살고 있는 누나 김옥조 등 모두 일곱 식구가 함께 살고 있었다. 그는 일곱 식구의 생활비뿐만 아니라 자녀들의 학교 등록금, 자녀의 결혼 비용, 가까이 사는 모친과 동생들의 생활비 등도 챙겨야 했다. 강제 해직된 뒤 받은 적은 금액의 퇴직금으로 이를 감당하면서 힘들게 살아야 했다. 연세대에 다니는 자녀들의 등록금은 해직 이전에는 교직원 자녀였기 때문에 감면받았지만, 해직이 된 뒤에는 전액 납부해야 했다.

해외에 나갈 때 여권발급도 되지 않았다. 큰 딸이 결혼하여 유학하는 남편을 따라 미국에 갔을 때 둘째 아이를 낳았는데, 산후조리를 위해서 아내인 성윤순이 외무부에 여권을 신청했다. 그러나 번번이 거절되었다. 외무부에 찾아가 문의하니, "상부의 지시에 따라 여권을 내줄 수 없다"라고 했다. 성윤순은 너무나 화가 나서 소리쳤다.

"상부 누구의 지시냐? 내가 간첩이냐? 나는 대한민국에서 여권을 받을 자격이 있는 사람이다. 남편이 민주화에 참여했고, 나는 아내다."

이 소리를 듣고 옆의 직원이 만류하면서 말했다.

"왜 소리를 지르느냐?"

성윤순은 다시 소리쳤다.

"내가 지금 몇 번이나 서류를 냈는데 번번이 거절당해서 참을 수가 없어 화를 냈다."

그때서야 직원은 이렇게 대답했다.

"상부에 보고할 테니 며칠을 기다려 달라."

결국 얼마 후 여권이 발급되어 미국에 갈 수 있었다. 미국의 워싱턴에 도착할 때 어떤 교계의 사람이 친절하게 숙소도 안내해주고, 스

케줄도 물어보면서 도와주었다. 나중에 알고 보니 그 사람도 중앙정
보부에서 파견한 정보원이었다. 미국에서까지도 감시를 당하고 있었
던 것이다.

# 다시 학교로 돌아와서

## 기다리던 복직

구속과 복역, 재판, 해직, 일시적 복직과 또 해직…. 고통의 시간은 길었다. 그러나 드디어 끝이 났다. 1984년 6월 14일 전두환 독재정권은 "해직교수 원 소속 대학 복직허용"을 발표했다. 그는 목양감리교회 교인 50여 명과 경기도 광주군 월성면에 있는 "시내산기도원"에 있을 때 들었다. 교인들은 함께 기뻐하면서 축하해 주었다. 그의 복직을 위해서 교인들이 얼마나 오랫동안 간절한 마음으로 기도했던가!

김찬국은 1984년 9월 연세대 교수직에 복직되었다. 그는 김동길과 함께 해직교수 중 가장 긴 10년 3개월 26일 만에 연세대 교수로 복직된 것이다. 1974년 5월 구속되어 학교를 떠났고 1980년 봄 학기 5개월 동안 잠시 복직되었다가 다시 해직되었으며 이제 다시 복직된 것이다. 10여 년 동안 짊어진 해직교수라는 고통의 멍에를 벗고 다시 "교수 김찬국"으로 학교에 돌아온 것이다. 그동안 경제활동을 제대로 할 수 없어서 친지와 교회, 캐나다의 동생들이 보내주는 적은 돈으로 생활을 하느라 가족들의 고생이 컸지만 이제 그 짐을 벗을 수 있었다.

연세대학교 신과대학 제자들과 함께(왼쪽부터 이종윤 목사, 김호식 목사, 김찬국 교수, 민영진 박사, 김찬구 박사)

그 감격과 기쁨을 어떻게 표현할 수 있으랴!

학교로 다시 돌아온 그는 연구실을 새로 배정받았다. 아펜젤러홀 2층에 있는 연구실에는 10년 전 자신이 쓰던 소파가 들어와 있었다. 비록 낡은 소파였지만 정들었던 자리였기에 무척 반가웠다. 그는 연구실 벽에 10년 전처럼 두 사람의 인물 사진을 걸었다. 이수정과 존 로스의 사진이었다. 모두 한글 성서를 최초로 번역한 사람들인데, 그는 이 두 사람을 이렇게 묘사했다.[1]

이수정은 한국 개화기의 인물로 수신사 박영효 일생을 따라 1882년에 일본에 가서 일본 주재 외국 선교사와 접촉하여 일본에서 최초의 한국어 성경 마가복음(1885, 이수정 역)을 번역한 분이다. 존 로스 목사는 영국 스코틀랜드 장로교에서 파송된 만주 봉천 주재 선교사로

복직 후 루스채플에서 설교(1985년)

서 최초의 한국어 성경 누가복음(1882, 존 로스 역)을 봉천에서 출판
한 분이다.

성서학자로서 성서를 한글로 처음 번역하는데 기여한 두 분의 사
진을 걸고 나니 자신의 연구실이라는 느낌이 들었다. 신과대 교수들과
학생들도 그의 복직을 진심으로 환영해 주었다. 그러나 그의 마음에는
함께 복직을 하지 못한 서남동 교수에 대한 아쉬운 마음이 있었다. 그
는 복직이 되기 전인 7월 19일 하나님의 부름을 받았기 때문이다.

김찬국은 9월 5일 김찬국은 첫 강의를 시작했다. 설레는 마음으로
강의실로 들어서자 학생들은 교실이 떠나갈 듯이 박수를 치면서 환영
했다. 그들은 "금관의 예수"를 부르면서 스승에게 꽃다발을 건넸다.

"선생님, 정말 수고 많으셨습니다."

교육이 이루어지는 "거룩한 자리"에 돌아와 '금관의 예수'를 학생들과 함께 부르면서 환영의 꽃다발을 받아든 감격을 어떻게 말로 다 표현하랴!

나는 그 순간 지나간 10여 년 응어리졌던 체증이 떨어지듯, 멎었던 시계 바늘이 다시 움직이듯, 새로운 생기를 되찾은 기쁨에 넘쳐 무슨 말부터 끌어내야 좋을지 한참 말문이 막혀 버렸다. 새 세대의 학생들과 유대감을 느낄 수 있는 노래였기에 나도 같이 불렀었다.[2]

얼어붙은 저 하늘 얼어붙은 저 벌판
태양도 빛을 잃어 아 캄캄한 저 곤욕의 거리
어디에서 왔나 얼굴 여윈 사람들
무얼 찾아 헤매이나 저 눈 저 텅 빈 얼굴들
오 주여 이제는 여기에, 오 주여 이제는 여기에,
오 주여 이제는 여기에 우리와 함께 하소서

당시 이 노래는 민주화운동의 투쟁 현장에서 자주 불렀는데 신과대학 학생들도 시대 상황에 저항하면서 즐겨 불렀다. 여기에는 암울한 정치 상황에서 교회마저도 제 역할을 하지 못하는 현실을 하나님께 탄원하면서 구원을 갈망하는 기도가 담겨 있었다. 따라서 독재정권은 이 노래를 금지곡에 포함시켰었다.

축하의 시간이 끝나고 강의할 차례가 되었다. 그는 예언자 하박국을 언급하면서 강의를 시작했다. 하박국은 누구인가? 구약성서의 예언자 하박국은 부정부패와 부조리의 현실을 보면서 "하나님은 왜 침

묵하고 계시느냐?"는 질문을 던졌다. 김찬국은 하박국 예언자를 다음
과 같이 소개했다.3

현재의 모든 사회적 부조리와 왕권의 횡포와 민중들의 원한을 속속들
이 다 파헤쳐 알면서 그런 현실을 다만 구경하는 관측자로서가 아니
라 현실의 문제점을 알아내는 감시자로서 내일의 새로운 방향을 찾아
보려는 예언자이었다. 그래서 자기가 본 현실의 부정과 부조리를 하
나님께 고발하여 그 잘못된 현실의 극복을 위한 내일의 환상을 하나
님께 기대했었다.

김찬국은 더 구체적으로 하박국의 메시지가 나오게 된 상황을 이
렇게 설명했다.

독재자들이나 침략자들은 자기들의 자리를 위해서라면 어떤 수단 방
법을 가리지 않고 사람을 잡아들이고 죽이는 잔학한 행위를 감행한
다. 이때 탄압을 받는 민중들은 하나님께 대해서 '하나님, 왜 잠자코
계십니까'라는 질문으로 원망을 하게 된다. 하박국은 국내 통치자에
의해서 탄압을 받았든지, 외부 침략자에 의해서 민중들이 억압과 학
살을 당하게 되든지, 그런 수난의 현실을 보고서 하나님이 왜 침묵을
지키고 있는지를 문제 삼고 있다. 하나님의 침묵의 의미가 어디에 있
는가?

"하나님, 불의한 현실에 왜 침묵하고 계십니까?"라는 하박국의 질
문은 김찬국 자신이 하고 싶었던 질문일 뿐만 아니라 강의를 듣고 있

던 학생들도 하고 싶은 물음이었다. 김찬국은 "의로운 사람은 그의 신실함으로써 살 것이다"라는 하박국의 말씀을 통하여 불의와 탈법의 현실 가운데서 절망하지 말고 희망을 가져야 한다고 학생들에게 역설했다. 그것은 사회정의와 민주화를 갈망하는 학생들의 외침에 응답하는 것이기도 했다.

> 아무리 현실이 비관적이고 비극적인 절망상태라 하더라도 내일의 밝은 사회건설을 위하여 정의의 실현을 포기하지 않고 이상과 꿈을 축적해 나가야 하는 것이다. … 언젠가는 그 꿈이 실현될 때가 올 것이다. 하나님은 역사를 다스리는 정의와 진리의 하나님이기 때문에 불의의 세계를 심판하고 정의의 나라를 세우신다고 확신하고서 기다려야 한다….4

세상에 부정과 불의가 횡행하더라도 의인은 절망하지 말고 정의의 실현을 포기하지 말아야 한다는 것이다. 어떠한 상황에서도 "하나님께 신실해야만 의인이 되며 의롭다고 인정을 받으며, 하나님께 충성을 해야만 자기 집과 나라를 굳건히 세울 수 있다"는 것이다. 정의를 외치는 젊은이들이 비록 소수라도 "내일의 사회적 구원을 위해서 오늘에 하나님이 주시는 말씀의 계시를 받아쓰고 기록하는 저력을 키워나가라"는 것이다.5

## 한열아! 내 제자 한열아!

복직된 김찬국은 학생들에게 구약학 과목을 가르쳤다. 그는 〈구약개론〉, 〈예언서〉, 〈고대 이스라엘 역사〉, 〈성서 히브리어〉, 〈구약신학〉 등 구약학 과목을 가르치면서 성서의 내용에 대한 해석과 이해뿐만 아니라 현실에 대한 적용도 강조했다. 성서를 공부한다는 것은 고대 문서를 이해하고 해석하는 것뿐만 아니라 오늘의 현실에서도 살아 있는 하나님의 말씀으로 받아들이고 적용해야 했기 때문이다.

구약에 나타난 이스라엘 역사는 죄악의 역사였지만 그런 수치 속에서도 자유와 독립을 향한 강한 역사의식을 볼 수 있기 때문에 성서를 읽는 사람은 누구나 평화를 향한 희망의 샘을 발견하게 된다.[6]

즉, 성서는 자유와 해방을 향한 역사의식을 강하게 드러내는데 이는 오늘날 불의한 현실을 살고 있는 우리에게 희망을 준다는 것이다. 왜냐하면 성서는 과거 사건에 대한 단순한 역사 기록이 아니라 그 사건을 하나님의 구원행위로 고백하는데, 이러한 구원행위는 오늘날에도 가능하기 때문이다. 과거를 통하여 현재를 발견하고 미래를 꿈꾸는 것이다.

대학에서 수업은 지속되었지만, 독재정권에 항의하는 학생들의 시위가 이어지면서 최루탄 냄새가 캠퍼스와 주변에 자욱한 날들이 많았다. 민주주의를 부르짖는 교수들과 재야인사들의 저항도 이어졌다. 그런 와중에서 1986년 6월에 부천경찰서 성고문사건이 터졌다. 소위 '위장취업'을 하다 체포된 서울대학교 의류학과 4학년 권인숙이 경찰의 취조 중 성추행을 당한 것이다. 이 사건은 경찰과 언론, 심지어 사법부가 왜곡하는 통에 국민들의 분노를 샀다.

1987년 1월 14일에는 서울대학교 언어학과 학생 박종철이 치안본부 남영동 대공분실에서 조사를 받던 중 물고문으로 인해 죽었다. 전기고문과 물고문을 했음에 불구하고 단순 쇼크사로 축소 조작하여 발표했다. 이해 4월 13일 대통령 전두환은 민주화를 바라는 국민들의 개헌요구를 무시하고 호헌을 하겠다고 선언했다.

민주화 물결이 거세지면서 1987년 6월 10일에는 '고 박종철 군 고문살인 은폐규탄 및 4.13호헌 철폐 국민대회'가 예정되어 있었다. 그러나 그 전날인 6월 9일 연세대에서는 비극적인 일이 벌어졌다. 이날 학생들은 '6.10대회 출정을 위한 범연세인 총궐기 대회'를 노천극장에서 1,000여 명이 참석한 가운데 개최하고, 교문 앞까지 시위를 벌였다. 교문 밖에는 전경들이 최루탄을 쏘면서 학생들의 교외 진출을 막았다. 오후 4시 40분경 시위대의 맨 앞에 서서 전위대의 일원으로 참여한 경영학과 2학년 이한열 학생이 공격적으로 쏴대는 전경들의 최루탄에 맞았다. 체포하려는 전경들을 피해 교문 안으로 뛰어가다가 직사로 쏜 최루탄에 뒷머리를 맞은 것이다. 이한열의 얼굴에는 붉은 피가 번졌고, 코에서도 피가 쏟아졌다. 그는 몸을 가누지 못하고 백양로 차도에 쓰러졌다.

함께 시위에 참여하다 전경들을 피해 뛰어가던 도서관학과 이종창 학생이 그를 발견하고 끌어안아 일으켜 세우면서 학교 안쪽으로 들어갔다. 이를 본 학생들이 뛰어와 이한열을 들고 교내에 있는 세브란스병원으로 급히 옮겼다. 그러나 이한열은 1시간 후인 저녁 5시 30분경 "내일 시청에 나가야 하는데…"란 말을 남기고 의식을 잃었다.

이한열이 뇌사상태에 빠졌다는 소식이 교내에 알려지자 많은 학생들이 중환자실에 있는 그를 지키기 위해서 세브란스병원으로 모여들었다. 경찰이 강제로 그를 다른 병원으로 이동하고 사건을 왜곡할 수 있다는 우려 때문이었다.

다음날인 6월 10일 '고 박종철군 고문살인 은폐규탄 및 4.13 호헌철폐 국민대회'가 광화문 대한성공회 대성당에서 열렸다. 대회를 무산시키려는 경찰은 성당 주변을 봉쇄했지만, 경찰을 피해 성당 안으로 들어간 소수의 사람들은 대회를 감행했다. 대회를 주최한 간부들은 경찰에 연행되었다. 그러나 저녁 6시에 차량 경적을 울리면서 시내 곳곳에서 시위가 벌어졌다. 시민들의 참여도 뜨거웠다. 6.10민주항쟁의 날이었다.

김찬국은 6.10국민대회에 참석하기 위해 광화문에 나갔다가 세브란스병원으로 갔다. 그는 중환자실에서 의식을 잃고 병상에 누워있는 이한열을 보고 눈물을 흘리며 기도했다. 그는 당시를 이렇게 썼다.[7]

> … 나는 광화문에서 돌아와 세브란스병원으로 가서 병원장님의 허가를 얻어 중환자실에 들어가 가슴만 뛰고 있는 한열이를 위해서 기도를 드렸다. 그리고 그 어머님의 손을 잡고 울면서 기도했을 때 "우리 한열이는 착한 아이인데 살려 주세요"란 말만 되풀이했던 어머니의 숨넘어가는 듯한 음성을 잊을 수가 없다.

이한열이 최루탄을 맞고 쓰러졌다는 소식이 뉴스를 통해 전해지자 시민들의 분노는 극에 달했다. 직선제 개헌을 외치는 학생들과 시민들의 시위는 계속되었고 더욱 격렬해졌다. 정부는 군대를 다시 동원하지 않는 한 더이상 버티기 어려웠다. 드디어 당시 집권당이었던 민정당 대통령 후보 노태우는 6월 29일 직선제 개헌 요구를 수용한다고 선언했다.

그로부터 얼마 후인 7월 5일 새벽에 김찬국은 잠결에 전화를 받았다. 이한열의 죽음을 알리는 전화였다. 그는 세브란스병원으로 갔다. 연세대학교와 세브란스병원 주변은 전경들이 포위하고 있었다. 그는 병원 영안실로 가서 여러 교수들과 함께 위로 예배를 드리고, 문동환 목사와 함께 이한열의 어머니 배은심 여사를 찾아가 손을 잡고 뜨거운 눈물을 흘리며 기도했다. 슬픔과 분노, 가슴 쪼개지는 아픔을 겪는 어머니를 어떻게 위로할 수 있으랴!

연세대 우상호 총학생회장을 비롯한 학생들은 이한열의 장례식을 준비하면서 김찬국에게 호상을 부탁했다. 민주화운동으로 옥고를 치른 그가 민주주의를 외치다 숨진 제자의 장례식 호상으로 적임이라고 여겼기 때문이다. 장례식을 치르는 동안 학생들은 세브란스병원 영안실을 지키면서 혹시 모를 경찰의 시신 탈취를 감시했다.

장례예식은 연세대 캠퍼스에서 7월 9일 아침 7시 5분 "애국학생 고 이한열 열사 민주국민장"으로 명명된 가운데 시작되어 두 시간가량 진행되었다. 유가족, 학생, 교직원, 민주인사, 시민, 노동자 등 7만여 명의 인파가 모였고, "한열이를 살려내라"는 커다란 걸개가 중앙도서관 건물에 걸렸다. 김찬국은 당시 장례식에 대해 이렇게 썼다.[8]

옥고를 치르고 석방되어 나오자 바로 한열 군을 위한 분향소로 달려 왔던 민주 인사들 중에서 오충일 목사가 설교를, 문익환 목사가 조사를, 박형규 목사가 축도를 할 수 있었다. 국민장의 극적 장면을 시민

이한열 열사 호상을 맡은 김찬국 교수(1987년 7월 9일, 연세대학교 백주년기념관. 김대중 전 대통령, 오충일 목사와 더불어)

이한열 열사의 사망으로 인해 민주화 운동의 불꽃이 더욱 거세게 타올랐다(1987년 7월 연세대학교 도서관 앞)

들이 볼 수 있고 들을 수 있었던 일도, 거기에다가 고은 시인의 조사
와 교수 대표인 오세철 교수의 조사, 동문 대표인 박승원 신부, 시민
대표인 백기완 선생, 학생 대표인 우상호 군의 조사 등은 한결같이
기성인들의 잘못을 반성하면서 구조적인 폭력에 의한 희생이 다시는
없어야 하고 폭력정치는 물러가야 한다는 외침으로 일관하면서 애국
학생 이한열의 희생을 애도하였다.

　장례예식이 끝나고 장례행렬은 연세대를 출발해서 신촌로터리를
거쳐 시청 앞까지 이어졌다. 우상호 총학생회장이 민주국민장 집행위
원장으로 영정을 들었고, 신학과 학생이었던 우현 총학생회 사회부장
이 태극기를 들었으며, 김찬국은 호상으로 장례행렬과 함께했다. 그
는 박형규 목사 등 민주인사들과 함께 손을 잡고 앞장서서 걸었다. 시
청 앞은 고 이한열 군이 6.10 대회에 참석하기 위해 가고 싶어 했던
곳이었다. 운구차는 시청 앞을 거쳐 광주로 내려가 전남 도청 앞 광장
에서 추도식을 마친 뒤 장지인 광주 망월동 5.18 희생자 묘지로 갔다.
광주는 이한열이 초, 중, 고등학교를 나왔고, 5.18 학살현장을 목도했
던 곳이기도 했다.

　하관예배는 밤 10시 가까이 시작되었다. 5.18 희생자 묘역을 가득
메운 조문객들 때문에 발 디딜 틈도 없었다. 그는 호상으로서 마지막
에 흙 두 삽을 던지고 영원한 고별인사를 기도로 대신하면서 하나님
의 품 안에서 안식하기를 빌었다. 어린 학생의 희생 앞에서 참담한 마
음을 가누기가 어려웠다.

## 활발했던 교내 · 외 활동

복직 후 김찬국은 교수로서 가르칠 뿐만 아니라 학교행정에도 참
여했다. 그는 1987년 9월부터 1년 동안 연합신학대학원(이하 연신원)
원장으로 일했다. 당시 연신원은 공간이 부족하여 교육하는 데 어려
움이 많았다. 김찬국은 이 문제를 해결하기 위해 학교에 공간 조정을
요청했다. 연신원 건물 2층에 있던 기숙사를 국제학사 3호인 평화학
사로 이전하고, 연신원은 모두 교육 공간으로 사용하게 한 것이다. 이
로써 연신원의 오랜 숙원이 해결되었다.

그는 연신원 도서관의 신학도서기금과 학생들을 위한 장학기금
모금도 적극 추진했다. 이를 위해 연신원 동창회가 "동문의 날"을 개
최하게 했다. 동창회 역사상 처음 열린 이 행사는 40여 명의 동문들이
참석한 가운데 11월 30일 열렸는데, 많은 기금이 모아졌다.

1988년 민주화 바람이 불면서 대학에는 총장 직선제가 도입되었
다. 연세대학교에서는 이해 7월 31일 교수평의회 주관으로 총장 직선
제 투표를 실시했다. 김찬국은 주변의 권유에 의해 총장 후보로 출마
했지만 낙선했다. 연세대 안에서 신과대학은 교수들의 숫자가 적었기
때문에 모든 교수들이 참여하는 직선제 투표에서 총장으로 당선되기
는 어려웠던 것이다. 그러나 그는 웃음과 여유를 잃지 않았고, 새로
취임한 박영식 총장의 요청으로 교학부총장직을 맡아 학교행정에 참
여했다.

민주화운동이 지속되면서 고통받는 사람들이 늘어갔다. 사회정의
와 인권, 참교육 등을 외치다 투옥되거나 해직되거나 도피하는 사람
들이 증가하면서 이들뿐만 아니라 이들의 가족들도 경제적, 사회적

고통을 크게 받았다. 초, 중, 고등학교 교사들의 경우 1989년 전국교
직원노동조합, 즉 일명 전교조가 결성되면서 전국적으로 1,500여 명
의 교사들이 해직되었다. 서울지역에서는 500여 명이 해직되었다.

김찬국은 10여 년을 해직교수로 살았던 자신의 과거 모습을 생각
하면서 그들이 겪고 있는 고통이 얼마나 큰지를 잘 알고 있었다. 그것
은 무엇보다 가족들과 함께 생계를 꾸려가기 힘들 정도의 경제적 고
통이었다. 이들을 돕기 위한 해직교사 서울후원회가 1989년 11월 14
일 조직되었다. 김찬국은 김승훈 신부, 이상희 교수와 함께 이 후원회
의 공동회장을 맡았다. 서울후원회는 후원회원 모집과 모금 활동에
적극적으로 나서 해직교사들의 가난한 생활에 적지 않은 도움을 주었
다. 각계각층의 시민 500여 명이 모금에 참여했다.

서울후원회는 해직교사 가족들의 고통과 희망의 사연을 엮어서
『빛은 어둠을 이긴다』는 책을 내었다. 김찬국은 기회가 있을 때마다
이 책을 소개하고 판매하면서 후원금을 모금했다. 전교조 결성에 앞
장섰던 해직교사 이상호는 당시를 이렇게 회상했다.9

> 그때 후원회 간사로 상근했던 박광래 선생님은 "김 총장님은 미국이
> 나 해외에 나갈 때도 기회 있을 때마다 모금을 해와 참으로 고마웠고
> 그 열성에 감복했다"고 말하곤 한다.

해직교사들은 의료보험 혜택을 받을 수 없었기 때문에 아프거나
의료지원이 필요할 때 특히 어려웠다. 후원회는 이들과 이들의 가족
들이 무료로 진료를 받을 수 있도록 서울지역의 27개 병·의원을 연결
하여 주었다. 산부인과의 경우 김찬국은 장남인 창규가 개원하고 있

는 연이산부인과로 가게 하여 무료로 검진과 치료 등을 받게 했다.

김찬국은 1978년부터 한국기독교교회협의회(NCCK) 인권위원으로 꾸준히 참여하면서 1992년 4월에는 위원장을 역임했다. 인권위원회에서는 민주화운동에서 고통을 당하는 사람들, 노동자들, 사회적 약자들의 인권이 억압받고 짓밟히는 현실을 보면서 이를 교회와 사회에 알리고 이들의 아픔에 동참하고자 최선을 다했다. 김찬국은 노동자들의 인권 향상을 위해 1989년 10월 28일 설립된 사단법인 노동인권회관의 초대 이사장을 맡기도 했다. 노동인권회관은 부천서 사건의 피해자인 권인숙이 정부로부터 받은 피해보상금과 권인숙의 변호를 맡았던 조영래 변호사 및 각계 인사들이 참여한 기금으로 설립되었다. 당시 구로에 세워졌던 회관은 현재 용산구 남영동으로 이전하여 활동을 계속하고 있다.

김찬국은 언론의 자유를 위해서 활동하기도 했다. 그는 1988년 11월부터 1991년 11월까지 4년간 KBS 한국방송공사의 이사로 활동했다. 또한, MBC 문화방송국의 기자 등 종사자들이 공정방송 실현을 위해 투쟁할 때 이들을 지지하기 위해 활동했다. 이를 위해 1992년 9월 19일 "MBC 정상화와 공정방송 실현을 위한 범국민대책회의"가 출범할 때 상임위원장직을 맡기도 했다. 이 대책회의는 전국연합·경제정의실천국민연합 등 59개 시민단체가 참여하여 결성했는데, MBC 노조의 파업을 지지하면서 연대투쟁을 했다.

김찬국은 1990년부터 2년간 한국기독자교수협의회 회장직도 맡아 봉사했다. 그는 젊은 시절부터 이 협의회에 참여했지만, 선배 교수들이 은퇴하면서 회장직을 수행할 나이가 되었던 것이다. 이 협의회의 상당수 회원들은 자신처럼 민주화운동에 참여하면서 해직의 고통을 겪었었다.

1992년 10월 28일 동두천 미군 기지촌에서 26살의 윤금이 씨가 미군병사 케네스 리 마클에 의해 잔혹하게 살해된 사건이 발생했다. 이 사건은 국민들의 분노를 샀으며 대학가에서는 주한미군 철수투쟁 시위를 촉발하게 했다. 11월 5일 김찬국은 전국 48개 시민사회단체 들이 참여한 "주한미군병사의 윤금이씨 살해사건 공동대책위원회"의 공동대표를 맡았다. 이 위원회는 살해미군 구속처벌과 공정한 재판권 행사를 위한 거리 서명 및 모금운동이 진행했고 한미행정협정개정 운동을 벌였다. 이 위원회가 기반이 되어 1993년에는 "주한미군범죄 근절운동본부"가 발족되었다.

1993년 2월 25일 김영삼 대통령이 취임하면서 문민정부가 출범 했다. 김찬국은 민주화과정에서 희생과 고난을 당했던 사람들의 아픔 을 함께 나누기 위해 민주인사 80여 명과 함께 "민주유공자장학재단" 의 창립에 기여했다. 그는 1993년 8월 21일 열린 창립총회에서 회장 직을 맡았는데, 설립 취지를 이렇게 썼다.10

> 지난날 억울하게 희생당하고 고난을 당했던 이웃들의 아픔을 함께 나
> 누는 뜻으로 민주화를 위해서 헌신했던 이웃들의 가족들과 자녀들을
> 위하여, 30여 년에 걸친 군사독재의 상처와 고통을 국민의 자생력을
> 규합해 치유하고 위안하고 '역사바로잡기' 차원에서 민주유공자장학
> 재단을 설립하였다.

1억 원의 모금액을 목표로 세웠지만, 각계각층의 호응으로 3억 원 이상이 모였다. 드디어 첫 번째 장학금 수여식이 1994년 1월 14일 태

4.19혁명 기념 집회에서 한승헌, 문익환, 안병무 등과 함께(1993년 4월 19일 )

평로에 있는 프레스센터에서 열렸다. 제1회 민주유공자장학재단 장학금 수여식으로 명명된 자리에서 12명에게 1백만 원씩의 장학금이 지급되었다. 이들 중에는 조영래 변호사의 아들 무현 군(13세), 김병곤 전 민청년 상임위원장의 딸 희진 양(12세), 1984년 분신자살로 택시노조운동의 기폭제 역할을 했던 박종만 씨, 1975년 처형된 인혁당 사건의 유가족 3명, 1987년 구로구청 사건 때 하반신이 마비된 양원태(30세) 씨 등이 있었다. 수혜자들은 한결같이 자신보다 더 어려운 사람들에게 주라고 고사하여 재단에서 애를 먹기도 했다. 김영삼 대통령은 수혜자 모두에게 대통령의 문장이 새겨진 손목시계 1개씩을 선물로 보냈다.

## 연세대에서 정년퇴임

김찬국은 1992년 8월 연세대학교에서 정년퇴임을 하였다. 자신의 모교이자 직장이었던 학교를 이제 떠나야 할 때가 된 것이다. 해직과 복직을 반복하면서 이어온 교수직이었기에 아쉬움도 있었지만, 건강하게 정년퇴임을 한다는 것에 대한 감사의 마음이 더 컸다.

그는 연세대학교에 재직하고 있는 동안 연세의 진정한 주인은 교수도, 재단도, 학생도 아닌 바로 진리와 자유라고 생각했다. 기독교 대학인 연세의 주인은 인간이 아니라 설립하게 하신 하나님과 그의 말씀 및 정신이라는 것이다. 그는 학교의 교훈이자 설립정신인 진리와 자유를 지키려고 애썼고, 그 앞에서 부끄럽게 살지 않으려고 노력했다. 부모님이 돌아가셔도 그 말씀을 따르고 지키려는 마음으로 살듯이 그는 성서학자로서 하나님의 말씀에 솔직해지려고 했었다.

지나온 세월을 돌아볼 때 그는 많은 제자들을 가르쳤다. 수업을 직접 들었던 신학과 학생들뿐만 아니라 그를 직접 만나지 못했던 타학과 학생들에게도 그의 이름과 그가 살아온 삶은 소중한 가르침이었다. 특히 민주화 과정에서 그는 학생들의 정신적인 지주 역할을 했고, 그의 가르침은 행동을 위한 방향타 역할을 했다. 학생들의 아픔과 고통이 있었던 곳에는 어디든 달려가고자 했던 그의 마음은 그를 연세의 큰 스승으로 자리매김하게 했다.

김찬국은 자신의 전공인 구약학 분야에서 제자들이 학자로 성장하는 것을 자랑스럽게 여겼다. 그것은 후진양성이라는 젊은 시절의 소망을 이루는 것이기도 했다. 그는 해직시절 구약학 제자들을 마음 든든하게 여긴다는 소감을 밝힌 바 있다.11

구약학 분야에 있어서 후진을 길러야 되겠다는 욕심으로 학생들을 구약학 전공으로 지도한 결과 대학원으로 진학하고 외국 유학에서 그 결실을 거두는 동문들이 늘어났다. 민영진 박사(감신대 교수), 박준서 박사(연세대 교수, 현 학장), 이군호 박사(대전목원대 교수), 장춘식 목사(중앙신교 강사)가 전공분야에서 연구와 교수생활을 하고 있음을 어느 누구보다도 자랑스럽게 생각하며, 내가 학교 밖에 나와 있는 동안에도 늘 마음 든든하게 생각하고 있다. 지금도… 예루살렘에서 연구하고 있는 강사문 동문도 앞으로 구약학 연구의 결실을 가져오리라 기대한다.

연세대에서 그에게 배우고 구약학 분야에서 박사학위를 마친 그의 제자들은 많다. 윗글에서 언급한 제자들 이외에 엄현섭(루터대), 원진희(서울한우리교회), 김성(협성대), 천사무엘(한남대), 김은규(성공회대), 박호용(대전신대), 한동구(평택대), 박해령(협성대), 장석정(가톨릭관동대), 배철현(서울대), 오택현(영남신대), 박신배(KC대), 서명수(협성대), 유윤종(평택대), 이영미(한신대), 이사야(남서울대) 등이다. 이들은 스승의 뒤를 이어 한국 구약학계의 발전에 기여하고 있다.

은퇴한 후, 김찬국은 명예교수에게 주어지는 강의의 기회가 있었지만, 학교 일에서 완전히 손을 뗐다. 그 대신 연세대 중앙도서관 5층에 있는 교수열람실에 자주 나갔다. 거기에는 존경하는 스승 용재 백낙준 박사의 존영이 걸려 있었고, 그분이 만졌던 서적들이 진열되어 있었다. 은퇴한 스승이 사용하던 곳을 제자가 은퇴하고 난 뒤 사용하면서 스승을 회고하고 회상한다는 것은 커다란 기쁨이었다.

# 상지대 총장 시절

## 총장 선출 과정

원주에 있는 상지대학교는 1955년에 원홍묵 선생이 설립한 관서대의숙을 모태로 하여 세워진 사립대학인데, 1963년 원주대학으로 개교하였고, 1974년 현재의 교명을 변경하였다. 상지대는 1989년 종합대학으로 승격하였지만 1990년대에 들어서면서 재단의 비리가 심해져 학내분규가 일어났다. 이 과정에서 교수와 학생들이 폭행을 당하는 사건도 있었다. 1993년 3월 31일에 시작된 김영삼 대통령의 문민정부는 사정대상 제1호로 학원 비리를 지목했는데, 상지대도 그 대상 중 하나였다. 이때 김문기 이사장이 비리혐의로 구속되고, 6월에는 관선이사 체제가 들어섰다.[1] 학원민주화를 위해 투쟁하는 교수협의회 회원들은 농성을 이어가며 힘겹게 싸웠는데, 이들 중에는 해직된 교수들도 있었다. 이들은 새로운 총장을 물색하던 중 김찬국을 이사회에 추천하기로 했다.

이사회에서는 과거보다는 좀 누그러져, 총장 후보 2인을 이사회에 제

상지대학교 총장 취임 후 교정에서

청하면 그 가운데서 한 분을 총장으로 확정하겠다고 했다. 22일 오후에 우리는 교협 전체회의를 열어 이 문제를 논의했지만, 이사회의 요구를 받아들일 수 없다고 결론지었다. 김찬국 선생 한 분도 설득하기 힘든데, 원로 두 분을 설득했다가 그중 한 분을 바보로 만들 수는 없었다. 그래서 김찬국 선생 한 분만을 단수후보로 이사회에 추천하기로 했다. 물론 이사회가 이를 수용하지 않는다면 강경 투쟁하겠다는 의지의 표명이었다.[2]

교수협의회 소속 교수들은 김찬국을 단일 총장 후보로 추대한다는 교수들의 서명을 받아 전체 교수회의에서 투표하여 확정하고, 이를 이사회에 제출했다. 그러나 교수들의 바람과는 달리 이사회는 이를 쉽게 수락하지 않았다. 이사회는 전체 교수 투표에서 2명의 후보를

선출해 추천하면 자신들이 그들 중 한 명을 총장으로 지명하겠다고
했다. 교수들은 복수 추천을 거부하면서 전체회의를 열어 김찬국에
대한 찬반을 물었다. 7월 8일 101명의 교수들이 참석한 가운데 전체
교수회의가 열려 찬성 85표, 반대 14표, 무효 2표로 가결되었다. 표결
에 앞서 김찬국의 자필 메시지 낭독이 끝났을 때 교수들과 학생들이
함성을 지르면서 환호했는데, 통과를 예감할 수 있는 분위기였다.

지루한 논란 끝에 8월 2일 관선이사회는 김찬국을 상지대 총장으
로 인준했다. 이는 학원민주화를 위해 투쟁했던 교수들과 학생들이
이룬 결과로 상지대 역사에서 새로운 출발을 할 수 있는 결정이었다.
이 소식이 알려지자 김찬국은 매주일 출석하는 창천교회 박춘화 담임
목사를 찾아가 의논했다. 박 목사는 제자였지만 김찬국을 위해 언제
나 기도하는 출석교회 담임목사였다.3

"강원도 원주의 상지대학교 총장으로 오라고 하는데 어찌하면 좋겠
습니까?"

"김찬국 목사님 같으신 분이 새 총장이 되셔야 갈등과 시비와 어려움
이 많은 상지대학교는 어려움을 수습하고 명예를 회복하고 다시 발전
해 나갈 수 있을 것입니다. 하나님께서 주시는 마지막 사명으로 아시
고 가셔서 명 총장이 되시기 바랍니다. 저도 늘 위해서 기도드리겠습
니다."

김찬국의 선출 소식은 투쟁에 앞장섰던 교수들에게도 큰 기쁨이
었다. 특히 철야농성과 단식까지 하면서 싸웠던 교수들 중에는 크리

스천들도 있었는데 이들의 감격은 남달랐다. 목사가 기독교 대학이 아닌 일반 대학인 상지대에 총장으로 선출되었기 때문이다.

> 김찬국 교수님이 총장으로 오시게 되었을 때 우리는 하나님의 임재를 확신하였다. 기도들을 열심히 하긴 하였지만, 어찌 목사님을 총장으로 보내실 줄을 짐작이나 하였겠는가! … 하나님은 우리의 생각을 저 만치 넘어서 계셨던 것이다.[4]

## 총장직을 시작하면서

1993년 8월 30일, 은퇴한 지 꼭 1년 만에 김찬국은 상지대학교의 총장으로 취임했다. 당시 상지대는 교수 150여 명, 학생 수 5,600여 명, 31개 학과, 4개 대학원, 약 5만 평의 교지를 가진 사립 종합대학이었다. 취임식에는 교수, 직원, 학생뿐만 아니라 윤보선 전 대통령 미망인 공덕귀 여사, 원주지역 기관장과 국회의원, 재야민주인사 등 외부인들도 참석했다. 연세대 총장과 교수들, 신과대 동문들, 민교협 회원들 등도 축하하기 위해서 왔다. 그는 취임사에서, 상지대학교의 교육 이념인 '홍익인간(Maximum Service to Humanity)과 교육입국'의 실현을 위해 다음 세 가지가 중요하다고 강조했다.[5]

> 첫째로, 교육 바로잡기 운동으로 교육윤리를 회복하여야 한다.
> 둘째로, 조용한 대학 학풍을 회복하여 연구와 지성을 개발하여야 한다.
> 셋째로, 대학인의 양심과 인격이 인정받고 합리적 대화를 통한 대학

의 권위가 보장되어야 한다.

9월 1일 저녁 6시 30분에는 총학생회가 마련한 환영회가 열렸다. 2천여 명의 학생들이 그를 열렬히 환영해 주었다. 답사할 차례가 와서 그는 마이크를 잡고 섰다.

"학생들이 마이크를 잡으면 연설이 쏟아져 나오는데 내가 이렇게 마이크를 잡으면 노래가 나올 것 같다."

모두 환성을 올리면서 여기저기서 떠들었다.

"노래하십시오!"

"내가 이 자리에 올라오는 데에 두 가지 불만이 있습니다. 남학생 회장이 내 한쪽 손을 잡고 무대로 올라오는데 다른 한쪽 손을 여학생으로 잡게 했으면 얼마나 좋았겠습니까? 또, 이 무대에는 남학생 대표들이 올라와 내 옆에 모두 앉아 있는데 우리 학교의 여학생 수가 43% 이라고 하니 여학생 대표도 무대에 올라와 같이 앉게 하면 얼마나 좋겠습니까? 지난 30여 년간의 군사통치하에서 많은 사람들이 희생을 당했는데 그중에서 학생들이 제일 많이 희생을 당해 왔습니다. 억울하게 죽은 학생들도 많습니다. 여기 모인 여러 학생들은 열심히 공부하여 그들 희생자들이 펴지 못한 뜻까지도 펼칠 수 있기를 바랍니다."

그의 연설이 끝나자 박수와 함성이 터져 나왔다. 이어서 시민대표

상지대학교 2대 총장 취임 기념식(1993년 8월 30일, 이영희 교수, 김성수 총장, 송자 총장, 김찬국 총장, 장을병 총장, 박영식 총장 등이 참석했다)

두 사람의 축사가 끝나고 내려가는데 다시 "노래하십시오!"라는 함성이 나왔다. 그는 용기를 내어 홍난파 선생이 작곡한 〈물레방아〉를 즉석해서 불렀다.

원주기독교교회협의회에서도 환영의 자리를 마련해주었다. 지역 교회의 목회자들은 그를 위해 기도하고 축하하면서 원주에 오신 것을 환영했다. 그가 상지대 총장으로 왔음에도 불구하고 그들은 원주지역의 정신적 지주로 받아들였고, 원주에 새로운 활기를 불어 넣어줄 것을 기대했다.6

김찬국이 총장직을 시작하자 상지대는 빠른 속도로 안정되어 갔다. 학생들의 시위가 그치고 면학분위기가 조성되었고, 유능한 교수들이 새로 영입되어 교육과 연구 환경이 발전적으로 변하였다. 상지대 이상희 이사장은 당시를 이렇게 회고했다.

김찬국 총장이 취임한 이래 학교는 평온을 되찾고 정상궤도에 진입하기 시작했다. 학교의 업무체제를 정비하고 규정들을 조정해 나갔으며 건물을 보수하고 우수한 젊은 교수들을 충원하기 시작했다. 학교는 점차 자리를 잡아가고 있었던 셈이다.7

김찬국의 온화한 품성과 인격은 그동안 학내 갈등으로 인해 상처받았던 구성원들의 마음을 치유하고 회복하는데 적격이었다. 그의 소탈하고 부드러운 모습은 학교 구성원들에게 신선함을 주었다. 그를 가까이에서 지켜보았던 상지대 국문과의 곽진 교수는 이렇게 평했다.

총장께서 밟아온 다양한 경력들을 되짚어보면 강직한 지사로서의 모습이 연상되는 것은 조금도 이상스러운 일이 아닐게다. … 그러나 필자는 그분을 만나면서 생각이 조금씩 바뀌어 갔다. 재치 있는 유머와 넘치는 위트, 세월도 피해간 홍안의 부드러운 얼굴, 그저 인자하고 자애로운 품격, 웃지 못해 안달하듯 항시 웃을 준비가 철저히 갖추어진 분 등등이 몹시 당혹스럽기도 했고, 어떤 면에서는 섭섭할 정도의 진한 상실감조차 맛보았다.8

김찬국은 총장으로서 권위주의적인 모습이 아니라 민주적인 리더십을 보여주었다. 민주화운동으로 인해 그에게 각인되었던 강직하거나 투쟁적이 아니라 부드럽고 포용적이며 유머러스한 모습을 보여주었던 것이다. 그렇지만 그는 교육행정가로서의 본분을 잊지 않았다. 경상대학장직을 맡았던 한경수 교수에게 한 조언은 그가 추구했던 엄격한 행정가의 모습을 보여준다.

94년 3월 뜻밖에도 김 총장님으로부터 경상대학장으로 일해 달라는 연락을 받았다. … 그 직을 제대로 수행하기 위한 조언을 부탁드렸다. 몇 가지 좋은 말씀을 들려주셨다. 첫째, 단위 부서 관리를 나의 일처럼 수행해 나가라. 사소한 일도 하나하나 세심하게 다뤄나가야 한다. 책임자가 관심을 두지 않을 때 조직이 질서를 잃고 방향을 상실한다. 둘째, 항상 온유하여라. 신사로서의 금도를 지켜야 한다. 앞으로 많은 회의에 참가할 텐데 결코 노를 발아여서는 아니 된다. … 셋째, 공공 자산을 아끼고 절약하여라. 수도와 전기도 국민의 세금인 큰돈이 들어가는 자산이다….9

## 총장 해임사태

상지대 총장직을 수행하면서 해결해야 하는 어려운 문제들도 있었다. 무엇보다도 해직교수의 복직 문제였다. 그 자신이 오랫동안 해직교수로 있었기 때문에 이 문제를 우선적으로 해결하고자 했지만 쉽지 않았다. 관선이사 체제하에서 이사들은 해직교수 복직 문제에 대해서 미온적이었다. 교수협의회는 조건 없는 원상회복을 원했지만, 이사회는 신규채용 형식으로 다시 절차를 밟아야 한다고 주장했다. 구 재단 측에 우호적인 사람들도 들어와 있었던 이사회는 김찬국 총장에게 우호적이지 않았고, 교묘하게 통제하고 있었다. 교수협의회와 이사회 사이에서 김찬국은 총장으로서 문제를 해결하는 것이 쉽지 않았다. 그는 해직 상태에 있는 박정원 교수를 불렀다.

박 교수, 나도 박 교수의 억울한 심정은 이해합니다. 그렇지만 현실조
건이 그렇게 할 수가 없어요. 나도 연세대학에서 그랬어요. 일 년 반
의 경력이 빠지는 것은 교육민주화에 기여한 훈장이라고 생각하고 받
아주세요. 재임용 탈락당했다가 복직되는 경우는 박 교수가 전국에
서 처음이에요. 이만큼 하기도 쉽지 않았어요.[10]

다행히 박 교수가 조교수로 신규 임용하는 절차를 밟겠다고 하여
문제가 마무리되었다. 김찬국은 총장 판공비에서 박 교수의 해직기간
에 대한 보상금으로 1달에 100만 원씩 18개월 분치 천 팔백만 원을
지급했다. 해직 기간에 받았어야 할 월급을 고려하면 적은 액수였지
만, 김찬국은 총장으로서 최선을 다했다. 그러나 1995년 교육부의 표
적 감사에서 "총장판공비에서 보상금을 지급하는 것은 적절하지 않
다"는 지적을 받아 박 교수는 이 돈을 학교에 반납하지 않을 수 없었다.
　관선 이사진에 대한 구 재단 측의 입김이 심하게 작용한 것도 학교
운영에 심각한 걸림돌이 되었다. 교육부와 일부 이사들은 구속된 김
문기 전 이사장과 유착되었다는 의혹을 받고 있었다. 상지대 장재화
교수는 당시 상황을 이렇게 서술했다.[11]

여러 언론에서 지적한 대로 교육부는 김문기 전 이사장과 유착되어
있다는 의혹을 받는 처지다. 이는 교육부 내의 한 간부가 "아직까지
우리 부에는 블랙 커넥션이 존재한다"고 실토한 점에서도 증명이 된
다. 이 커넥션은 과거 교육부 장관을 지낸 모 인사를 중심으로 하는
교육부 내의 계보이며 물론 김문기 씨도 여기에 연줄을 대고 있다.

김영삼 대통령의 문민정부가 들어섰고 그 여파로 민주인사인 김찬국이 상지대의 총장이 되었지만, 교육부의 행태는 언제든지 상지대를 다시 파국으로 치닫게 할 수 있었다. 염려하던 일은 현실이 되었다. 교육부와 구 재단 측의 소위 '블랙 커넥션'의 영향이 상지대와 김찬국 총장에게도 미쳤던 것이다.12 구 재단 측의 압력에 시달리던 김상준 이사장이 사퇴하자 교육부는 기다렸다는 듯이 전 강원대 총장인 이춘근 씨를 새 이사장에 선임했다. 얼마 뒤 구속되었던 김문기 전 이사장은 광복절 특사로 가석방되었다. 이후 구 재단 측은 복귀를 위한 시도를 했다.

1994년 2학기가 시작된 뒤 체육학과 일부 학생들이 검찰, 청와대, 교육부 등에 학교를 비난하는 투서를 보냈다. 교육부는 이를 핑계로 학교에 해명자료를 요청했다. 1995년 1월경에도 '상지대의 정상화를 위한 모임'이라는 단체가 학교를 비난하는 탄원서와 진정서가 검찰, 경찰, 청와대, 교육부, 언론, 국회 등에 보냈다. 이를 빌미로 교육부는 4월 10일 감사를 했지만, 별다른 문제가 없었다. 며칠 뒤 교육부는 동일한 사안에 대해 또 감사를 했다. 어처구니가 없는 교육부의 처사였다. 5월 10일 교육부는 상지대에 감사결과를 처분하라는 지시를 내렸다.

… 김문기 이사장 시절에 교육부는 감사 한번 제대로 않다가 이번에는 두 차례에 걸쳐 감사를 하고, 과거 같으면 문제가 되지 않을 경미한 사안까지 시시콜콜 들춰내어 총장을 포함한 6명의 교직원에 대해 경징계에서 중징계까지 처분을 지시했으며, 13명의 교직원에 대해 경고 및 주의조치를 취하는 엄격함을 보였던 것이다.13

이사회는 기존의 징계위원들을 아무런 이유 없이 해촉하고 구 재단 측 인사들을 중심으로 새 징계위원회를 구성했다. 이들은 7월 26일 교수 3인과 직원 1인을 직위해제했고, 8월 30일에는 김찬국 총장 해임을 의결했다. 그 사유는 "교원신규채용 업무 처리 부적정", "종합강의동 부지 정지 및 기초공사 부적정", "토지매입 절차 등 부적정" 등 경미하여 해임까지 해야 할 사유는 아니었다.[14] 상지대가 민주 총장이 취임한 지 2년 만에 맞이하는 위기였다.

총장해임이라는 충격을 접한 교수협의회는 즉각 비상사태를 선포하고 철야농성에 돌입했다. 철야농성을 끝낸 지 331일 만에 비극적인 투쟁을 다시 시작한 것이다. 교수와 학생들은 길거리로 나서서 학교 상황을 알리는 유인물을 배포했고, 교육부, 국회, 이사장의 집 등으로 항의 방문하였다. 전국적인 반향도 컸다. 여러 대학의 교수협의회와 원주기독교교회협의회, 참교육시민모임, 정치개혁시민연합 등에서 항의성명서를 발표했고, 전국 18개 시민사회단체의 대표자들이 '상지대 사태대책연대회의'를 결성하여 투쟁에 합류했다. 해임당사자인 김찬국은 '어둠이 빛을 이길 수 없습니다'라는 제목의 성명서를 발표하고 투쟁의지를 천명했다.

박정원 교수는 국회팀장을 맡아, 홍기훈, 박석무 의원 등 교육위원들에게 도움을 요청했다. 국회 상임위에 출석한 박영식 교육부 장관은 연세대 총장 출신이었는데, 김찬국 총장 해임사태의 발단에는 관선이사들의 책임이 있다고 지적하면서 사태를 조속히 수습하겠다고 약속했다. 11월 6일에 열린 교육부 징계재심사위원회는 김찬국 총장에게 정직 1개월의 처분을 결정했다. 이로써 총장 해임사태는 일단락되었다.

## 총장직에 복귀한 뒤

1995년 12월 상지대 이사장으로 이상희 서울대 명예교수가 취임했다. 그는 김찬국과 함께 해직교사 서울후원회 공동회장직과 한겨레신문의 자문위원을 맡았던 인연이 있었다. 민주화운동을 함께한 이상희 이사장은 김찬국 총장의 든든한 버팀목이었다. 총장직 수행도 훨씬 수월해졌다. 상지대 구성원들은 이들을 "민주 총장과 민주 이사회"라고 부르면서 아껴주었다.[15] 이상희 이사장은 당시를 이렇게 묘사했다.

> 김찬국 총장 후반기에 시작된 우리들의 '이인삼각'은 우수한 젊은 교수들 약 50여 명을 충원했으며, 종합강의동을 완성하고 도서관을 보수했으며, 기타 학교 시설을 정비했다. 학교의 정관이나 규정을 정비하고 업무체계를 효율적으로 바로잡는 동시에 각자의 능률을 향상시키는 노력을 쏟고 있다. 학생들의 편의시설, 특히 기숙사를 신축할 계획을 추진하고 있으며, 등·하교의 교통 편리를 충실화시키도록 노력하고 있다… 대학은 그 지역사회와 더불어서 발전해 나가야 한다. 원주 지역, 강원도 지역의 발전에 이바지하고 지역의 교육, 문화의 중심이 되며 선도적 역할을 다하는 자세로 노력하고 있다. 이러한 일들을 김찬국 총장은 총지휘하고 있는 셈이다.[16]

김찬국은 총장직을 수행하면서 나라의 민주화를 위한 행보도 계속했다. 1997년 4월 1일에는 '제주 4.3 제50주년기념사업추진범국민위원회' 공동대표를 맡아 활동했다. 제주 4.3 사건은 1947년 3월 1일부터 1954년 9월 21일까지 7년 7개월에 걸쳐 제주도에서 일어난

민간인 대학살로, 수만 명의 무고한 제주도민들이 정부와 미군정의 묵인하에 억울하게 희생당한 비극이었다. 김찬국은 한국 현대사의 가장 비극적인 사건 중의 하나인 제주도민 학살 사건의 50주년을 맞이하여 공동대표로 활동했던 것이다.

김찬국은 4년의 임기를 채우고 은퇴하고 싶었다. 총장직을 수행하면서 몸과 마음이 너무나 힘들었기 때문이다. 구 재단 측은 복귀의 기회를 만들기 위해 총장을 힘들게 했고, 내부적으로는 민주 총장에 대한 기대가 큰 만큼 요구사항도 많았다. 특히 학교 일로 고소를 당하여 검찰에서 조사를 받으면서 당했던 기억은 매우 큰 상처로 남았다. 그러나 상지대는 이제 막 민주적인 학교 운영을 시작했기 때문에 학교 발전을 위해서는 김찬국 총장이 연임해야 한다는 요청이 계속되었다. 그는 하는 수 없이 연임을 수락했고, 1997년 8월 30일 새로운 임기의 총장직을 시작했다.

연임하는 동안 그는 상지대가 미국의 테네시주 마틴 대학, 사우스네바다대학, 미시시피대학, 중국의 흑룡강 중의학대학, 산동 중의학대학, 천진재경대학, 몽골의 과학아카데미, 카자흐스탄의 크즈오르다국립대학 등과 자매결연하여 국제교류를 하도록 했다. 관광경영학과, 국제통상학과, 전산학과, 토목공학과 등의 학생모집 정원도 증원하여 1998년 10월에는 학부 총 정원이 1,923명이 되었다.

1998년 5월 28일에는 전국교직원노동조합이 주관하는 제7회 참교육상을 받았다. 김찬국이 군사독재 시절 해직을 당하면서 사회민주화운동에 앞장섰고, 복직 후에는 학생활동을 적극 지원하는 등 교육민주화에 헌신한 공을 인정했기 때문이다. 그동안 해직되었던 교사들을 돕기 위해 애를 썼는데 이제 그들이 주관하는 상을 받으니 감회가

상지대 총장 시절 정대화 교수(현 상지대 총장)와 함께(1997년 5월 26일)

남달랐다.

두 번째 총장직의 임기를 다 마치는 것은 그에게 무리였다. 수감생활과 해직생활 그리고 상지대 초대 민주 총장의 임무를 수행하는 동안 힘들었던 일들이 지병으로 나타났기 때문이다. 그는 연임한 지 약 2년이 지난 1998년 여름 상지대 총장직을 사임했다. 그의 몸 상태를 잘 아는 가족들도 총장직 사임을 적극 찬성했다. 그의 후임으로는 다행히 함께 민주화운동을 했던 한완상 박사가 왔다.

상지대 총장직에서 물러난 김찬국은 지병 때문에 집에서 휴식을 취하면서 요양했다. 사랑하는 아내와 자녀들은 그를 극진히 보살폈다. 한국 신학계와 교육계 그리고 민주화 운동 등에 헌신했던 그의 몸은 회복되지 못했다.

그는 10여 년의 투병생활을 하고 2009년 8월 19일 오전 11시 하나님의 부름을 받았다. 그를 이 땅에 보내신 하나님의 뜻을 실현하기 위해 하나님의 말씀을 따라 살다가 다시 하나님의 품에 안긴 것이다. 빈소는 연세대학교 의과대학 부속병원인 세브란스병원 장례식장에 마련되었고, 장례예식은 그가 다니던 창천교회에서 열렸다. 그를 사랑하고 기억하는 사람들은 슬픔과 함께 "김과 찬과 국이 있으니 맛있게 드시오"라고 하면서 미소 짓는 그의 얼굴을 떠올렸을 것이다.

독재와 억압, 고난과 고통 가운데서도 미소와 유머를 잃지 않았던 김찬국은 암울한 바벨론 포로시대에도 희망을 잃지 않았던 제2이사야와도 같은 예언자였다. 그의 후임으로 상지대 총장을 지낸 한완상 박사는 그런 그를 "미소의 예언자"라고 불렀다.17 김찬국이 미소의 예언자였다는 그의 찬사는 결코 과장된 것이 아니다. 성서의 예언자들이 사회정의와 인권, 거짓 종교의 허구성 그리고 절망의 상황에 있는 민중들에게 희망을 선포했고 그로 인하여 고난을 당했다면, 김찬국도 그 예언자들을 따라 한국 사회에서 정의와 인권, 민주주의를 외치다 고통의 멍에를 짊어졌고 그 고통 가운데서도 제자들과 민중들을 사랑하면서 민주화와 통일에 대한 희망을 선포했기 때문이다. 그는 신학, 교육, 인권, 민주화, 교도소선교, 교회목회, 언론 등 다양한 분야에서 활동했지만, 구약학자로서의 정체성과 하나님의 뜻을 구현하려는 예언자의 모습을 잃지 않았다.

민주화를 위해 고난의 길을 걸었던 지인들과 함께(이문영 교수, 김용준 교수, 김찬국 교수, 이삼열 교수, 이경숙 교수, 현영학 교수, 노정선 교수 등)

서울지방변호사회 제5회 시민인권상 수상(1997년 9월 23일)

# 미주

## 고향과 집안

1 "단종애사에서 유래된 마을 배고개,"「영주시민신문」(2017. 1. 9.),
http://www.yjinews.com/news/articleView.html?idxno=41555.

2 김찬국, "사랑의 빛과 새로운 역사를 위하여,"『나의 삶 나의 이야기 1』(서울:
연이, 1997), 205-208.

3 금정원은 경북 봉화에 살고 있었는데, 그의 처가가 병산에 있었다.

4 "단종애사에서 유래된 마을 배고개." 영주시민신문」(2017. 1. 9.),
http://www.yjinews.com/news/articleView.html?idxno=41555.

## 집안의 어른들

1 김창규, "산부인과 기형아 전문 의사가 된 이유,"『나의 삶 나의 이야기 1』(서
울: 연이, 1997), 235.

2 윗글.

3 1917년 통계에 의하면, 영주보통학교 입학생 중 서당 경험이 있는 학생들은
85.2%로 총 69명이었다. 김동환, "일제강점기 경상북도의 교육상황 연구(1910
~1922년도 시기를 중심으로),"「한국교육사학 제39권 제4호」(2017/12), 22.

4 최영숙, 김동환, "일제시대 여성교육에 대한 고찰: 제천공립실과여학교를 중심
으로,"「지역문화연구 3」(2004), 178.

5 김동환, 윗글, 12.

6 윗글, 15.

7 중봉 김호영은 음력으로 1877년 12월 8일(양력 1878년 1월 3일) 영주군 문
수면 탄산리 외가에서 김정진의 장남으로 태어나 1955년 5월 24일 오전 5시
55분 서울 필운동 12번지에서 작고했다. 그에 대해서는 김찬국,『고통의 멍에
벗고』(서울: 정음문화사, 1986), 285-87; "사랑의 빛과 새로운 역사를 위하
여," 209-212; 김완식, 「청도김씨기독자중봉가계」(1963년 9월); 김찬국, 「중
봉대가족주소록」(1993년 1월 3일) 참조. 그의 첫째 부인은 1872년생이었는
데 1902년에 작고했고, 둘째 부인은 1880년생이었으며 영주로 온 지 5년 만
에 작고했다.

8 김찬국,『고통의 멍에 벗고』(정음문화사, 1986), 285.

9 김숙희 목사의 증언.

10 김찬국의 글에 의하면, 김완식은 "안동 협성학교"에 다녔다고 하는데, "안동
협동학교"로 추정된다. 이 학교는 개화파 민족주의자들이 세웠는데 서울 상동
감리교회의 청년학원 출신의 교사들도 있었다. 이것은 이 학교에 기독교인
교사들도 있었다는 것을 의미한다. 김완식은 회계와 부기에 능하여 직장에서

회계를 담당했는데, 안동협동학교가 학생들에게 회계와 부기 등을 특히 강조해서 가르쳤다는 것은 그가 이 학교에서 공부했다는 추정을 가능하게 한다. 다른 한편, 1920년대에 안동지역 교회들에는 당국의 정식인가를 받지 않은 부설학교들이 많이 있었고 여기에서는 성경뿐만 아니라 유교 경전도 가르쳤으며 비기독교인들도 교사로 있었는데, 이는 지역유림과의 문화적 접촉점이 되었다. 최익제, "문화적 갈등에 대한 초기 한국 개신교의 인식과 대응: 안동 지역 장로교를 중심으로," 「지방사와 지방문화」 8/2 (2005/11), 172-173 참조.

11 김찬국의 어린시절 가정예배에 대해서는 김찬국, "가정예배에 대한 나의 제언," 「새가정」 12 (1973), 51-55을 보라.

12 영주제일교회와 먹실교회는 현재 대한예수교장로회 통합 교단에 그리고 영주중앙교회는 한국기독교장로회 교단에 소속되어 있다. 영주중앙교회 1932년 8월 7일 당회록에 의하면, "대구 신정교회 김호영 씨 신입교인으로 받기로 하다"라는 내용이 나오는데, 여기에서 언급하는 김호영은 김완식의 아버지다. 그가 한때 대구에서 살았기 때문에 그때까지 교적이 대구 신정교회에 있었던 것으로 여겨진다.

13 영수는 당회가 형성되지 않은 미조직 교회에서 교회의 일을 총괄하고 극히 제한된 치리권을 행사했는데, 안수받지 않은 장로, 즉 서리 장로라 할 수 있다. 일반적으로 영수는 곧 장로로 피택되어 안수를 받았다. 『영주제일교회 100년사』 (영주: 영주제일교회, 2013), 137; 기념사진에는 "김호영 장로 임직기념회 1936. 12. 27"로 쓰여 있다.

14 이상동은 유림출신으로 의병활동을 했었는데 1911년 12월 기독교인이 되었다. 그는 상해 임시정부 국무령이었던 이상룡의 동생이다.

15 만촌교회는 현재 안동시 도산면 서부리에 있는 예안교회로 대한예수교장로회 통합 교단에 소속되어 있다.

16 현재 영주시 장수면 성곡리에 있는 성곡교회인데 1918년 4월에 세워졌다. 이 교회설립 초기에 이곳으로 피신왔던 이중무는 1929년 성곡교회 영수로 와서 섬겼고 1942년에는 전도사로 와서 봉직했다.

17 섬촌교회의 자리는 현재 안동댐으로 인해 수몰되었다.

18 이호규는 1912년 1월 20일(호적에는 22일) 안동군 도산면 선촌리에서 출생했다.

19 이때 이호규의 친모이자 이중무의 첫째 부인은 이미 세상을 떠났고, 이중무는 둘째 부인인 홍귀절과 재혼하여 살고 있었다.

20 1932년 6월 25일 토요일 모인 영주중앙교회 당회기록에는 섬촌교회 이호규 씨의 이명을 허락한다는 내용이 있다.

21 안동으로 임지를 옮긴 이원영은 신세교회(현재 안동동부교회)와 안기교회(현재 안동서부교회) 담임목사로 사역했다.

22 영주중앙교회 당회록에 의하면, 김완식과 이호규가 먹실교회로 이명을 허락받은 것은 1933년 3월 12일 당회에서이다. 당시 영주중앙교회는 이원영 목사가 떠난 뒤 담임목사가 없었고, 권찬영(John Crothers) 선교사가 임시 당회장을 맡고 있어 당회가 자주 열리지 못했기 때문에 실제보다 늦게 이명을 허락한 것으로 여겨진다.

23 김찬국은 먹실교회 출신으로 목사가 자신까지 네 명이 나왔다는 것을 자랑스
럽게 여겼는데, 그중에는 박승팔 목사와 김태환 목사가 있다. 김찬국, 『고통
의 멍에 벗고』, 288; 2018년 3월 현재 먹실마을은 목사 14명, 장로 5명을 배
출하였고 초중고 교원과 대학교수 그리고 각계각층 지도자가 많이 나왔다고
한다. "경주 김씨 계성군파 300년 세거지 먹실(覓室)," 「영주시민신문」
(2018. 3. 20.)

## 일제 말기 학창 시절

1 김찬국, 『고통의 멍에 벗고』, 289-290.

2 김찬국, "나의 학창 시절: 금강산 비로봉에 올라," 「중등 우리교육」 (1994/8),
24.

3 윤치병의 생애에 대해서는 백도기, 서재경, 『성빈의 목자 비당 윤치병 목사』
(수원: 한민미디어, 1998)를 보라.

4 『영주제일교회 100년사』, 167.

5 윗글, 166.

6 『영주제일교회 100년사』에는 영주제일교회 분열의 원인을 윤치병의 소신과 고
집에서 찾는다. 윗글, 172-173. "… 그러나 윤치병 목사는 이를 거부하고 자
신의 소신을 고집했다. 결국 교회는 분열되고 말았다(172). … 한 사람의 목
회자가 결국 교회의 반 이상의 교인들을 떠나게 하였고 교회를 분열시켰던 것
이다"(173).

7 부산초량교회에서 목회하던 주기철 목사는 친분이 깊었던 윤치병 목사를 형님
이라고 부르면서 보낸 1931년 6월 15일 편지에서 반대하는 사람들과 합하든
지 갈라서든지 오직 진리에 충실할 것을 권유하면서 그를 신뢰하고 지지했다.
KIATS 편, 『주기철』(서울: 홍성사, 2008), 149-150.

8 미국 남장로교 선교사였던 조지 톰슨 브라운은 1930년대 중반 장로교회 내부
의 분열 요소를 세 가지로 요약했다. 첫째는 남쪽 노회들이 총회를 이북사람
들이 장악하고 있는 것에 대한 불만, 둘째는 정치적 파벌, 셋째는 해외에서 교
육받은 교회의 지도자들과 교육을 제대로 받지 못한 목사들 및 국내의 평신도
들 사이의 갈등인데, 외국에서 교육받은 목사나 교사들은 현대주의자라는 비
난을 받았다는 것이다. 조지 톰슨 브라운/천사무엘 · 김균태 · 오승재 공역,
『한국선교이야기』(서울: 동연, 2010), 206-207.

9 김호영의 여동생은 불행하게도 결혼한 지 3년 정도 지나 세상을 떠났다.

## 연희대학에서 신학 공부

1 김찬국의 연세대학교 학적부에 의함. 연희전문학교는 1945년 11월 6일 해방
이후 처음으로 문을 열었고, 11월 20일 개학식을 한 뒤 1주일간의 특별강습을
거쳐 12월 5일부터 정규강의를 하고 12월 15일 동계휴가에 들어갔다. 『연세대
학교신과대학백년사』(서울: 동연, 2015), 320.

2 김찬국, "정년 은퇴까지 하게 된 축복을 누리며," 「기독교사상」 36 (1992), 197.

3 전병호, "최태용: 민족교회의 설립자," 『인물로 보는 연세신학 100년』(서울:
동연, 2015), 310.

4  지동식, "내가 영향 받은 신학자와 그 저서,"「기독교사상」 7/8 (1963), 20-21.

5  이민우, "정년퇴임하는 연세의 스승 김찬국 교수: 연세춘추 1992년 6월 1일자 중에서,"「신학논단」 20 (1992), 451.

6  김찬국, "한결 선생에 대한 추억,"「나라사랑 91」 (1995), 302-306.

7  1946년 2월 20일 기준 신과 1학년 재적생은 51명이었다.『연세대학교신과대학백년사』(서울: 동연, 2015), 319.

8  김찬국,『고통의 멍에 벗고』, 291.

9  김찬국,『사랑의 길, 사람의 길』, (제삼기획, 1992), 166.

10  김찬국,『고통의 멍에 벗고』, 259.

11  김찬국, "정년은퇴까지 하게 된 축복을 누리며," 198.

12  김찬국,『고통의 멍에 벗고』, 293.

13  찬국,『사랑의 길, 사람의 길』, 165.

14  김찬중, "귀로,"『나의 삶 나의 이야기』, 226.

15  김찬국,『사랑의 길, 사람의 길』, 166-167.

16  김찬중, "귀로,"『나의 삶 나의 이야기』, 229.

17  문상희, "나의 신학순례,"「신학논단」 18 (1989), 34.

18  한태근, "시원하고 따뜻하신 분 김찬국 목사님,"『나의 삶, 나의 이야기 2』, 417.

19  김찬국, "칼빈의 신관,"「신학논단」 제1집 (1953), 13-24. 이 논문에서 "Darkin"은 "Dakin"으로 수정되어야 한다.

## 연세대 교수 시절

1  김찬국,『고통의 멍에 벗고』(서울: 정음문화사, 1986), 301.

2  이상호, "김찬국 총장님에 관하여서,"『나의 삶, 나의 이야기 1』, 103.

3  강위영, "장님과 벙어리의 선생,"『나의 삶, 나의 이야기 1』, 14.

4  이상호, 윗글, 104.

5  민영진, "실패의 예술에 매달려 온 삶,"『나의 삶, 나의 이야기 1』, 327.

6  윗글, 328-329.

7  박대선 · 김찬국 · 김정준,『구약성서개론』(서울: 대한기독교서회, 1960).

8  윗책, 85-161.

9  윗책, 165-220.

10  윗책, 219.

11  윗책, 220.

12  민영진, 윗글, 331-332.

13  김찬국은 그의 글에서 이 교회의 시발점이 된 연세대학교 기독학생회의 과천 지역 여름 봉사활동의 연대를 두 가지로 썼는데, "1954년 7월 24일"(『고통의 멍에 벗고』, 304)과 "1955년 하기방학 때"(『인간을 찾아서』, 225)이다. 여기

에서는 1955년 여름으로 여기는데, 연세대학교 종교부 활동 기록에 의하면 1955년 기독학생회 지도의 건에서 "과천교회 신설"을 언급하기 때문이다. 『연세대학교신과대학백년사』, 331.

14 한태근, 윗글, 418.

15 한태근, 윗글, 419.

16 안광수, "새벽을 기다리며 살자,"『나의 삶, 나의 이야기 1』, 445-446.

17 윗글, 446.

18 윗글, 446.

19 김찬국, 『인간을 찾아서』, (서울: 한길사, 1980), 237.

20 김찬국, 『사랑의 길, 사람의 길』, 147.

21 윗책, 148.

22 윗책.

23 김찬국, 『인간을 찾아서』, 202.

24 김찬국, 『희생자와 상속자』, (서울: 전망사, 1987), 52.

25 김찬국, 『고통의 멍에 벗고』, 304.

26 『연세대학교신과대학백년사』, 343-344.

27 윗책, 350-351.

28 윗책, 350.

29 김찬국, 『고통의 멍에 벗고』, 308.

30 오태석, "나의 젊음 나의 사랑."

31 김찬국, 『고통의 멍에 벗고』, 312.

32 김찬국, 『사랑의 길, 사람의 길』, 48-50.

33 김찬국, 『희생자와 상속자』, 140-147.

34 허호익, "10월 유신 그 계엄령 중에 몰래한 수업," 미간행문서.

35 김찬국, 성서와 현실, 148-153;『희생자와 상속자』, 51-56.

36 김찬국, "부활절 설교사건의 기억,"「말」, (1993/8), 99.

37 윗글, 99-100.

38 『한국민주화운동사 2』, (서울: 민주화운동기념사업회, 2009), 102.

39 박형규, "삶의 이야기,"『나의 삶 나의 이야기 1권』, 374.

40 박형규, 375.

41 김찬국, "부활절 설교사건의 기억,"「말」, (1993/8), 100-101.

42 윗글, 101.

43 『한국민주화운동사 2』, 132.

구속 수감되어

1 김찬국,『고통의 멍에 벗고』, 97 이하.

2 김학민, "세배 이야기,"『나의 삶 나의 이야기』, 246-249. 김학민은 연세대 경제학과 출신으로 학민사 대표이다.

3 『한국민주화운동사 2』, (서울: 민주화운동기념사업회, 2009), 134.

4 박형규, 376.

5 김찬국,『고통의 멍에 벗고』, 98-99.

6 윗책, 99-100.

7 이철, "참 선생님, 영원한 스승,"『나의 삶, 나의 이야기 2』, 206. 이철은 민청학련 사건으로 사형선고를 받았는데, 후에 12~14대 국회의원을 지냈다.

8 이철, "참 선생님, 영원한 스승," 207.

9 김경남은 후에 기장 목사로 NCC 인권사회국장과 한국기독교사회문제연구원 원장을 지냈다.

10 김경남, "평화의 사도 김찬국 목사님,"『나의 삶, 나의 이야기 1』, 35-36.

11 권혁중, "내가 겪은 인간 김찬국,"『나의 삶, 나의 이야기 1』, 30.

12 김찬국,『사랑의 길 사람의 길』, 226-227.

13 윗글.

14 김찬국,『고통의 멍에 벗고』, 105.

15 「조선일보」, 1974. 7. 17.

16 김찬국,『지금 자유는 누구 앞에 있는가』, (서울: 오상사, 1984), 98.

17 한승헌, "유신에 소신으로 맞선 두 교수,"「한겨레신문」 2009. 2. 24.

18 재판기록.

19 한승헌, 윗글.

20 김홍규, "손을 꼭 잡아주는 사랑,"『나의 삶, 나의 이야기』, 263-264.

21 김홍규, 264.

22 김찬국,『사랑의 길 사람의 길』, 88-89.

23 김홍규, 265.

24 박춘화, "연세대학교와 창천교회,"『나의 삶 나의 이야기』, 370.

25 이신범, "신사 보따리꾼,"『나의 삶 나의 이야기 2』, 155.

26 김성혜, "사랑과 은혜를 나누고 봉사하는 사람,"『나의 삶 나의 이야기』, 125.

27 이철, 208.

28 김찬국,『사랑의 길, 사람의 길』, 159.

29 김찬국,『고통의 멍에 벗고』, 12.

해직교수 시절

1 『연세대학교신과대학백년사』, 404.

2 이철, 208.

3 「조선일보」, 1975. 2. 18.

4 윗글.

5 노정일, "외유내강의 삶을 보여주셨습니다." 『나의 삶 나의 이야기 1』, 296-297.

6 박춘화, "연세대학교와 창천교회," 『나의 삶 나의 이야기 1』, 370.

7 「조선일보」, 윗글.

8 『연세대학교신과대학백년사』, 407.

9 「조선일보」, 1975. 3. 20.

10 김찬국, 『지금 자유는 누구 앞에 있는가』, 138-141.

11 김찬국, 『인간을 찾아서』, (서울:한길사, 1980), 205-206.

12 배상길, "땜통목사," 『나의 삶 나의 이야기 1』, 391.

13 김찬국, 『인간을 찾아서』, 206.

14 윗책, 208.

15 배상길, 391.

16 「성서한국」 1994년 겨울 40권 4호.

17 『한국민주화운동사 2』, 463.

18 『한국민주화운동사 2』, 215.

19 『한국민주화운동사 2』, 371.

20 김찬국, 『고통의 멍에 벗고』, 317.

21 박형규, 388.

22 한완상, "미소의 예언자 김찬국," 『나의 삶 나의 이야기 2』, 410-411.

23 『한국민주화운동사 2』, 465.

24 김찬국, "해고노동자 124명," 「기독교사상」 22 (1978/10), 128-131.

25 김찬국, 『고통의 멍에 벗고』, 318.

26 「기독교사상」 23 (1979/11), 71-78.

27 윗글, 78.

28 김찬국, 『고통의 멍에 벗고』, 219.

29 윗책, 56.

30 윗책, 319.

31 김찬국, 『지금 자유는 누구 앞에 있는가』, 134.

32 김찬국, 『고통의 멍에 벗고』 219.

33 배상길, "땜통 목사님," 『나의 삶 나의 이야기 1』, 393.

34 김찬국, 『고통의 멍에 벗고』, 312.

35 김찬국, "제2이사야의 창조전승연구(III)," 「신학논단」 16 (1982), 73.

36 김찬국, 『지금 자유는 누구 앞에 있는가』, 66.

37 「한겨레신문」, "역사 속 오늘: 38년 전 5월 15일, 끝내 오지 않았던 '서울의 봄'" http://www.hani.co.kr/arti/society/society_general/844660.html#csidxf0 83e8d6d759ae782ae8ab9b5316552.

38 김찬국, 『고통의 멍에 벗고』 55.

39 김찬국, 『지금 자유는 누구 앞에 있는가』 15.

40 이승만, "민주화와 통일을 향하여," 『나의 삶 나의 이야기 2』, 150.

41 김찬국, 윗책, 43.

42 윗글, 49.

43 이신범, "신사 보따리 꾼," 『나의 삶 나의 이야기 2』, 157-158.

44 백기완, "내 웃음의 스승 김찬국," 『나의 삶 나의 이야기 1』, 401.

45 김홍규, "손을 꼭 잡아주는 사랑," 『나의 삶 나의 이야기 1』, 267-268.

다시 학교로 돌아와서

1 김찬국, 『지금 자유는 누구 앞에 있는가』, 35.

2 김찬국, 『고통의 멍에 벗고』, 29.

3 김찬국, 『인간을 찾아서』, 32.

4 윗책, 33.

5 윗책, 33-34.

6 김찬국, 『성서와 역사의식』 (서울: 평민사, 1978), 8.

7 김찬국, "한열아! 내 제자 한열아!," 「기독교사상」 31, (1987/8), 203-204.

8 윗책, 203.

9 이상호, "불패의 신화," 『나의 삶 나의 이야기 2』, 125.

10 김찬국, "사랑의 빛과 새로운 역사를 위하여," 『나의 삶 나의 이야기 1』, 215.

11 김찬국, 『고통의 멍에 벗고』, 316.

상지대 총장 시절

1 장재화, "비상식으로 밀어붙인 김문기의 상지대 입성전략: 상지대 김찬국 총장 해임의결," 「길」, (1995/10), 150.

2 박정원, "49장. 초대 민주 총장에 김찬국 선생 선출," 민주화를 위한 전국교수협의회, http://www.professornet.org/_new/idx.html?Qy=serially06&nid= 51&page=1.

3 박춘화, "연세대학교와 창천교회," 『나의 삶 나의 이야기 1』, 371.

4 최현숙, "걱정하지 말라, 하나님이 다 준비하신다," 『나의 삶 나의 이야기 2』, 361.

5 김찬국, "상지대학교 총장 취임," 「연세코이노니아」 19, (1993/10), 8.

6 한경호, "세상을 위하여 존재하는 교회," 『나의 삶 나의 이야기 2』, 395.

7 이상희, "우리는 이인삼각이었다," 『나의 삶 나의 이야기 2』, 134.

8  곽진, "웃음의 미학,"『나의 삶 나의 이야기 1』, 26-27.

9  한경수, "우산골 추억,"『나의 삶 나의 이야기 2』, 381.

10  박정원, 윗글.

11  장재화, "비상식으로 밀어부친 김문기의 상지대 입성전략,"「길」, (1995/ 10), 151.

12  박정원, "나의 교육민주화투쟁기(36): 김찬국 총장 해임되다."

13  장재화, 윗글.

14  장재화, 윗글, 152; 박정원, 윗글.

15  이상희, "우리는 이인삼각이었다," 135.

16  윗글.

17  한완상, "미소의 예언자 김찬국 교수,"『나의 삶 나의 이야기 2』, 407.